Der siebente Sünder

Zum Buch

Ein Studienaufenthalt in Rom ist für Jean Suttman die Erfüllung ihrer Träume – bis sie bei einer Expedition in die Katakomben des Mithrastempels die Leiche eines Kommilitonen entdeckt. Der Unsympath Albert wollte Jean vor seinem Tod noch etwas mitteilen. Doch auch mit Hilfe der Hobbydetektivin Jacqueline Kirby kann sie Alberts Botschaft vorerst nicht deuten, und so wird Jeans Traum plötzlich zu einem Alptraum. Denn offenbar war Alberts Tod ein Zufall, und der Mörder hat es eigentlich auf Jean abgesehen …

Zur Autorin

Elizabeth Peters ist einer der großen Namen der Krimi-Szene. Ob sie ihre Heldin Amelia Peabody nach Ägypten oder Jacqueline Kirby als Detektivin nach Rom schickt – immer begeistert sie ihre Leser(innen) in aller Welt.
Die Autorin lebt in Chicago und Frederick, Maryland.

Elizabeth Peters

Der siebente Sünder

Kriminalroman

Aus dem Amerikanischen
von Beate Darius

Econ & List Taschenbuch Verlag

Econ & List Taschenbuch Verlag 1999
Der Econ & List Taschenbuch Verlag ist ein Unternehmen der
Verlagshaus Goethestraße GmbH & Co. KG, München
Deutsche Erstausgabe

Titel des amerikanischen Originals: The Seventh Sinner
(Warner Books Inc., N. Y.)
Published by Arrangement with Dr. Barbara Metz
Aus dem Amerikanischen übersetzt von Beate Darius
Umschlagkonzept: Büro Meyer & Schmidt, München – Jorge Schmidt
Umschlaggestaltung: DYADEsign, Düsseldorf – Thomas Jarzina
Titelabbildung: AKG, Berlin
Lektorat: Martina Sahler
Gesetzt aus der Caslon, Linotype
Satz: Josefine Urban – KompetenzCenter, Düsseldorf
Druck und Bindearbeiten: Elsnerdruck, Berlin
Printed in Germany
ISBN: 3-612-25254-2

Für Theron

Mit Dank für die vielen Jahre
konstruktiver Kritik und Unterstützung,
ganz besonders hinsichtlich
der Patenschaft über dieses Buch.

1

Ihre erste Begegnung mit Jacqueline Kirby würde Jean niemals vergessen. Noch Jahre später trieb ihr der Gedanke an diese Episode die Schamesröte ins Gesicht. Eine Bekanntschaft, die mit einem – zugegebenermaßen unbeabsichtigten – tätlichen Angriff und Körperverletzung ihren Anfang nimmt, steht nicht unbedingt unter günstigen Vorzeichen.

In gewisser Weise war Jeans Verhalten allerdings entschuldbar. Den ganzen Morgen hatte sie in der Institutsbibliothek gearbeitet – oder es zumindest versucht. Aber sie wurde abgelenkt. Die Sphärenklänge der Stadt lagen allgegenwärtig über den staubigen Bücherregalen. Paris im April ist phantastisch, doch der Mai in Rom hat eine Faszination, die die Ziele der ehrgeizigsten Studenten ins Wanken bringt. Die Stadt Michelangelos und die Dolce vita, der Vatikan und die Cäsaren – was auch immer es ist, Rom bietet die Erfüllung aller Wünsche. Jeans Forschungsstipendium an einer der weltweit renommiertesten Einrichtungen für Kunst und Archäologie geriet in den Hintergrund angesichts eines Frühlingsmorgens in Rom, und die Motivation zur Pflichterfüllung war weniger ausgeprägt als Odysseus' Widerstand gegenüber dem Gesang der Sirenen.

Michael war ein weiterer Ablenkungsgrund; wenn auch nicht so überwältigend wie die Stadt, befand er sich doch in unmittelbarer Nähe. Auch er hätte arbeiten sollen, vernachlässigte sein Stu-

dium jedoch ebenso wie sein ungepflegtes, schulterlanges Haar. Ziellos schlenderte er entlang der Regale, beobachtete Jean durch die zwischen den Buchreihen entstandenen Lücken und stellte ihr nach, sobald sie sich in einer dunklen Ecke aufhielt.
Aufgebracht und verwirrt aufgrund dieser Annäherungsversuche, mußte sich Jean eingestehen, daß sie sie beileibe nicht so konsequent zurückwies, wie sie das eigentlich hätte tun sollen. Wenn sie sich in ihr Büro zurückzog und die Tür verschloß, würde Michael sie in Ruhe lassen. Die kleinen, fensterlosen Räume, die den Stipendiaten zur Verfügung standen, waren spartanisch eingerichtet und verfügten lediglich über einen Schreibtisch, einen Stuhl und einige Bücherregale. War die Tür geschlossen, wollte man nicht gestört werden. Lediglich ein Großbrand oder ein politischer Umsturz hätten ein Klopfen gerechtfertigt.
Während sie unschlüssig vor ihrer Bürotür verharrte, gesellte sich Michael erneut zu ihr. Als sein Arm ihre Taille umschlang, war Jeans Konzentration schlagartig wiederhergestellt. Dann allerdings mußte sie feststellen, daß ihr Körper Bereitwilligkeit signalisierte. Sie entzog sich ihm. Es hätte ihr gerade noch gefehlt, in inniger Umarmung von einem der Mitglieder des Komitees erwischt zu werden, das in zwei Wochen über eine weitere Verlängerung der Stipendienfonds für die Studenten entschied.
»In Ordnung«, zischte sie wütend. »Ich gebe auf ... Nein, verflucht, so habe ich das nicht gemeint! Ich meinc, laß uns von hier verschwinden.«
Jean war sich nie ganz sicher, wer von ihnen beiden für den unglücklichen Zwischenfall verantwortlich zeichnete. Die Hallen des Instituts waren beeindruckende Fluchten aus blankpoliertem Marmor. Als Jean aus der Bibliothek trat, fiel ihr Blick auf den verlassenen Flur – ein langer, schneeweißer Parcours gähnender Leere, glänzend wie Eis und genauso spiegelglatt. Sie rannte los, und Michael nahm begeistert die Verfolgung auf.
Gemeinsam stürmten sie um die Ecke. Für Sekundenbruchteile nahm Jean ein Gesicht mit fassungslos offenstehendem Mund wahr, einen unterdrückten Schrei, einen dumpfen Aufprall, und

dann befand sie sich auch schon in einem Gewirr aus rudernden Armen und Beinen. Ihr und Michael gelang es irgendwie, sich wieder aufzurichten, und sie starrten auf eine reglos am Boden liegende Gestalt.

»Heiliger Herrgott«, entfuhr es Michael. »Ist sie tot?«

Die gestürzte Frau wirkte nicht mehr sonderlich lebensbejahend. Im Verlauf der vorangegangenen Wochen hatte Jean sie wiederholt in der Bibliothek gesehen und sie desinteressiert als zeitweilige Besucherin eingestuft – irgendeine Dozentin oder Wissenschaftlerin. Gewöhnlich trug sie schlichte Schneiderkostüme und eine Hornbrille, und ihr Haar war zu einem strengen Knoten hochgesteckt.

In ihrer derzeitigen, mißlichen Lage sah sie vollkommen verändert aus. Der Inhalt einer riesigen Handtasche breitete sich, vergleichbar mit den Folgen eines mittleren Erdbebens, in großzügigem Radius auf dem Boden um die Frau herum aus. Der sittsame, knielange Rock war hochgerutscht und entblößte Beine, die Michael einen bewundernden Pfiff entlockten. Das einfallende Sonnenlicht glitt über den Kopf und die Schultern der Frau und lenkte die Aufmerksamkeit auf ein blasses, ernstes Gesicht – hohe Wangenknochen, energisches Kinn, wohlgeformte Lippen wie die einer klassischen griechischen Statue. Ihr Haar war bemerkenswert. Aufgrund des Sturzes hatte es sich gelöst und umrahmte ihr friedliches Gesicht wie geschmolzene Bronze.

»Haben wir sie umgebracht?« wollte Michael wissen.

»Sei nicht albern . . . Ich hoffe nicht!«

Ohne jede Vorwarnung schlug sie plötzlich die Augen auf. Sie waren von einem klaren stechenden Grün, einer für Menschen ungewöhnlichen Augenfarbe. Durchschimmernd wie Meerwasser fixierten sie Jean mit dem Ausdruck konzentrierter Feindseligkeit, der im Gegensatz zu ihren entspannten Gesichtszügen höchste Alarmstufe signalisierte.

Die zusammengepreßten Lippen der Frau öffneten sich.

»O Gott, hier etwa auch?« stöhnte eine mitleiderregende Stimme.

Jean, die eine Gehirnerschütterung in Erwägung gezogen hatte, korrigierte ihre Diagnose. Ein eindeutiger Fall von einem leichten Dachschaden. Rasch kniete sie sich neben die Frau.

»Versuchen Sie, nicht zu sprechen«, sagte sie aufgebracht. »Bewegen Sie sich nicht. Haben Sie sich verletzt? Haben Sie –«

»Ob *ich* mich verletzt habe?« Die feindseligen grünen Augen musterten Michael, der unbehaglich von einem Fuß auf den anderen trat. »Ich habe gar nicht die Absicht, mich zu bewegen. Für den Rest des Tages werde ich hier liegenbleiben. Das scheint mir der sicherste Ort zu sein. Sofern Sie keine hilflosen Opfer niedertrampeln.«

Jean ließ sich auf ihre Fersen zurücksinken. »Ich denke, Ihnen fehlt nichts.«

»Mit mir ist alles in Ordnung. Es geht mir zwar nicht berauschend, aber es könnte schlimmer sein ... So wie jetzt rede ich eigentlich immer. Wer sind Sie?«

»Jean Suttman, Michael Casey«, erwiderte Michael. »Möchten Sie, daß ich Ihnen aufhelfe?«

»*Nein*«, entgegnete sein Opfer entschieden.

Michael setzte sich auf den Boden. »Und wer sind Sie?« fragte er höflich.

»Jacqueline Kirby.«

»Angenehm.«

»Wie man's nimmt.«

Jean blickte von Michael, der wie ein indischer Fakir im Schneidersitz hockte, zu Jacqueline, die nach wie vor am Boden lag und den Eindruck erweckte, diese Haltung auf unbestimmte Zeit beizubehalten. Sie fing an zu lachen. Als die beiden anderen sie mißfällig betrachteten, erheiterte deren säuerlicher Gesichtsausdruck sie nur noch mehr. Nachdem sie sich schließlich beruhigt hatte, sagte Jacqueline in strengem Ton: »Wenn Sie jetzt fertig sind, können Sie meine Habseligkeiten zusammensuchen.«

»Selbstverständlich«, erwiderte Jean und fügte vorsichtig hinzu: »Würde es Ihnen etwas ausmachen aufzustehen, Miss ... Mrs. ... Doktor ...?«

»In Anbetracht des ungezwungenen Charakters unserer Begeg-

nung können Sie mich ruhig Jacqueline nennen. Warum wollen Sie eigentlich, daß ich aufstehe? Ich empfinde meine derzeitige Situation als überaus angenehm.«
»Es geht ihr weniger darum, wie Sie sich fühlen«, erklärte Michael sachlich. »Vermutlich möchte sie die Spuren des Verbrechens beseitigen, bevor einer der Fellows vorbeirauscht. Das Komitee setzt sich bereits in Kürze zusammen, um darüber zu entscheiden, wer von uns ein weiteres Jahr hier studieren darf.«
»Ach wirklich«, sagte Jacqueline nachdenklich.
Jean hielt mitten in ihrer Suche nach Puderdose, Kugelschreibern, Postkarten und einer kleinen Flasche, die Crème de Menthe zu enthalten schien, inne.
»›Ach wirklich‹ klingt irgendwie nach Erpressung«, meinte sie. »Sie würden doch nicht ... Oder etwa doch?«
»Schätzungsweise eher nicht«, erwiderte Jacqueline mit Bedauern. »Also gut. Würden Sie mir bitte aufhelfen, Michael?«
Nach einem letzten anerkennenden Blick auf Jacquelines wohlgeformte Knie gehorchte Michael. Jacqueline war dieser Blick nicht entgangen; sanft entzog sie sich Michael, der willkürlich an ihr zerrte, und bemerkte: »Danke. Für alles ... Die Vorstellung ist beendet. Ich werde mich wieder in mein Alter ego zurückverwandeln.«
Sie griff in ihr Haar und schlang es erneut zu einem Knoten zusammen.
»Warum tun Sie das?« wollte Michael wissen. »Tragen Sie es doch einfach offen. Sie haben wunderschönes Haar, Madam.«
»Ich weiß«, entgegnete Jacqueline kühl. »Aber es paßt nicht zu meinem derzeitigen Erscheinungsbild. Jean, haben Sie meine Haarnadeln gefunden?«
»Hier.«
Scheinbar willkürlich rammte Jacqueline sie in ihren Knoten, dennoch hatte die Frisur tadellosen Sitz. Jean sprang auf und reichte ihr die Tasche.
»Sie haben die Schachtel Heftpflaster vergessen«, sagte Jacque-

line. »Hinter der Topfpflanze. Und das da unter der Büste des Aristoteles ist mein Stein.«
»Ihr Stein«, wiederholte Jean verständnislos. Sie sammelte besagten Gegenstand, das Heftpflaster und außerdem noch einen Augenbrauenstift ein und mußte der Versuchung widerstehen, Jacqueline zu fragen, ob sie nicht auch gleich Aristoteles dazupacken sollte. Die stechenden, auf sie fixierten grünen Augen nahmen ihr jedoch jeglichen Mut. Aber als sie ihr die Tasche überreichte, konnte sie sich die Bemerkung nicht verkneifen: »Bislang hielt ich die Männer für ungerecht, die sich über Frauenhandtaschen lustig machten.«
»Ich habe gern alles griffbereit.« Mit zusammengekniffenen Augen spähte Jacqueline in die Tiefen ihrer Tasche. »Ich glaube nicht, daß Sie alles eingesammelt haben, Jean. Ich sehe weder die Taschenlampe noch die Flasche –«
»Vielleicht sollten Sie Ihre Brille aufsetzen«, schlug Jean vor und reichte sie ihr.
»Trage ich sie denn nicht? Ach nein, tatsächlich nicht. Vielen Dank.«
Jacqueline setzte ihre Brille auf, und Jean starrte sie an. Die Verwandlung war perfekt. Die Brille, die strenge Frisur, die schlichte Garderobe – eine gebildete Dame mittleren Alters wühlte in ihrer vollgestopften Handtasche, während sie damenhaft schickliche Begriffe wie »verflucht« und »zum Teufel« murmelte.
»He«, meinte Michael grinsend. »Ich denke, wir haben eine Freundin gefunden, Jean. Kommen Sie, Jacqueline. Wir spendieren Ihnen einen Drink zur Nervenstärkung.«
»Warum nehmen Sie nicht einfach einen Schluck davon?« schlug Jean vor, als Jacqueline mit einem Seufzer der Erleichterung die winzige grüne Flasche aus den Tiefen ihrer Handtasche hervorkramte.
Jacqueline starrte sie an. »Davon? Das ist für meine Katze.«
»Natürlich«, sagte Michael. »Zweifellos ein Aphrodisiakum für Katzen. Oder verwandelt es die Katze bei Mondlicht in eine Frau?«

»Eine kleine alte Dame in Trastevere stellt das her«, erklärte Jacqueline. »Aber eigentlich gehört die Katze nicht mir. Sie –«

»Sie gehören ihr. Ganz klar.« Entschlossen zog Michael sie am Ellbogen. »Kommen Sie mit, Jacqueline. Sie können eine Stärkung vertragen. Ich weiß zwar nicht genau, was, aber ein Espresso kann nie schaden.«

»Bei Gino's?« meinte Jean verunsichert. »Michael, meinst du, daß die anderen –«

»Ich möchte mich nicht aufdrängen«, bemerkte Jacqueline spröde.

Korrekt gekleidet und mit Brille strahlte sie die würdevolle Zurückhaltung aus, die Jean mit altjüngferlichen Tanten und Lateinlehrerinnen in Verbindung brachte. Jean fand sie furchteinflößend, hatte sie doch eine völlig veränderte Person vor sich als die grünäugige, auf den Marmorboden des Instituts gestürzte Hexe. Michael blieb unbeeindruckt. Seine Umklammerung von Jacquelines Arm wurde lediglich fester, als er sagte: »Die anderen werden begeistert sein.«

Jean war immer wieder fasziniert von dem Gegensatz zwischen Institutsgelände und der um seine Mauern verlaufenden Straße. Das Institut war in einer der repräsentativen alten Villen in der Nähe des Tibers untergebracht und von wunderschönen Parkanlagen umgeben. Pinien und Zypressen bildeten einen dunklen Kontrast zu farbenprächtigen Azaleen, Bougainvillea und Oleander und spendeten den weißen, ringsum stehenden Bänken ihren kühlenden Schatten.

Die elegante Villa hob sich vornehm von den sie umgebenden Bürgerhäusern und von der lauten, belebten Straße ab. Aufdringlich warben die Geschäfte für die von ihnen feilgebotenen Waren, und das dunkle, abbröckelnde Mauerwerk trug noch die Spuren der einstigen Herrschaft. Es waren unauffällige Hinweise, die häufig mit schmutzigen Papierfetzen überklebt waren, doch Jean würde niemals das unbeschreibliche Gefühl vergessen, als sie zum ersten Mal die schwarzen, in Stein gehauenen Lettern bemerkte,

die auf Roms Größe vor zweitausend Jahren hindeuteten. S. P. Q. R. – Senatus Populusque Romanus. Der Senat und das römische Volk. Trotz der zunehmenden Korruptheit und Funktionsuntüchtigkeit dieses symbolträchtigen Begriffs stand er doch immer noch für die erste mächtige Republik.
Gino's Café war klein und hatte eine offene Fensterfront mit einigen wackligen Tischen und Stühlen auf dem Bürgersteig. Gegenüber den anderen in dieser Gegend besaß es nur einen Vorteil – die Aussicht. Auf der Spitze eines Hügels gelegen, bot es seinen Gästen den Blick über Baumkronen und Dächer bis hin zum wolkenverhangenen Petersdom. In der anderen Richtung genoß man an klaren Tagen die Aussicht über die Altstadt. Solche Tage waren allerdings selten, da die Automobilabgase die Stadt der Cäsaren meist in eine diesige Nebelwolke hüllten.
Als sie den Hügel hinaufschlenderten, stellte Jean fest, daß drei ihrer Freunde bereits im Café eingetroffen waren. Mittlerweile waren ihr diese Gesichter so vertraut, daß sie gar nicht mehr genau hinschaute. Doch im Beisein einer Fremden sah sie sie heute mit anderen Augen und wesentlich kritischer. Sie hatte das Gefühl, sich Jacquelines Brille ausgeliehen und damit deren Einschätzung übernommen zu haben.
Ein Mitglied der Gruppe wirkte wenig originell; in Rom wimmelt es von Priestern sämtlicher Glaubensrichtungen, Nationen und Rangordnungen. Padre Ximenez trug die lange schwarze Kutte, die ihm sein Orden während seines Romaufenthalts vorschrieb. Auf Außenstehende, dachte Jean und bemerkte schlagartig, was sie seit Beginn ihrer Freundschaft unbewußt verdrängt hatte, mußte Josés dunkle mediterrane Ausstrahlung vermutlich überaus anziehend wirken.
Die Scovilles waren Bruder und Schwester, allerdings schien es auf die Entfernung hin fast unmöglich, sie zu unterscheiden. Die Ähnlichkeit war phänomenal; größtenteils resultierte sie aus der gängigen Mode. Ann trug die gleiche ausgebleichte Jeans und ein ähnliches Oberhemd wie ihr Bruder. Die rotgoldene Mähne der Scovilles ähnelte den Frisuren bekannter Persönlichkeiten wie

Struwwelpeter oder Art Garfunkel. Ihre Frisur war identisch, außer daß Andys Haar eine Idee länger war als das seiner Schwester und sein Gesicht wie einen Heiligenschein umgab. Ansonsten boten Andys Gesichtszüge keine weiteren Anzeichen auf einen Heiligen; schwierig, sich einen Heiligen mit Sommersprossen vorzustellen, und Andys blaue Augen besaßen ein Funkeln, das man eher der gegenläufigen Überzeugung zugesprochen hätte. Neben ihm wirkte seine Schwester fade und unauffällig.

Michael war in eine seiner nachdenklichen Stimmungen verfallen. Er ließ sich auf den nächstbesten Stuhl fallen, kramte einen Skizzenblock hervor, den er immer bei sich trug, und überließ Jean die Erklärungen für Jacquelines Anwesenheit. Andy fand die Geschichte höchst amüsant. Er brach in schallendes Gelächter aus, das allerdings abrupt endete, als er Jacquelines stechenden Blick bemerkte.

»Es tut mir leid«, murmelte er wenig überzeugend. »Sicherlich war das alles andere als lustig.«

»O doch, das war es«, meinte Jacqueline sanft. »Sofern Sie, verflucht noch mal, ein Fan von Tortenschlachten sind ... Wissen Sie, ich bin nicht aus freien Stücken hier. Man hat mich überrumpelt. Ich bin mir nicht einmal sicher, ob ich hier sein will. Was für eine Gruppe stellen Sie eigentlich dar? Eine Keimzelle der internationalen Verschwörung? Eine Gesellschaft für die Verhinderung von irgendwas?«

Die Reaktionen der drei, die zum ersten Mal mit Jacquelines spitzer Zunge konfrontiert wurden, waren ebenso unterschiedlich wie ihre Persönlichkeiten. Ann wirkte verunsichert. Sie war ein ruhiger, schüchterner Typ, der Kontroversen verabscheute. José grinste. Andy, der einen ebenbürtigen Gegner witterte, entspannte.

»Wenn überhaupt, dann sind wir eine Gesellschaft zur Ermutigung und nicht zur Verhinderung von irgendwas. Wir sind nur ein Teil der Gruppe. Unser Motto –«

»Halt den Mund!«, herrschte ihn Jean an. Sie blickte zu Jacqueline. »Wir haben uns angewöhnt, uns hier jeden Morgen zum Kaffee zu treffen. Vier von uns sind Stipendiaten. Das Institut bewilligt diese Stipendien für einen einjährigen Studienaufenthalt in Rom –«

»Ich bin mir dieser Funktion des Instituts sehr wohl bewußt.«

»Nun, wir vier haben ein Stipendium für dieses Jahr erhalten. José studiert Buntglasdesign bei einem der Künstler am Institut, und die beiden anderen Mitglieder unserer Truppe sind ebenfalls ausländische Studenten, die teilweise die Institutsbibliothek nutzen«, erklärte Jean.

»Also insgesamt sieben«, stellte Jacqueline fest.

»Es hat sich einfach so ergeben. Eigentlich sind wir kein Geheimbund.«

»Das denkt sie«, mischte sich Andy todernst ein, »aber sie verkennt die Numerologie – ihre tiefere Bedeutung. Wir wurden zusammengeführt. Es liegt ein Sinn in unserem Hiersein, daß wir uns aus allen Ecken der Welt in der Ewigen Stadt zusammengefunden haben.«

»Hmhm«, meinte Jacqueline. Sie schob ihren Stuhl zurück, um Andy genauer zu betrachten. Ohne von seinem Skizzenblock aufzusehen, hielt Michael ihren Stuhl fest. Als ihm Jacqueline einen verwirrten Blick zuwarf, beruhigte sie Jean: »Machen Sie sich nichts draus. Wenn er sprechen könnte, würde er Ihnen erklären, daß er Sie gerade zeichnet und Sie sich deshalb nicht bewegen dürfen.«

»Aber er kann sprechen, das habe ich doch mit meinen eigenen Ohren gehört. Warum –«

»Er ist Künstler«, erwiderte Andy. Michael, der seine Skizze nicht aus den Augen ließ, entfuhr ein leises Knurren, als Andy fortfuhr: »Maler, um genau zu sein. Die sind echt ausgeflippt, diese Kunsttypen ... In Ordnung, Michelangelo, aber irgendeine Bezeichnung muß ich dir schließlich verpassen. Würde dir ›Bohemien‹ eher zusagen? Nein, ich glaube nicht ... Wie auch immer, meine eigene Schwester gehört auch dazu. Sie ist Bildhauerin. Und nennen Sie sie bloß nicht Bildhauer, wenn Sie an

Ihrem Leben hängen. Man sollte gar nicht glauben, daß Menschen, die mit den Händen arbeiten, solche Wortklaubereien betreiben, was?«

»Das macht schließlich jeder«, sagte Jacqueline. Sie lächelte Ann zu, die ihr Lächeln zwar vorsichtig erwiderte, jedoch weiterhin schwieg. »Dann repräsentieren Michael und Ann also die ›Kunst‹ des Instituts für Kunst und Archäologie. Und Sie und Jean sind die Archäologen, Andy?«

»Das Institut diskriminiert die Archäologen«, entgegnete Andy. »Jean verkörpert die Kompromißlösung. Kunsthistorikerin.«

»Darauf läuft es schließlich hinaus«, meinte Jean in ernstem Ton. »Sie versuchen, ein gewisses Gleichgewicht zu erzielen.«

»Sie ist in mehrfacher Hinsicht ein Kompromiß.« José grinste Jean an. »Sie versucht, Frieden unter uns zu stiften. Das ist nicht immer leicht.«

»Das glaube ich Ihnen.« Jacquelines smaragdgrüne Augen musterten ihn, was er entspannt lächelnd zur Kenntnis nahm. Ihr Blick schweifte zu Michael. Jacquelines Gesichtsausdruck blieb unverändert, doch Jean konnte nicht anders, als sich zu fragen, was sie wohl von diesem jungen Exzentriker hielt. Er wirkte so ästhetisch wie ein Raufbold. Mit Ausnahme seines wohlgeformten Mundes – der sicherlich nur einem scharfen Beobachter auffiel – waren seine Gesichtszüge grob und ungeschlacht. Seine großen Hände mit den dicken schwieligen Fingern hätten, gemessen an den Prinzipien der Handlesekunst, eher zu einem Bauern als zu einem bildenden Künstler gepaßt. Seine breiten Schultern, die er gelegentlich einzog, ließen ihn kleiner als seine knapp 1,80 Meter wirken. Sein Hemd ähnelte dem bei jungen Amerikanern beliebten Batiklook, doch Michaels schreiend bunte Version war ein Zufallsprodukt seiner im Laufe des Jahres verwendeten Farbpaletten. Er trug das Hemd offen, nicht etwa bis zur Taille, sondern eher bis zu den Hüften, wo der Gürtel seiner verwaschenen Jeans Halt gefunden zu haben schien.

Über ihre Schulter hinweg spähte Jacqueline zum Eingang des

Cafés, der dunkel und abstoßend wie der Schlund einer Höhle aufklaffte. Im Inneren bemerkte sie kein Lebenszeichen.
»Wo bleibt denn Ihr genialer Kellner?« wollte sie wissen. »Ich könnte einen Kaffee vertragen.«
Das abrupte Gelächter der anderen veranlaßte sie zu einem Stirnrunzeln.
»›Genial‹ ist das treffende Wort!«, rief Andy, der selbsternannte Sprecher der Gruppe, belustigt. »Gino haßt uns. Ich würde es am liebsten unter Fremdenfeindlichkeit verbuchen, aber ich glaube, er kann uns persönlich nicht ausstehen.«
»Deshalb läßt er Sie warten«, sagte Jacqueline gedankenverloren. Dann drehte sie sich schlagartig um und brüllte in einer Lautstärke, die noch einen Straßenzug weiter hörbar war: *»Senta!«*
Alle außer Michael, der viel zu sehr in Gedanken versunken war, zuckten zusammen. Wie ein heraufbeschworener dienstbarer Geist tauchte Gino im Türrahmen auf. Seine dichten schwarzen Brauen waren zu einem bedrohlichen Stirnrunzeln zusammengezogen, seine aufgedunsenen, unrasierten Wangen gerötet. Die weiße Schürze vor seinem Bauch war mit Kaffee-, Wein- und anderen undefinierbaren Flecken übersät. Jean beschlich der Verdacht, daß ihn reine Neugier und nicht etwa Arbeitseifer ins Freie getrieben hatte, aber niemand hinterfragte seine Motive.
»Un cappuccino, per favore«, erklärte Jacqueline mit dunklem Timbre in der Stimme. Die anderen nutzten Ginos sprachlose Wut aus, um ihre Bestellungen aufzugeben, und schließlich verschwand der Kellner mit finsterem Blick.
»Magnifico«, meinte José bewundernd. »Wo haben Sie das denn gelernt?«
»Zehn Jahre lang war ich als lauteste Mutter im ganzen Viertel bekannt«, bemerkte Jacqueline selbstgefällig. »Meine Kinder kamen schon freiwillig eine halbe Stunde eher nach Hause, damit ich meine berühmt-berüchtigte Stimme nicht einsetzen mußte.«
»Wie viele Kinder haben Sie?« fragte Jean.
»Zwei.«

»Nun? Wollen Sie uns nicht deren Fotos zeigen?« fragte Andy mit einem Blick auf die voluminöse Handtasche zu Jacquelines Füßen. Der unförmige weiße Sack hatte eine entsetzliche Ähnlichkeit mit der Ledertasche, die in M. R. James' schaurigsten Gespenstergeschichten ein grauenvolles Eigenleben führte; Jean rechnete jeden Augenblick damit, daß die Tasche winzige Tentakel ausstreckte, um sich der Fußgelenke der Anwesenden zu bemächtigen.

»Nein. Ich habe auch nicht vor, über die beiden zu reden.«

»Warum nicht?«

»Weil ich«, Jacqueline seufzte, »zwanzig Jahre lang von und mit ihnen geredet habe. Dies ist der erste Sommer, den sie allein verbringen. Ich denke, sie haben meine Erziehung recht gut überstanden, aber ich will nicht über sie sprechen. Wechseln wir das Thema. Wo sind die anderen Mitglieder Ihrer geheimen Verbindung?«

Andy deutete eine dramatische Geste an. »Friede, lasset ab, seht, daß sie kommen«, zitierte er unkorrekt.

Jean schoß durch den Kopf, daß sie diesen Hügel nie wieder so unbefangen hinaufschlendern würde. Für einen kritischen Beobachter war das Café ein günstiger Aussichtspunkt.

Klein, schmächtig und ernst, wirkte Ted mit seiner dicken Brille und dem kurzen Bürstenhaarschnitt wie ein Sechzehnjähriger. Doch die lange weiße Narbe auf seinem Oberarm war das Resultat einer Bajonettverwundung aus dem Sechstagekrieg, und in akademischen Kreisen galt er bereits als Fachmann für Felsengräber. Er war in Israel geboren und folglich ein echter Sabre; sein Vater, ein hochrangiger Regierungsbeamter und einer der Kriegshelden von 1948, lebte in Tel Aviv. Das war alles, was sie über Teds familiären Hintergrund wußten; er redete das Blaue vom Himmel herunter, aber nie über sich selbst.

Für Dana hingegen gab es kaum ein anderes Thema. Nachdem sie sich der Gruppe angeschlossen hatte, erfuhren die anderen in den ersten Wochen so viel über Jagden, Personal und Rasentennis, daß sie mißtrauisch wurden. Schließlich äußerte Andy einen sarkastischen Kommentar hinsichtlich der Oberschicht, und Dana verstand den Wink. Wenn sie sich vergaß, erinnerte ihr Akzent stark an die Beatles – ein waschechter Liverpooler Dialekt, was, wie Jean vermutete, Danas wirkliche Kinderstube verriet.

Irgend jemand hatte Jean gegenüber einmal bemerkt, daß sie und Dana wie Schwestern aussähen: glattes braunes Haar, dunkle Augen, rundliches Gesicht, Stupsnase. Sie hatten in etwa die gleiche Größe von 1,65 Meter, doch Dana wog knapp 10 Pfund mehr als Jean mit ihren 53 Kilogramm. Das hätte ein Pluspunkt für Jean sein können; sie nahm sehr leicht zu und lag im ständigen Kampf mit der italienischen Pasta, einem der für Studenten erschwinglichen Hauptnahrungsmittel. Dennoch mußte sie zugeben, daß Danas Übergewicht an den richtigen Stellen saß.

Während Jean diese Gedanken durch den Kopf gingen, begrüßte sie die Neuankömmlinge und beobachtete höflich lächelnd, wie Dana sich auf einen Stuhl zwischen Michael und Andy zwängte. Gino tauchte mit einem Tablett auf und verteilte die Tassen. Offensichtlich verärgert, knallte er die meisten Tassen mit der gewohnten Ungeschicklichkeit auf den Tisch; doch Jacquelines Cappuccino wurde sorgfältig vor ihr plaziert.

José hob seine Tasse von dem überschwappenden Unterteller. »Meine Tasse hat es wie üblich am ärgsten erwischt«, verkündete er düster. »Mit Sicherheit ist Gino kirchenfeindlich eingestellt. Vermutlich ein Kommunist.«

»Ein Kirchenfeind muß nicht zwangsläufig Kommunist sein«, meinte Ted. »Er muß lediglich logisch denken.«

»Mein Lieblingsgegner«, erklärte der Priester Jacqueline. »Vermutlich ist Ihnen nicht entgangen, daß wir eine überaus tolerante Gruppe sind?«

»Aber natürlich. Katholisch, evangelisch, jüdisch, freidenkend –« Andy verbeugte sich spöttisch.

»Und atheistisch«, fuhr José mit einem Kopfnicken zu Michael fort, der unbeirrt weiterzeichnete.

»Was Ihnen fehlt, ist ein Moslem«, bemerkte Jacqueline.

Andy brach in schallendes Gelächter aus.
»Ich weiß zwar nicht, wer und was Sie sind, Madam, aber Sie stehen wirklich Ihren Mann. Ständig werfen Sie mir neue Spielbälle zu. Aber ich habe mein Pulver verschossen. Alles, was mir zu diesem Thema noch einfällt, ist – haltet die Luft an. Da kommt er.«
Jean drehte sich um. Auf halber Höhe in Richtung Café bemerkte sie die Gestalt, auf die Andy deutete.
»Das ist doch bloß Albert«, meinte sie frustriert. »Du bist ein Idiot, Andy.«
»Wer ist denn dieser Albert?« fragte Jacqueline. »Ein weiteres Mitglied der Gruppe?«
»Nein, wie ich Ihnen bereits erklärte, handelt es sich bei uns um eine magische Zahl. Die sieben Sünder.«
»Warum Sünder?«
»Der Begriff stammt von Andy«, erklärte Ted. »Er hält ihn für lustig. Sein Sinn für Humor ist ziemlich unterentwickelt.«
»Aber wir sind doch alle Sünder«, erklärte Andy. »Durch die Bank bedauernswerte Sünder in einer sündhaften Welt. Stimmt's, José?«
Den Blick gen Himmel gerichtet, fluchte der Geistliche lautstark.
Unbeirrt fuhr Andy fort: »Albert ist eine der widerwärtigen Prüfungen in unserem Leben. Geduldig ertragen wir dieses Kreuz, weil wir uns zu läutern versuchen. Deshalb wurde uns Albert gesandt. Sollte es uns jemals gelingen, Albert zu lieben, sind wir in der Lage, Gottes gesamte Schöpfung zu lieben.«
Jacqueline rückte ihre Brille zurecht, die ständig von ihrem Nasenrücken herunterrutschte, und starrte auf die schwerfällige Gestalt.
»Was ist denn so schrecklich an ihm? Oder sind Sie einfach nur antimuslimisch eingestellt?«
»Er ist kein Moslem«, entgegnete Ted frostig. »Wie üblich ist Andy unkorrekt. Er ist Maronit – ein libanesischer Christ. Und Andy haben wir seine reizende Anwesenheit zu verdanken – eine weitere Verfehlung in Andys umfangreichem Sündenkatalog. Sie waren Jugendfreunde in Beirut.«

»Freunde, zum Teufel damit«, protestierte Andy. »Vor Jahren unterrichteten sein Alter Herr und mein Alter Herr an der Amerikanischen Universität, und wir beide besuchten dieselbe Schule. Hör auf, mich zu schikanieren, Ted. Albert hätte sich uns selbst dann aufgedrängt, wenn er keinen von uns gekannt hätte. Er ist eben ein widerlicher Kriecher.«

Niemand antwortete. Der Neuankömmling stand vor ihnen.

Jean mußte zugeben, daß Albert nicht nur häßlich, sondern auch unsympathisch war. Diese beiden Eigenschaften sind nicht zwangsläufig gleichzusetzen. Physische Häßlichkeit kann durchaus ansprechend, sogar attraktiv wirken. Sie hatte schon unscheinbarere Männer als Albert kennengelernt – wenn auch nicht viele. Er besaß wirklich nichts Anziehendes.

Fettige schwarze Locken verdeckten einen Teil seiner Stirnglatze. Sein Gesicht war von tiefen Aknenarben gezeichnet. Aufgrund seiner vorstehenden Schneidezähne wirkte seine Oberlippe unglaublich verzerrt; sein konturloses Profil hatte Ähnlichkeit mit dem eines Menschenaffen. Außerdem war er dick – nicht mollig oder untersetzt, sondern regelrecht fettleibig. Genau wie Michael trug er seinen Gürtel auf den Hüften statt um die Taille, doch während die Schwerkraft Michaels Gürtel aufgrund seiner schlanken Erscheinung nach unten zog, schloß Alberts riesiger Bauch jegliches Vorhandensein einer Taille aus. Seine kleinen Schweinsaugen verschwanden beim Lachen zwischen seinen feisten Wangen und den wulstigen Brauen. Die abgewetzte Aktentasche, die er mit sich trug, schien seine Schulter nach unten zu ziehen, so daß sein Gang merkwürdig schleppend wirkte.

Dennoch war es nicht Alberts Aussehen, das ihn abstoßend machte, sondern sein Verhalten. Seine unangenehme Aura war wie Körpergeruch. Insgeheim tat er Jean leid, doch als er einen Stuhl neben den ihren schob und ihr mit seiner schwammigen Hand das Knie tätschelte, mußte sie sich zwingen, ihn anzulächeln, statt wie vor einem Aussätzigen die Flucht zu ergreifen.

Eine von Alberts entsetzlichen, aber auch bemitleidenswerten

Eigenschaften war seine Ahnungslosigkeit, wie er auf Menschen wirkte. Schmierig grinsend begrüßte er die Anwesenden. Dann verstaute er sorgfältig die Aktentasche unter seinem Stuhl. Die Schweinsaugen musterten die anderen in der Runde, verweilten am längsten auf Jean und Dana – die mit einem angedeuteten Grinsen reagierte – und entdeckten schließlich Jacqueline.
»Albert Gébara«, stellte er sich vor, wobei er seinem Vornamen die französische Betonung verlieh.
»Angenehm. Ich bin Jacqueline Kirby.«
»Keinesfalls Studentin«, meinte Albert, sie taxierend. »Zu alt, was? *Madame ou mademoiselle Kirby? Docteur, peut-etre?*«
»Schlicht und einfach Jacqueline.«
»*Mais non, ce n'est pas bien de parler à une dame d'un certain age* –«
Andy stöhnte.
»Unser taktvoller Albert. Du Kretin, weißt du eigentlich nicht, daß es unhöflich ist, auf das Alter einer Dame anzuspielen? Und sprich um Himmels willen Englisch. Das kannst du doch, oder? Wenigstens einigermaßen ... Es ist taktlos, sich in einer Sprache zu artikulieren, die deine Mitmenschen nicht verstehen.«
Alberts Knopfaugen blieben weiterhin auf Jacqueline fixiert.
»*Mais vous comprenez francais, vous comprenez fort bien ce que je vous dis* –«
»*Un peu*«, räumte Jacqueline vorsichtig ein.
»*Alors. Madame Kirby? Madame la professeur? Madame la* –«
»Nein«, erwiderte Jacqueline. »Ich bin keine Dozentin. Ich bin Bibliothekarin.«
»*Une bibliothécaire.*« Zufrieden nickte Albert. Er stand auf, nahm seinen Stuhl und seine Aktentasche und gesellte sich zu Jacqueline.
Aufgrund des sich daran anschließenden Gesprächs brummte Andy leise: »Gott sei Dank, daß noch jemand der französischen Sprache mächtig ist. Ich war es leid, Alberts einziger Vertrauter zu sein. Allerdings hat seine Gesprächsführung auch Vorteile, er bekommt die gewünschten Informationen. Eine Bibliothekarin! Darauf wäre ich nie gekommen.«

»Wirklich nicht?« Dana machte sich nicht die Mühe, leise zu sprechen. »Männer sind wirklich schlechte Beobachter. Ich habe mir das gleich gedacht. Langweilig, weltfremd, kleinbürgerlich.«

»Im Gegensatz zu dir«, erwiderte Andy. »Der Prototyp der Liebenswürdigkeit – unsere Dana.«

Dana schwieg. Andy war der einzige, der sie empfindlich treffen konnte.

Mittlerweile war Albert zu Höchstform aufgelaufen. Er sprach Englisch; offenbar hatte Jacquelines »dürftiges« Französisch versagt. In Alberts Gegenwart erstarb jegliche Unterhaltung. Seine laute Stimme übertönte die der anderen, und seine ungeheuerlichen Äußerungen zogen seine Zuhörer unwillkürlich in ihren Bann.

»Ich bin Christ, verstehen Sie«, erklärte er einer skeptischen Jacqueline. »Sie glauben vielleicht, daß ich ein dreckiger Moslem bin. Aber ich bin –«

»Nein«, sagte Jacqueline. »Nicht unbedingt.«

Der Sarkasmus entging Albert.

»Kein dreckiger Moslem«, wiederholte er genüßlich. »Guter Christ, wahrer Christ. Ich verehre die Heilige Mutter Gottes und alle Heiligen. Ich kam hierher, ich arbeite, ich studiere, und das alles für diese verflixten Heiligen. Die Kirche hat keine guten Christen. Heute nicht mehr. Sie braucht gute Christen wie mich, um wieder besser zu werden.«

Jacqueline blickte zu José, erhielt jedoch keine Unterstützung von seiner Seite. Der Blick des Priesters wirkte verklärt.

»Sie wollen die Kirche verbessern?« wiederholte Jacqueline. »Inwiefern?«

Anerkennend tätschelte Albert ihr Knie. Dieser Teil der weiblichen Anatomie schien ihm sichtlich am Herzen zu liegen.

»Heilige retten«, erklärte Albert. »Die Kirche sagt nicht – sie sagt *– à renoncer les saints. Mais les histoires des saints sont incontestables. Les saints –*«

»Das ist ein Tick von ihm«, bemerkte José, unfähig, sich noch länger zu beherrschen. Seine Worte waren unmittelbar an Jacqueline gerichtet, als versuchte er, Alberts Gegenwart zu verdrängen. »Er bezieht sich auf die Revision des Kalenders der Heiligen vor einigen Jahren. Und ich kann ihn nicht davon überzeugen, daß das keine Verwerfung derjenigen Heiligen darstellt, die eliminiert worden sind. Sie werden nach wie vor verehrt. Aber die Legenden –«

»Nein, nein, du befindest dich im Unrecht«, bemerkte Albert mit dem ihm eigenen Taktgefühl – und in einem Englisch, das er auf wundersame Weise optimierte, sobald er eine Beleidigung oder einen Widerspruch ausdrückte. »Du bist dumm. Die Kirche verleugnet – verleugnen ist der zutreffende Begriff – die alten Heiligen. Sankt Christophorus, die heilige Barbara, *les autres*. Alle echt. Alle wahrhaftig. Ich kann es beweisen. Der Papst irrt sich und ist genauso dumm wie du.«

»Ich gebe es ungern zu, aber ich konnte dem Heiligen Vater nie verzeihen, daß er Christophorus fallengelassen hat.« Michael blickte von seiner Zeichnung auf. Er besaß die verblüffende Angewohnheit, sich plötzlich wieder mit einer Bemerkung einzuschalten, die bewies, daß er eine Diskussion aufmerksam verfolgt hatte. »Eine Woche nachdem er ihn rausgeschmissen hatte, prallte ich mit meinem Motorrad gegen einen Baum.«

Seine Äußerung erzielte die gewünschte Wirkung. Unwillkürlich grinste José und entspannte.

»Ich gebe zu, daß du auf einem Motorrad sicherlich jede nur erdenkliche Hilfe gebrauchen kannst, Michael. Aber die Legendenbildung um diese Heiligen wurde schon seit langem in Frage gestellt. Daran ist auch nichts Verwerfliches, schließlich praktiziert das sogar die Kirche. Die frühen Theologen besaßen nicht das geschichtliche Wissen; sie mißinterpretierten –«

»Nein, nein, nein«, mischte sich Albert ein. »Keine Mißinterpretation. Alles wahr. Gott ist die Wahrheit, die alleinige Wahrheit. Wir kennen die Wahrheit bereits. Aber die Zweifler brauchen Beweise. Ich werde sie finden.«

»Albert«, sagte Andy, »warum hältst du nicht endlich den Mund?«

Albert grinste ihn an. »Ich erbringe Beweise. Sieben heilige Jungfrauen –«
José legte beide Hände auf die Tischplatte, als versuchte er, sie im Auge zu behalten, damit sie keine Gewalttat begingen.
»Es gibt keine sieben heiligen Jungfrauen«, stieß er hervor. »Es gibt Hunderte davon. Oder zweiundvierzig oder neun oder gar keine. Aber nicht sieben. Das ist eine magische Zahl, ein Relikt des Heidentums –«
»Sieben«, wiederholte Albert halsstarrig. »Ich werde es beweisen.«
Er zerrte die sperrige Aktentasche unter seinem Stuhl hervor und machte sich an deren Verschluß zu schaffen.
Andy erhob sich. »Ich klinke mich aus«, verkündete er. »Ich habe genug. Bis dann, Freunde.«
»Ich auch«, sagte Dana. »Heute bin ich nicht in der Stimmung, über Jungfräulichkeit zu diskutieren. Kommst du mit zurück in die Bibliothek, José?«
Einer nach dem anderen standen sie auf, sammelten ihre Sachen ein und machten sich auf den Weg. Albert sprach unermüdlich weiter. Jean war klar, daß er sich den gesamten Weg zurück zum Institut an ihre Fersen hängen und auf sie einreden würde. Er preßte die Aktentasche vor seine feiste Brust und erhob sich.
Jacqueline wandte sich ihm zu.
»Sie können nicht mitkommen«, herrschte sie ihn in demselben Tonfall an, der Gino wie ein Stromschlag getroffen hatte. »Heute habe ich keine Lust mehr, mit Ihnen zu diskutieren. Ein anderes Mal vielleicht. Bleiben Sie hier. Auf Wiedersehen.«
Sie legte Albert eine Hand auf die Schulter und drückte ihn zurück auf seinen Stuhl. Dort saß er mit offenem Mund, während die anderen flüchteten.
Jean fand sich in Begleitung von Jacqueline wieder. Nach einer Weile bemerkte sie, daß jemand leise sang. Es dauerte einen weiteren Augenblick, bis sie erkannte, daß die Geräusche von der zurückhaltenden, vornehmen Person an ihrer Seite stamm-

ten. Es handelte sich um das bei den jungen Radikalen so beliebte Musikstück »The Times They Are a-Changing«.
»›The battle outside rages‹«, summte Jacqueline. Als sie Jeans Blick bemerkte, brach sie ab und fragte zuckersüß: »Stört Sie das?«
»Warum sollte mich das stören?«
»Meiner Tochter war es immer peinlich. Im Alter von 12 bis 17 Jahren ging sie in der Öffentlichkeit nie neben mir her.«
»Aber Sie haben doch nicht ständig gesungen, oder?« fragte Jean, die das mittlerweile stark annahm.
»Nein, aber sie wußte nie, wann ich loslegen würde. Weihnachten war es am schlimmsten. Ich liebe Weihnachtslieder.«
»Und Bob Dylan?«
»Und die Märsche der Heilsarmee, deutsche Volkslieder und die Hits aus den 40er Jahren. Ich kenne sämtliche Texte. Ich weiß«, fuhr Jacqueline voller Stolz fort, »so viel nutzlosen Kram, daß es fast unvorstellbar ist.«
»Nicht alles davon ist nutzlos. Albert, beispielsweise, haben Sie elegant abserviert.« Jean betrachtete Jacquelines strenges Profil, bemerkte den belustigten Ausdruck in dem für sie sichtbaren grünen Auge und sagte ohne vorherige Überlegung: »Ich kann Sie einfach nicht einschätzen. Wie viele Persönlichkeiten verkörpern Sie eigentlich?«
»So naiv können Sie doch nicht mehr sein«, meinte Jacqueline tadelnd. »Ist Ihnen nicht bewußt, daß jeder Mensch mindestens ein Dutzend andere Personen verkörpert? Ich genieße diesen Sommer und lasse sie alle raus, wie Michael sagen würde. Wenn ich arbeite, bin ich nicht so schizophren.«
Vor den Toren des Instituts blieb die Gruppe stehen. Als Jean sich umdrehte, bemerkte sie, daß José hinter ihnen gegangen war und ihr Gespräch mit angehört hatte. Seine dunklen Augen blickten Jacqueline an.
»Sie haben soeben eine tiefe Wahrheit ausgesprochen«, sagte er.
»Über die Schizophrenie?« Jacqueline blieb ernst.

»Über die Komplexität der Persönlichkeit. 50 Prozent aller Beziehungsprobleme resultieren aus der Erwartungshaltung, daß sich der Mensch auf ein eindimensionales Verhaltensmuster beschränkt. Aber wir alle sind Ungeheuer mit den Köpfen einer Hydra. Was die meisten Menschen allerdings nie begreifen werden.«
Abrupt nickend entfernte er sich mit flatternden Rockschößen. Nach einem halbherzigen Abschiedsgruß rannte Ted hinter ihm her. Die anderen blieben unschlüssig stehen.
»Kommen Sie mit, Jake«, lud Andy sie ein. »Vielleicht brauchen wir Sie, wenn Albert erneut aufkreuzt.«
»Ich«, sagte Jacqueline, den Spitznamen übergehend, »nehme das Mittagessen mit Ihrer Erzfeindin, der geschätzten Institutsbibliothekarin, ein. Sie haßt es, wenn man sie warten läßt, und ich bin bereits spät dran.«
»Eine Freundin von Ihnen?« fragte Andy skeptisch.
Jacquelines Mundwinkel zuckten. »Sie sieht nur eine meiner zahllosen Facetten. Das paßt zu ihr – ehrwürdig, steif und leidenschaftlich interessiert an den Schwachstellen des Dezimalsystems von Dewey.«
»Andy sollte sich leidenschaftlich für die römische Archäologie interessieren«, sagte Ann ungnädig. »Komm, mein Junge. Vater reist nächste Woche an, und bis dahin sollte deine Ausarbeitung für das Fellowship-Komitee besser fertiggestellt sein.«
»Verdammt richtig«, gestand Andy seufzend. »Und wenn meine Arbeit keine Gnade findet, wird mein Stipendium nicht verlängert, und dann bringt mich der nette alte Herr um.«
»Euer Vater kommt?« Dana riß die Augen auf. »Wahnsinn! Ich muß ihn einfach kennenlernen, Andy. Er ist die schillerndste Figur auf unserem Sektor.«
»Und schillernde Archäologen sind selten«, bemerkte Jean trokken. »Er ist ein begnadeter Wissenschaftler. Das Foto, wo er im Iran an einem Seil über dem Felsen baumelt...«
»Großspurig ist er«, brummte Andy. »Die Behistun-Inschriften sind schon Hunderte Male kopiert worden. Was Sam da veranstaltet hat, war reine Angeberei.«

»Und der Arbeiter, den er vor dem Steinschlag gerettet hat?« wollte Jean wissen. »War das auch Angeberei?«
»Und das Buch über präattische Töpferkunst?« wandte Dana ein.
»Schon gut, wie ich sehe, seid ihr alle Mitglieder seines Fanclubs. Ich werde ein abendliches Treffen arrangieren ... He, das ist eine gute Idee. Wir werden eine Party feiern, und ihr Fans könnt euch um ihn scharen und für seine Zerstreuung sorgen. Er braucht Publikum wie manche Leute Insulin. Sonst fällt er ins Koma.«
»Hört nicht auf ihn«, meinte Ann, nervös kichernd. »Im Grunde genommen hält er Sam für großartig. Komm jetzt, Bruder. An die Arbeit. A-R-B-E-I-T. Sagt dir das was?«
Arm in Arm schlenderten sie davon, und Michael, der sie beobachtete, meinte gedehnt: »Die beiden haben irgendwas Allegorisches.«
»Die Schöne und das Biest«, schlug Dana kichernd vor. »Oder wie wär's mit Orest und Elektra? Das ist doch ein nettes und ganz normales Bruder-Schwester-Gespann für dich.«
Michael versetzte ihr einen Klaps auf ihr Hinterteil, der den Nachhall eines Pistolenschusses besaß. Sie kreischte. Jean, die unter Jacquelines zynischem Blick weitere Ausschreitungen vermeiden wollte, bemerkte beiläufig: »Wie wär's mit den Bobbsey-Zwillingen? Ich kann mir ihre Namen nie merken –«
»Nan und Bert«, erwiderte Jacqueline. »Das reicht jetzt. Was für Lästermäuler ihr doch seid ... Michael, lassen Sie mich doch mal die Zeichnung sehen, die Sie von mir angefertigt haben.«
»Huch?« Michael wich zurück und umklammerte seinen Skizzenblock. »Einen Teufel werde ich tun.«
»Zweifellos. Geben Sie sie mir.«
Schulterzuckend gehorchte Michael. Mit gerunzelter Stirn betrachtete Jacqueline das Blatt. Jean konnte nicht anders, sie spähte Jacqueline über die Schulter.
Michael hatte nicht nur eine Skizze angefertigt; das Papier war mit winzigen Figuren bedeckt: Jacqueline, hingegossen auf dem

Boden des Instituts, wie eine Marmorstatue auf einem Sargrelief; Jacqueline mit erhobenem Zeigefinger und vorwurfsvoll geöffneten Lippen; Jacqueline, ziemlich idiotisch über den Rand ihrer Brille spähend; Jacqueline mit Helm und Harnisch von Minerva ausstaffiert; Jacqueline, wie Gott sie schuf, in der klassischen Pose einer römischen Venus.

Dana gab gurgelnde Geräusche unterdrückter Belustigung von sich, doch Jean fand die Zeichnung keineswegs lustig, auch wenn die einzelnen Porträts wunderschöne Karikaturen darstellten. Michael mochte Jacquelines Bemerkungen über vielschichtige Persönlichkeiten gehört haben, doch die Zeichnung war bereits vor besagter Unterhaltung fertiggestellt gewesen. Gelegentlich zeugten Michaels Impressionen von erschreckendem Scharfsinn. Immer wieder hatte er seine sämtlichen Freunde gezeichnet. Dana war sein bevorzugtes Opfer, was auch erklärte, weshalb sie die Bloßstellung eines weiteren Opfers so erheiterte.

Schließlich gab Jacqueline das Blatt zurück und fixierte Michael mit einem langen, durchdringenden Blick. Ihr Gesichtsausdruck wirkte weder belustigt noch beleidigt. Als sie sprach, war Jean klar, daß sie nicht zum Scherzen aufgelegt war.

»Sie haben Glück, daß Sie in diesem Jahrhundert leben, Michael. Vor fünfhundert Jahren hätte man Sie auf dem Scheiterhaufen verbrannt. Und ich hätte im Publikum gesessen und das Feuer geschürt.«

2

Am folgenden Tag sah sich Jean einem der überaus seltenen Anfälle von Arbeitseifer ausgesetzt. Sie recherchierte mit grimmiger Entschlossenheit und widerstand allen Versuchungen durch ihre Freunde. Da die Institutsbibliothek zu den wenigen Orten in Rom zählte, die amerikanische Öffnungszeiten einhielten, konnte sie vom frühen Morgen bis abends um acht arbeiten. Etwa um diese Uhrzeit passierte eine Woche später das Unvermeidliche. Als sie vor einem Blatt Papier saß und erschöpft den Text studierte, kamen ihr die Worte plötzlich so unverständlich wie Hieroglyphen vor. Ihr Magen knurrte entsetzlich, und ihr Kopf schien losgelöst von ihrem Körper im freien Raum zu schweben.

Jean schob ihre Unterlagen zu einem unordentlichen Stapel zusammen und verließ ihr Büro. Sie war ausgehungert, sehnte sich jedoch nicht nur nach etwas Eßbarem, sondern wollte Geselligkeit, lachen und sich unterhalten, ein Glas Wein, einen riesigen Teller Spaghetti Bolognese, zwölf Stunden Schlaf und ein Bad nehmen – und das nicht unbedingt in dieser Reihenfolge. Keiner dieser verständlichen Wünsche schien spontan realisierbar. Die nächste Trattoria war etwa einen Kilometer entfernt, und ihre sämtlichen Freunde schienen sich in Luft aufgelöst zu haben.

Als sie sich der Treppe näherte, sprang eine der Bürotüren auf. Jean blieb stehen. Der Flur war nur schwach beleuchtet, doch sie erkannte die bronzefarbene Haarpracht und die voluminöse Handtasche. Seit sie die Tasche das letztemal gesehen hatte, schien sie noch schwerer und ausladender geworden zu sein, und sie überlegte, welche widersinnigen Gegenstände mittlerweile hinzugekommen waren.

»Guten Abend«, sagte Jacqueline Kirby. »Sie wirken wie ein Häufchen Elend. Wie geht es Ihnen?«

»Hervorragend.« Das hatte wie ein wenig überzeugendes Krächzen geklungen, und Jean räusperte sich. »Ich bin schlicht und einfach hungrig. Ich arbeite seit ... Welcher Tag ist eigentlich heute?«

»Freitag. Ich weiß, daß Sie gearbeitet haben; ich habe Sie beobachtet.« In Jacquelines Stimme schwang eher Neid als Mitgefühl mit. »In Ihrem Alter konnte ich das auch noch. Das und eine ganze Menge anderer Dinge, zu denen ich heute nicht mehr in der Lage bin ... Soll ich Sie nach Hause fahren? Oder sind Sie auf dem Weg zu Andy?«

»Mir geht es hervorragend«, wiederholte Jean vage. Sie dachte an den letzten von ihr verfaßten Absatz. Dann wurde die allgegenwärtige Aura der Wissenschaft schlagartig von einer Tatsache verdrängt.

»Andy? Andys Party! Für seinen Vater ... Ist er schon gegangen?«

»Wer? Wohin?«

»Andy. Er war den ganzen Nachmittag in seinem Büro.«

»Er ging um fünf, um sich auf die Party vorzubereiten.«

»Ja, die Party.« Jean schüttelte sich. »Gütiger Himmel, bin ich erledigt! Ich muß mich beeilen. Verflucht. Ich sehe aus wie ... Wie spät ist es?«

»Beruhigen Sie sich. Die Party beginnt um neun, folglich wird es erst gegen zehn Uhr interessant. Ihnen bleibt noch genug Zeit, um die Spuren Ihrer Arbeitskonzentration zu beseitigen.«

»Wie steht's mit Ihnen?« Jean schüttelte den Kopf. »Heute abend erzähle ich wirklich einen Haufen Unsinn. Ich meine, Sie sehen großartig aus. Sie brauchen sich nicht –«

»In meinem Alter kann ich ohnehin nicht mehr viel für mich tun«, bemerkte Jacqueline betrübt. »Trotzdem sollte ich vermutlich einen Versuch wagen ... Wollen Sie nun mitfahren oder nicht?«
Als Jean das Zwinkern in ihren Augenwinkeln bemerkte, entspannte sie. »Vielen Dank. Wenn es für Sie kein Umweg ist, gern. Ich wußte gar nicht, daß Sie ein Auto haben.«
»In den letzten Tagen ist Ihnen einiges entgangen. Während Ihres Arbeitsrauschs ist meine Freundin Frau Hilman in Urlaub gefahren und hat mir ihr Auto und ihre Wohnung überlassen.«
»Angenehm, solche Freunde zu haben.«
»Sie hat mir auch ihre Perserkatze, ihren rosafarbenen Pudel und ihr Meerwasseraquarium anvertraut. Die Katze mußte ich bereits mehrfach vom Aquarium verscheuchen, dem Pudel bereite ich tagtäglich sein Gourmetmenü zu, und langsam frage ich mich, ob ich wirklich einen guten Handel eingegangen bin.«
Sie traten aus dem Gebäude in die laue, diesige römische Abendluft, und Jean nahm einen tiefen, befreienden Atemzug.
»Das Auto steht da hinten«, erklärte Jacqueline. Sie zögerte und fuhr dann beinahe widerwillig fort: »Haben Sie nicht Lust, mit zu mir zu kommen, und ich mache uns Rührei oder irgendeine Kleinigkeit? Es gibt auch eine Dusche. Ich möchte nicht wie eine Fernsehwerbung klingen, aber ich habe selbst lange genug in Studentenunterkünften gehaust und kenne die winzigen Waschekken in diesen Zimmern, die in den meisten Fällen nur über zwei Kaltwasserhähne verfügen.«
»Das ist sehr nett von Ihnen«, erwiderte Jean.
»Oh, nett ist in meinem Fall genau das zutreffende Wort«, bekräftigte Jacqueline sarkastisch. Sie ließ die Zündung an und wurde mit einem schnarrenden Motorengeräusch belohnt. Verunsichert trat sie auf das Gaspedal; das Geräusch verwandelte sich in ein lautes Aufheulen. »Ich hasse diesen Wagen«, knurrte sie. »Ich hasse es, in Rom Auto zu fahren.«
»Warum tun Sie es dann?«
»Reiner Masochismus. In Neuengland bezeichnen wir das als

Selbstdisziplin, aber es läuft auf das gleiche hinaus.« Sie fädelte den Wagen in den dichten Verkehr ein und entspannte zusehends. »Glücklicherweise befinden sich das Institut und das Apartment auf dieser Seite des Flusses. Wenn ich mich auch noch durch das Straßengewirr der Altstadt manövrieren müßte, würde ich ausrasten.«

»Sind Sie sicher, daß ich mitkommen soll?« vergewisserte sich Jean.

»Warum nicht?«

Keine unbedingt aufschlußreiche Antwort, dennoch wirkte Jacquelines Tonfall beruhigend auf Jean.

»Können wir kurz bei mir anhalten, damit ich mir saubere Sachen hole? Ich wohne in der Nähe der Via di San Pancrazio.«

»Selbstverständlich.«

Innerhalb von drei Minuten kehrte Jean zurück. Ihre Fahrerin warf ihr einen anerkennenden Blick zu.

»Das ging aber schnell.«

»Ich hatte ohnehin nur noch ein sauberes Kleid.«

Auf ihrer weiteren Wegstrecke verfuhren sie sich lediglich ein einziges Mal, was Jacqueline zu undamenhaften Flüchen verleitete und wodurch sie sich im Gegenzug einen anerkennenden Blick von Jean einhandelte.

»Sie klingen überhaupt nicht wie eine Bibliothekarin«, stellte sie fest.

»Ich bin im Urlaub.« Jacqueline lachte. »Nun, vermutlich bringt man damit eine ganz bestimmte Vorstellung in Verbindung, nicht wahr? Doch Stereotypen sind hochgradig irreführend. Es gibt typische Bibliothekare, aber nicht alle Bibliothekare sind typisch für ihren Berufsstand. Nicht mehr und nicht weniger als in allen anderen Berufen.«

»Wie beispielsweise der Archäologie«, bekräftigte Jean. »Wie ich gehört habe, soll Dr. Scoville eher untypisch sein.«

»Ach ja? Der umtriebige Anthropologe gehört zu einer Unterordnung des allgemeingültigen Klischees. Das Elfenbeinturm-Image stört einige Wissenschaftler; sie müssen beweisen, daß sie mitten im Leben stehen und sich in aktuellen Fragen ebenso auskennen wie in ihrem Fachgebiet.«

»Ich denke nicht, daß Dr. Scoville irgend etwas zu beweisen versucht.«

»Ach, meine Liebe. Ich greife einen Ihrer Helden an«, meinte Jacqueline honigsüß. »Oberflächlich betrachtet scheint er alles zu besitzen – eine erotische Ausstrahlung, Attraktivität, berufliche Reputation, gesellschaftliche Akzeptanz. Aber im Grunde genommen ist er auch nur ein Mensch, der nach dem Genuß von Zwiebeln vermutlich mit Blähungen zu kämpfen hat und seinen Bauch einziehen muß, wenn er sich im Spiegel betrachtet. Das würde auch sein Draufgängertum erklären, das für mich zugegebenermaßen gelegentlich an Exhibitionismus grenzt.«

Verblüfft beobachtete Jean das Profil ihrer Begleiterin, die ganz gelassen wirkte.

»Ich glaube nicht, daß ich schon jemals etwas so Zynisches gehört habe.«

»Sie sind noch jung.«

Jacqueline lenkte den Wagen in eine dunkle, enge Seitenstraße, die zu beiden Seiten von hohen Mauern eingefriedet wurde. Sie schaltete das Abblendlicht ein; auf den breiten, hell erleuchteten Straßen war sie lediglich mit dem in Rom vorgeschriebenen Standlicht gefahren. »Ich glaube, hier war ich noch nie«, bemerkte Jean.

»Das ist die alte Via Aurelia«, erklärte Jacqueline. Als ihnen ein Auto mit hoher Geschwindigkeit entgegenbrauste, kreischten beide, doch zu ihrem beiderseitigen Erstaunen passierte sie das Fahrzeug ohne jeglichen Blechschaden. »Sie ist schwer befahrbar; ich würde am liebsten die Mauer hochklettern, wenn mir ein Wagen entgegenkommt. Aber allein der Name fasziniert mich.«

»Ich bin ja schon froh, daß Sie nicht zu den hartgesottenen Zynikern gehören.«

»Nur im Umgang mit Menschen lege ich einen gewissen Zynismus an den Tag. Plätze und Gegebenheiten erfüllen mich immer

noch mit schwärmerischer Romantik. Ein Anzeichen auf das reifere Alter, wenn Sie so wollen.«
Die Mauern wichen neuen Apartmentanlagen; die Straße wurde breiter, und die Romantik nahm ein Ende. Jacqueline bog noch mehrmals ab, steuerte den Wagen durch ein Gewirr von Seitenstraßen und schließlich in einen schmalen Eingang mit dem Hinweis »Privat«. Dort befand sich eine kleine Pförtnerloge; ein *portiere* trat ins Freie, erkannte das Fahrzeug und wandte sich erneut seinem Abendessen zu.
»Wahnsinn«, entfuhr es Jean. »Ich wußte gar nicht, daß Bibliothekare so gut bezahlt werden.«
Die Durchfahrt führte zu einem der Apartmentkomplexe, wie sie in den römischen Vororten mittlerweile üblich waren. Die einzige Zufahrt, die auch sie genommen hatten, wurde von einem Pförtner bewacht, der fahrende Händler und ungeladene Gäste abwimmelte. Im Gegensatz zu den riesigen Hochhäusern mit ihren preiswerten Wohnungen bestand dieser Komplex aus nur vier Apartments pro Gebäude, und diese lagen verstreut in einer ansprechenden Parklandschaft. Selbst das armseligste römische Apartment besitzt einen Balkon; diese hier hatten fünf oder sogar sechs. Während sie entlang der Immergrünhecken und Azaleenbüsche über den Privatweg fuhren, bemerkte Jean, daß die diffuse Beleuchtung im Zentrum der Wohnanlage einen riesigen Swimmingpool überstrahlte, dessen Wasser türkisfarben schimmerte.
»Wahnsinn«, meinte sie erneut.
»Das ist tatsächlich Wahnsinn.« Jacqueline steuerte den Wagen in eine Parkbucht neben einen tiefergelegten Sportwagen und eine Cadillac-Limousine. »Geben Sie sich keinen falschen Illusionen hin. Zusätzlich zu ihrem Gehalt besitzt Lise Privatvermögen. Kommen Sie; Sie haben noch nicht alles gesehen.«
Das Gebäude verfügte über einen Fahrstuhl, der erst reagierte, nachdem Jacqueline einen Schlüssel ins Schloß gesteckt hatte. Als die Aufzugtür sich erneut öffnete, befand man sich unmittelbar in der Empfangshalle des Apartments. Dieser Raum war größer als Jeans Schlafzimmer und hatte einen Marmorboden.

Marmor bedeckte auch den Boden des *salone* beziehungsweise des Wohn-Eßbereichs, der die gesamte Vorderseite des Gebäudes einnahm. Eine Wand bestand komplett aus Fenstern mit zwei integrierten Schiebetüren, die auf den langen Frontbalkon hinausführten. Durch das Glas sah Jean Unmengen von Pflanzen; Blumenkästen mit Geranien, Bleiwurz und Rosen umsäumten die Balkonbrüstung. Darunter schimmerte der aquamarinblaue Pool wie ein kostbarer Edelstein.

Vollkommen überwältigt folgte Jean ihrer Gastgeberin in den Raum, der mit Orientteppichen und gediegenen Rokokomöbeln ausgestattet war. Das bewegliche Inventar dieses Panoptikums erwartete sie bereits. Die Katze, eine Kugel aus silbergrauem Fell, blinzelte sie aus grünen Augen an, blieb jedoch auf dem Brokatsofa liegen. Der Pudel war tatsächlich rosa. Unter schrillem Gebell machte er einen Satz über den Teppich in Richtung von Jeans Knöcheln.

»Nein, Prinz«, warnte Jacqueline mit fester Stimme.

Der Hund überschlug sich, und seine winzigen Pfoten ruderten in der Luft. Ein rosafarbenes Band, das einen Ton dunkler war als sein Fell, zierte sein Haarkrönchen.

»Der arme kleine Kerl«, sagte Jean und beugte sich vor, um ihm den Bauch zu kraulen. »Warum wirken Pudel nur immer so mitleiderregend auf mich?«

»Eigentlich ist er ein netter kleiner Bursche«, meinte Jacqueline; der Pudel winselte und leckte Jeans nackte Zehen. »Die meisten Leute neigen dazu, sie wie Spielzeuge und nicht wie Hunde zu behandeln, deshalb sind sie so bemitleidenswert. Im Gegensatz zu Nefertiti dahinten; sie hat hier das Sagen, und das weiß sie ganz genau.«

Die Katze blinzelte erneut. Ihr Gesichtsausdruck zeugte von Todesverachtung.

Nachdem Jean geduscht hatte, fand sie Jacqueline in der Küche vor. Der Pudel lag jaulend zu ihren Füßen und bettelte. Nefertiti saß auf dem Tisch. Als sich Jacqueline an den Tisch setzte, befand sie sich in Augenhöhe mit der Katze, und der Gesichtsaus-

druck von Mensch und Tier war so ähnlich, daß Jean nicht anders konnte, als laut loszuprusten.
»Ruhe«, bemerkte Jacqueline, ohne ihr Gesicht abzuwenden. »Ich versuche, sie aus der Fassung zu bringen.«
Dann fiel Jeans Blick auf die Flasche. Es war dieselbe kleine grüne Flasche, die sie schon einmal gesehen hatte. Daneben lag eine Pipette.
»Es ist tatsächlich für die Katze«, entfuhr es ihr.
»Das hatte ich doch zum Ausdruck gebracht, oder? Es handelt sich um ein Stärkungsmittel, und Lise schwört darauf. Ich persönlich glaube eher, daß diese Katze Beruhigungsmittel statt Vitaminen braucht, aber ... Schauen Sie, würde es Ihnen etwas ausmachen, ihre Hinterläufe festzuhalten?«
Der Kampf wäre vermutlich lustig gewesen, wenn er nicht so schmerzhaft verlaufen wäre. Jean trug zwei blutende Kratzer auf ihrem Oberarm davon, und Jacqueline war von Kopf bis Fuß mit grünen Spritzern übersät. Die Katze zog sich fauchend zurück, was einen grünen Sprühnebel zur Folge hatte, woraufhin Jacqueline eine Reihe von Verwünschungen in Richtung ihres pelzigen Hinterteils zischte. Sie fütterte den Hund und streute Fischfutter in das Aquarium im *salone.* Dann wandte sie sich mit einem gequälten Seufzen der Zubereitung der Rühreier zu.
Es gab Rührei mit Schinken, dazu Salat und frische Brötchen mit Weichkäse aus kleinen Papptöpfchen. Das Duschvergnügen hatte Jeans Appetit noch gesteigert. Erst als sie ihren Teller restlos geleert hatte, schnappte sie nach Luft und entschuldigte sich für ihre Gefräßigkeit.
»Noch einen Kaffee?« fragte Jacqueline.
Jean blickte auf ihre Armbanduhr. »Müssen wir denn nicht aufbrechen?«
»Es besteht kein Grund zur Eile.« Jacqueline erhob sich und füllte zwei Kaffeetassen, die sie zum Tisch brachte. »In den letzten Tagen haben Sie nicht sonderlich viel mitbekommen, nicht wahr?«
»Warum? Ist irgendwas passiert?«

»Ja und nein. Vielleicht ist es auch nur meine übersteigerte Einbildungskraft.« Jacqueline seufzte. »Ich war immer sehr gewissenhaft, wenn es um Abschlüsse oder gute Schulleistungen ging. Aber mittlerweile frage ich mich, ob Ihre Freunde nicht recht haben, wenn sie sich über den akademischen Druck beklagen. Bedeutet Ihnen die Verlängerung Ihres Stipendiums denn wirklich so viel? Damit meine ich nicht nur Sie, sondern auch die anderen.«

»Nicht unbedingt«, meinte Jean gedehnt. »Genaugenommen bin ich die einzige, die davon abhängig ist. Michael ist es völlig egal; er ist so abgehoben, daß ihn nichts aus der Ruhe bringen kann. Er würde in einer Höhle wohnen, wenn sie über entsprechende Lichtverhältnisse verfügte. Haben Sie seine Behausung gesehen?«

»Nein.«

»Nun, es ist das entsetzlichste Rattennest ... Er hat die Wohnung allein wegen des Oberlichts genommen. Im Winter gefrieren Eisblumen auf den Fenstern, und im Sommer verwandelt sich sein Zimmer in eine Sauna. Um frische Luft zu bekommen, muß er das Oberlicht offenlassen; das Dach ist ein Tummelplatz für kleinere Kinder, flirtende Halbwüchsige und Scharen verwilderter römischer Katzen. Wenn die Kinder nicht gerade irgendwelche Frechheiten durch das Dachfenster brüllen, erledigen die Katzen ihre Notdurft darauf, oder irgendein Fellcasanova stürzt nach unten. Im übertragenen Sinne. Ein völlig verstörtes Kind ist eines Nachts wirklich durch das Fenster gefallen und geradewegs auf Michaels soeben fertiggestelltem Gemälde gelandet, das noch nicht trocken war ... Ich weiß, das alles klingt verdammt lustig, aber das witzigste ist, daß Michael es nicht einmal *bemerkt*. Sicher, er bemerkte den Jungen, der auf sein Bild gestürzt war, aber nur, weil er es verschmiert hatte. Wieso ihm da ein Unterschied aufgefallen ist, ist mir ohnehin rätselhaft!«

»Er gehört also zu den abstrakten Malern?« fragte Jacqueline lachend.

»So könnte man es nennen. Ich habe noch nicht viele seiner

Arbeiten gesehen. Er tut immer sehr geheimnisvoll, wenn jemand sein Werk betrachten will. Er behauptet von sich, daß er Kritik verabscheut. Und das stimmt auch. Er hat einen Studienplatz bei Professor Lugetti, aber er läßt nicht zu, daß dieser Mann seine Gemälde begutachtet. Michael arbeitet in einem Studio am Institut. Alle paar Wochen dreht Lugetti durch und erkämpft sich mit Gewalt Zugang zu diesem Studio, und dann hört man ihre Auseinandersetzung durch das ganze Gebäude. Sie stehen da und schreien sich eine Stunde lang ununterbrochen an, bis Lugetti ausrastet und ihn mit italienischen Schimpftiraden überhäuft, woraufhin Michael außer sich vor Wut mit englischen Flüchen reagiert.«

»Lugettis Temperament ist bereits Legende«, meinte Jacqueline. »Es überrascht mich, daß er Michael nicht einfach vor die Tür setzt.«

»Das ist ja das Komische daran. Er behauptet, daß Michael der begnadetste Künstler seit Monet ist.«

»Das klingt zugegebenermaßen wirklich nicht so, als sei Michael der sorgenvolle Typ. Wie steht's mit den anderen?«

»José, Ted und Dana sind keine Stipendiaten. Vermutlich haben sie mit anderen Problemen zu kämpfen – wer hat das nicht? –, aber die Verlängerung des Stipendiums läßt sie kalt.«

»Beziehen sie denn keinerlei studentische Unterstützung?«

»Dana spricht nur ungern über ihre finanzielle Situation; ich denke, sie bekommt Geld von ihrer Familie.«

»Und José wird von seinem Orden unterstützt?«

»Orden?«

»Er ist doch Jesuit, oder?«

»Genau. Deshalb muß er sich um Geld keine Gedanken machen, nicht wahr?«

»Nein, vermutlich nicht. Sicherlich nicht um Geld ... Und Ted?«

»Es ist verrückt«, bemerkte Jean stirnrunzelnd, »aber über solche Dinge reden wir nie ... Ich schätze, daß er eine staatliche Förderung oder etwas Ähnliches bewilligt bekommen hat. Aber ich werde das Gefühl nicht los, daß er mit persönlichen Problemen zu kämpfen hat. Er redet fast nie über sich, ist in seiner Heimat allerdings mit einem Mädchen verlobt. Als wir uns kennenlernten, erwähnte er sie gelegentlich. Zeigte uns ihr Foto und so. In letzter Zeit hat er nicht mehr von ihr gesprochen. Wen haben wir noch? Ach ja, die Goldstaub-Zwillinge.«

»Nennt ihr sie so? Ich hätte gar nicht gedacht, daß sich noch einer von euch an den alten Werbegag erinnert.«

»Ann hat den Begriff erwähnt. Ich denke, daß ihr die enge Beziehung zu ihrem Bruder Selbstvertrauen vermittelt. Sie sehen ohnehin wie Zwillinge aus, obwohl sie ein Jahr älter ist als Andy.«

»Ist es nicht ungewöhnlich, daß Bruder und Schwester im gleichen Jahr Stipendiaten des Instituts sind?«

»Nun ...« Mit ihrem Zeigefinger pickte Jean Brotkrumen von der sauberen Tischdecke. »Ich denke mir, sie sind beide begabt. Aber – die Welt ist praktisch veranlagt, nicht wahr? Und Dr. Scoville hat viele Freunde in den archäologischen Zirkeln.«

»Freut mich, daß Sie nicht so naiv sind, wie Sie aussehen. Wie gut sind die Scovilles denn wirklich? Seien Sie objektiv – sofern Ihnen das möglich ist.«

»Anns Arbeit kann ich nicht beurteilen, das ist nicht mein Fachgebiet«, sagte Jean abwehrend. »Aber ich weiß zufällig, daß Andys Dissertation eine wirklich hervorragende Arbeit darstellte. Die Universität wollte sie sogar veröffentlichen, und das passiert nicht oft.«

»Andy hat seinen Doktor gemacht?«

»Ja, und das schon unglaublich früh – im Alter von 21 oder 22 Jahren. Aber er will nicht mit seinem Titel angesprochen werden. Er ist sehr bescheiden.«

»Dann hat Andy also keine akademischen Probleme.«

»O nein. Wenn einer sein Stipendium verlängert bekommt, dann Andy. Sehen Sie, Jacqueline, ich möchte Ihnen nicht zu nahe treten, aber –«

»Warum so förmlich?« meinte Jacqueline in dem überaus sanften

Tonfall, den Jean mittlerweile kannte und fürchtete. »Sagen Sie doch ganz offen heraus, daß Sie mich für eine neugierige alte Plaudertasche halten.«
»Nein«, gestand Jean. »Sie sind keine Plaudertasche. Irgend etwas beunruhigt Sie. Was ist es?«
»Ich glaube absolut nicht an Vorahnungen«, murmelte Jacqueline halb zu sich selbst. »Aber diese Atmosphäre ... Man kann es fast physisch spüren. Wie ein drohendes Erdbeben.«
»Vorahnungen, Intuition – ich glaube daran, denn sie beruhen immer auf einer Tatsache, die das Bewußtsein noch nicht registriert hat. Irgend etwas muß geschehen sein, und das beunruhigt Sie unterschwellig.«
Die Küchenlampe beleuchtete Jacquelines bronzefarbenes Haar und ließ ihr Gesicht blaß erscheinen.
»Ihr Freund Albert beispielsweise. Er scheint verschwunden zu sein.«

Ann und Andy bewohnten ein Apartment in Trastevere. Ihr Vater, der als Autor populärer Sachbücher überaus erfolgreich war, unterstützte die beiden finanziell; das Stipendium der Fellows reichte kaum aus, um ein billiges, möbliertes Zimmer zu bezahlen. Das früher als Arbeiterviertel von zweifelhaftem Ruf verpönte Trastevere wurde mittlerweile für malerisch gehalten. Ein Ausflug in sein Nachtleben stand auf der Prioritätenliste vieler Rombesucher. Zum Glück verstanden die neugierigen Touristen in ihren bügelfreien Nylonkleidern und saloppen Sommeranzügen nicht, welche Kommentare ihnen von den barfüßigen Studenten und den aufgebrachten Kellnern zugerufen wurden.
Aufgrund seiner Sprachbegabung und seines gewinnenden Auftretens hatte sich Andy gleich zu Beginn in die Szene integriert. Andys Freunde genossen die Früchte seiner Beliebtheit. Überall in Rom ist Parken ein Problem. In Trastevere wird es zum Alptraum. Als Jean und Jacqueline eintrafen, war die Straße hoffnungslos zugeparkt; selbst im Parkverbot und auf den Geh-

steigen standen Vespas, Motorräder und Fahrräder. Während sich Jacqueline fassungslos umschaute, stürmte ein junger Mann auf den Wagen zu und steckte seinen Kopf durch das Fenster.
»Freunde von Andy? Überlassen Sie mir das Auto, Signora, ich werde mich um alles kümmern.«
»Das geht schon in Ordnung«, mischte sich Jean ein. »Das ist Alberto Sordi; er studiert Maschinenbau. Alberto, das ist Signora Kirby.«
Ohne seinen Kopf aus dem Fenster ziehen zu müssen, gelang Alberto eine Verbeugung – eine Leistung, wie sie nur ein Italiener vollbringt. Jacqueline warf ihrer Begleiterin einen unschlüssigen Blick zu, stieg jedoch aus und ließ den Schlüssel stecken.
»Der Wagen gehört mir nicht«, meinte sie beschwörend. »Sie sind doch vorsichtig...?«
Seine Hand aufs Herz legend, verbeugte Alberto sich erneut.
»Signora, sollten Sie auch nur eine Schramme bemerken, werde ich mit meinem Leben dafür bezahlen.«
Diese Gefühlswallung irritierte Jacqueline, und Jean, der klar war, daß er sie gehörig auf den Arm nahm, zog die Ältere mit sich fort.
»Dafür wird Andy vermutlich schon sorgen«, erklärte sie Alberto und grinste unwillkürlich, als sein breites Lächeln in Entsetzen umschlug. »Danke, Alberto. Bis dann.«
Während Alberto begeistert auf dem Fahrersitz Platz nahm, zog Jean Jacqueline in den Hauseingang. Jean wußte, daß er zu seinem Versprechen stand; nach seiner Rückgabe würde der Wagen nicht einen einzigen Kratzer aufweisen. Aber für Jacquelines Nervenkostüm war es mit Sicherheit besser, wenn sie seinen Fahrstil nicht mitbekam.
Die Scovilles hatten eine der Wohnungen in der obersten Etage angemietet, die wegen ihrer riesigen Dachterrassen sehr begehrt waren. Aber sie befand sich im sechsten Stockwerk, und es gab keinen Aufzug. Während sie die Treppen hinaufstiegen, wurde der Partylärm immer lauter und deutlicher.
»Ich frage mich, ob sich die Nachbarn nicht beschweren«, sagte Jacqueline nachdenklich.

»In Trastevere beschwert sich niemand über Partys. Alle lungern im Treppenhaus herum und erfreuen sich an der Stimmung. ... *Buona sera, signora ... signori ...*«
Letztere Bemerkung galt den Bewohnern eines Apartments im fünften Stock, die in ihrer offenen Eingangstür standen, nickten und im Takt der Musik mit den Füßen wippten.
Sie trafen als letzte Gäste ein. Jeans Blick fiel als erstes auf Ximenez; sein gestrenges Schwarz stach aus der farbenfrohen Garderobe der übrigen Gäste hervor. Es war noch ein weiterer Priester anwesend; seine leuchtendviolette Kutte wies ihn als deutschen Geistlichen aus, der in Rom weilte.
Zur Feier des Tages trug Ann ein Kleid – vielleicht war es aber auch ein Oberhemd ihres Bruders. Schmal geschnitten und von einem undefinierbaren Grün, reichte es ihr gerade bis zu den Oberschenkeln und enthüllte wohlgeformte Beine, was Jean zuvor bereits aufgefallen war. Weitere Zugeständnisse an ihre Weiblichkeit unternahm Ann nicht; in ihrer gewohnt nachlässigen Haltung stand sie Ted gegenüber, mit dem sie sich angeregt unterhielt.
Jeans Blick schweifte durch den Raum und erspähte Michael, der in einer Ecke auf dem Boden hockte. Er hatte die Knie angezogen, und seine nackten Fußsohlen waren pechschwarz. Er umklammerte ein Glas Wein mit beiden Händen und wirkte so trübsinnig und abwesend wie ein autistischer Patient, der sich in einem Krankenhausflur niedergelassen hat.
Seltsamerweise war Dana nicht bei ihm, doch Jean entdeckte das Mädchen genau dort, wo sie es erwartet hatte – an der Seite eines stattlichen grauhaarigen Mannes, den Jean aufgrund von Fotos und der Ähnlichkeit mit seinem Sohn erkannte.
Dana war der Blickfang des Abends. Große goldene Spangen schimmerten in ihrer dunklen Haarmähne. Eine schulterfreie Bluse im Gypsylook harmonierte mit einem weiten Rock, der leuchtend violett, stahlblau, hellgrün und orange gestreift war; sie hatte einen violetten Schal um ihre Taille geschlungen und klimperte mit unzähligen Halsketten und Armbändern.

Aber sie war nicht die einzige, die den berühmten Wissenschaftler anhimmelte. Er war umringt von Andys studentischen Freunden und zwei älteren Fellows vom Institut. Sein kurzgeschorenes, grauhaariges Haupt überragte die Umstehenden. Braun gebrannt aufgrund der ständigen Ausgrabungsexkursionen in südliche Gefilde, wirkte er um zwanzig Jahre jünger, und seine breiten Schultern zeugten von der harten, im Zuge von archäologischen Exkavationen unerläßlichen körperlichen Arbeit.
Der Gegensatz zwischen seinem lässigen, aber dennoch konventionellen weißen Hemd und seiner dunklen Hose und Andys farbenfroher Garderobe war so extrem wie die Unterschiede in ihrem Äußeren, dennoch war die Ähnlichkeit unverkennbar – nicht nur in ihren attraktiven Gesichtszügen, sondern auch in der Vitalität, die beide ausstrahlten. Andy stand in der Nähe der um seinen Vater gescharten Gruppe, beteiligte sich jedoch nicht an deren Unterhaltung. An die Wand gelehnt, hielt er ein halbgefülltes Glas in der Hand und beobachtete seinen Vater mit einem Gesichtsausdruck gönnerhafter Belustigung. Als er die Neuankömmlinge bemerkte, drehte er sich um, schlenderte auf sie zu und begrüßte sie stürmisch.
»Ich hatte euch schon abgeschrieben«, bemerkte er, an Jean gewandt.
Andys blaue Augen musterten sie mit einer Intensität, die die übrigen Anwesenden auszublenden schien. Dann besann er sich auf seine Umgangsformen. Er drehte sich zu Jacqueline um. »Sie sehen phantastisch aus. Kommen Sie, ich stelle Ihnen den großen Gelehrten vor.«
Als sie fortgezogen wurde, warf Jacqueline Jean noch einen leicht amüsierten, auffordernden Blick zu, doch diese reagierte nicht; der große Gelehrte wurde einfach von zu vielen schmachtenden Damen umschwärmt.
Jean schlenderte zu den Getränken und goß sich selbst ein Glas Wein ein. Sogleich gesellte sich Ximenez zu ihr, der sie überschwenglich begrüßte.
»Du hast viel zuviel gearbeitet«, meinte er. »Wir haben dich bei

unseren täglichen Zusammenkünften vermißt; du weißt doch, daß du unsere Friedensstifterin bist.«
»Nach dem, was ich von Jacqueline erfahren habe, war das wohl kaum erforderlich«, erwiderte Jean, und als sie Josés verdutzten Blick bemerkte, führte sie aus: »Albert. Jacqueline meint, daß er verschwunden ist.«
»Verschwunden? Was für ein Wort«, mischte sich Ann mit unterkühlter Stimme ein.
»Als wir ihn zuletzt sahen, verhielt er sich wirklich merkwürdig«, sagte José nachdenklich. »So völlig außer sich.«
Diese seltsame Behauptung erstaunte Jean. »Wie meinst du das?«
Gedankenverloren kniff José seine dunklen Augen zusammen. »Schwer zu beschreiben. Geistig verwirrt? Das trifft es nicht exakt. Es gibt einen englischen Begriff dafür – ›todgeweiht‹. Vielleicht verstehe ich die korrekte Bedeutung nicht . . .«
»Das hoffe ich. Der Begriff hat etwas mit der Vorahnung eines nahen Todes zu tun.«
»Vielleicht ist er verrückt geworden«, meinte Ann gereizt. »Gütiger Himmel, ihr sprecht von ihm, als hätte er sich vor aller Augen in Luft aufgelöst. Warum bauscht ihr die ganze Sache nur so auf?«
»Genau. Laßt endlich diesen entsetzlichen Albert aus dem Spiel.« Michael hatte sich der Gruppe angeschlossen. »He, José, hast du schon die Aquarelle in der neuen Galerie auf der Via Margutta gesehen?«
José war dort gewesen. Jean, die nach ihren tagelangen, anstrengenden Recherchen nicht zu Fachsimpeleien aufgelegt war, wurde die Unterhaltung zu einseitig. Als sie sich abwandte, bemerkte sie Andys Blick. Sie wurde das Gefühl nicht los, daß er sie schon eine ganze Weile beobachtete, und spürte, daß sie dummerweise wie ein Schulmädchen errötete. Andy war das einzige männliche Wesen innerhalb der Gruppe, dem das gelang. Ted und José waren gute Freunde. Michael? Zwischen ihm und Jean hätte zwar möglicherweise der Funke überspringen können, dennoch war

ihr Michael emotional viel zu wankelmütig. Ganz offensichtlich gehörte er zu den flatterhaften Typen, die von einer Blüte zur anderen schwärmten. Bei Andy war das etwas anderes. Als er ihr lächelnd zunickte, ging Jean darauf ein.
»Amüsierst du dich?« fragte er sanft. Seine Worte klangen nicht sonderlich originell, doch der Tonfall und sein Blick verliehen der abgedroschenen Phrase tieferen Sinn.
»Die Party ist toll, Andy. Alle amüsieren sich.«
»Einschließlich unserer Jacqueline.« Andy grinste. »Präg dir ihre Technik gut ein, hörst du?«
Jean wandte den Kopf und bemerkte Jacqueline und Professor Scoville auf ihrem Weg zur Terrasse. Jacquelines ehrwürdige Freundin, die Bibliothekarin, hätte sie in ihrer gegenwärtigen Aufmachung kaum wiedererkannt; das Jadegrün ihres modischen Hosenanzugs ließ ihre Augen smaragdgrün funkeln und brachte ihre schlanke Erscheinung hervorragend zur Geltung. Ihr metallisch schimmerndes Haar war zu einem Lockenkranz frisiert. Als Jacqueline ihren stattlichen Begleiter, der aufmerksam den Kopf gesenkt hielt, anlächelte, bemerkte Jean belustigt, daß sie ihre Brille nicht trug. Lediglich ein Gegenstand beeinträchtigte das vollkommene Bild vornehmer Eleganz: die HANDTASCHE. Jean ertappte sich dabei, daß sie in Großbuchstaben vor ihrem geistigen Auge Revue passierte.
Das Paar verschwand in der lauschigen Dunkelheit der Terrasse, und Andy wieherte laut. »Sie hat ihn Dana geradewegs vor der Nase weggeschnappt«, bemerkte er. »Unsere Dana hat schlechte Karten.«
Jean wollte etwas erwidern, doch als sie Andys veränderten Gesichtsausdruck bemerkte, blieben ihr die Worte in der Kehle stecken. Er starrte an ihr vorbei zur Tür. In Erwartung eines weltbewegenden Ereignisses wirbelte Jean herum. Ihr Blick fiel auf eine Person, die, oberflächlich betrachtet, sicherlich nicht so schrecklich war, als daß dies Andys Bestürzung erklärt hätte. Es handelte sich lediglich um Albert, der nach seinem vorübergehenden Verschwinden wieder aufgetaucht war.

Alberts Gegenwart wurde nie überschwenglich begrüßt, doch das Schweigen, das sich jetzt im Raum ausbreitete, war extrem unangenehm. Sämtliche Gespräche versiegten. Während Jean ihn fixierte, begriff sie die Ursache und Andys entsetzten Gesichtsausdruck.

Obwohl Albert abgrundtief häßlich war, legte er normalerweise großen Wert auf Sauberkeit; seine abgetragene Kleidung war ordentlich, wenn auch ungeschickt gestopft, und er stets glattrasiert. Jetzt hatte er einen struppigen schwarzen Vollbart, und sein Hemd und seine Hose sahen aus, als hätte er mehrfach darin übernachtet. Während er mit zusammengekniffenen Augen in den hell erleuchteten Raum blinzelte, straffte er seine massigen Schultern und ballte seine Hände zu Fäusten, was ihm etwas Bedrohliches verlieh.

Seine Körperhaltung war alarmierend, doch seine erste Äußerung trug noch ein übriges dazu bei. Obwohl Jeans Französischkenntnisse miserabel waren, verstand sie das Wort, das er wie eine Bombe in den Raum platzen ließ.

»*Voleur!*«

Unterschiedlichste Reaktionen machten sich in der starrenden Menge bemerkbar. Jean überlegte fieberhaft, wie persönlich einige der anwesenden Bewohner Trasteveres die Anschuldigung »Dieb« wohl nähmen. Der zweifelhafte Ruf des Viertels ... Alberts Stimme steigerte sich zu einem erhitzten Kreischen.

»*Il a disparu. On l'a volé! Mon tresor, ma seule chose précieuse! Aujourd'hui,* heute, ich gehe zum Mittagessen – und du stiehlst –«

Zu Jeans Verblüffung fing er an zu weinen. Obwohl er unentwegt weiterredete, wurden seine Worte von seinem hemmungslosen Schluchzen übertönt. Tränen rollten in schmutzigen Sturzbächen über sein teigiges, braunes Gesicht. Die Reaktion der Gäste war exakt die bei unerwarteten Gefühlsausbrüchen übliche: Sie wandten sich ab und nahmen ihre Unterhaltung etwas geräuschvoller als zuvor wieder auf.

Andy stürmte zur Tür. Als er seinen schluchzenden, ungeladenen Gast erreichte, schlug er ihm auf den Rücken. Der feste Schlag, der eher aus seiner Wut als aus Kameradschaft resultierte, hatte gesessen, und Albert hörte auf zu lamentieren. Er wandte sich Andy zu, der sanft, aber entschieden auf ihn einredete. Nach einer Weile nickte Albert und wischte sich sein Gesicht an seinem Hemdsärmel ab. Andy nahm ihn am Arm und zog ihn zum Büfett-Tisch. Jean entspannte. Andy hatte die Situation voll im Griff. Von etwas Eßbarem ließ sich Albert immer ablenken. Als sie sich vorsichtig zurückzog, bemerkte sie, wie Ann auf den Tisch zustrebte. Der Gesichtsausdruck des Mädchens spiegelte ihren unterdrückten Widerwillen, dennoch war sie offensichtlich bereit, einen Teil der unangenehmen Aufgabe zu übernehmen.

Ohne irgendwelche Gewissensbisse zu empfinden, entfernte sich Jean. Im Normalzustand war Albert schon schlimm genug; sie hatte keinesfalls das Bedürfnis, an seiner derzeitigen Stimmung teilzuhaben. Sie schloß sich einer Gruppe singender italienischer Studenten an; einer von ihnen spielte auf Andys Gitarre. Trotz der Melodie vernahm sie immer noch Alberts sonore, eindringliche Stimme. Die Worte klangen unverständlich. Offenbar war er in seine Muttersprache zurückverfallen. Andy gestand, daß er viel von der in seiner Kindheit erlernten Sprache vergessen habe, doch selbst das Desinteresse der Anwesenden konnte Albert nicht bremsen.

Für eine Weile vergaß Jean den Eindringling. Dann wurde sie aufgrund einer weiteren Auseinandersetzung am Büfett erneut aufmerksam. Andy stand nicht mehr dort, statt dessen hatten sich José und Ted zu Albert gesellt. Einen Augenblick später löste sich Ann von der Gruppe und eilte auf Jean zu. Ihr Gesicht war vor Verärgerung gerötet.

»Was ist denn los?« fragte Jean.

»Oh, Albert hat sich wieder einmal von seiner besten Seite gezeigt.«

»Hat er dich etwa angemacht?«

»Nach einem einjährigen Aufenthalt in Rom bin ich so etwas gewohnt«, erwiderte Ann. »Dieser eklige kleine ... Wenn ich mir

ganz sicher wäre, daß er lediglich dumm und ungehobelt ist, würde es mir nicht soviel ausmachen.«
»Ich weiß, was du meinst. Sind die Jungen nicht in der Lage, ihn irgendwie loszuwerden?«
»In dem Augenblick, als Andy abhaute ...« Ann kämpfte immer noch mit ihrer Verärgerung.
»Er ist wieder da«, bemerkte Jean. »Er gießt Albert gerade ein weiteres Glas Wein ein. Ich denke, er versucht, ihn betrunken zu machen.«
Widerwillig drehte sich Ann um. »Das funktioniert nicht. Im betrunkenen Zustand werden die meisten Leute aggressiv. Kannst du dir Albert vorstellen?«
Ann war wirklich beunruhigt. Trotz ihrer zynischen Bemerkungen schien sie den Tränen nahe. Jean legte einen Arm um die Schulter ihrer Freundin.
»Sollen die Jungs doch mit ihm fertig werden. Was haben wir damit zu tun?«
Ann lächelte schwach. »Sie sind wirklich großartig – Ted und José, meine ich. Beide eilten mir sofort zu Hilfe, als sie merkten, daß ich Schwierigkeiten mit ihm hatte. Wenn sie nicht gewesen ...«
Seufzend brach sie ab, weil jemand schrie. Es handelte sich allerdings nur um eine übererregte junge Dame, die den Zwischenfall mißverstanden hatte, der sich gerade vor ihrer aller Augen ereignete. Ob von Andy beabsichtigt oder nicht, jedenfalls hatte Albert definitiv zu viel getrunken. Auf José und Andy gestützt, sackte er in sich zusammen. Vorsichtig betteten ihn die beiden auf den Boden. Doch selbst in seiner Bewußtlosigkeit war Albert nicht mundtot zu machen. Er schnarchte entsetzlich.
»Ihn hat's eiskalt erwischt«, bemerkte Andy mitten in die fassungslose Stille. »Hilf mir doch mal einer. Mike, Carlo –«
Michael legte seinen Skizzenblock beiseite. »Wie hast du das denn angestellt? Ihm ein Schlafmittel eingeflößt?«
»Ich spielte mit dem Gedanken«, gestand Andy. »Bevor er hier ankam, hatte er vermutlich schon ein paar Gläser intus. Das bißchen Wein hier konnte ihn nicht umhauen.«

»Schaff ihn von hier fort, Andy«, sagte Ann. Mit angewidertem Gesicht starrte sie auf den liegenden Koloß. »Ekelhaft!«
Michael wollte ihm behilflich sein, doch Andy schaffte es allein. Er bückte sich und hievte den reglosen Körper auf seine Schulter. Der Junge namens Carlo folgte ihm nach draußen. Jean nahm an, daß Carlo dazu verdonnert worden war, Albert in das schäbige Zimmer zurückzubringen, das er als sein Zuhause bezeichnete.
»Dieser junge Mann wird zu einem echten Problem«, bemerkte José.
»Ein klarer Fall von Verfolgungswahn«, bekräftigte Ted.
»Aber wenn ihn wirklich jemand bestohlen hat...«, setzte Jean an.
»Reiner Selbstbetrug«, meinte José. »Die arme Socke besitzt nichts, was sich zu stehlen lohnte. Selbst seine Klamotten sind billig, abgetragen –«
»Vielleicht ist ihm seine unschätzbare Sammlung von Heiligenbildern abhanden gekommen«, bemerkte Ted sarkastisch. »Ich meinte, irgendwas von einer heiligen Petronella gehört zu haben. Wer auch immer das gewesen sein mag.«
Jacqueline und Scoville schlossen sich der Gruppe gerade noch rechtzeitig an, um diese Bemerkung zu hören.
Scoville schüttelte den Kopf. »Ich muß sagen, dieser Bursche ist ein Fall für sich. Ich kann mich noch vage an seinen Vater erinnern. Hatte nie viel zu sagen ... Warum hast du dich nach all den Jahren wieder auf ihn eingelassen, Ann?«
Andy war zurückgekehrt und rieb sich demonstrativ die Hände. Als er die Frage seines Vaters vernahm, verschwand sein Grinsen.
»Er hat sich uns aufgedrängt«, knurrte er. »Und er ist auch nicht schlimmer als einige deiner Spezis.«
Lachend klopfte Scoville seinem Sohn auf die Schulter, was Andy mit stoischer Gelassenheit ertrug, während die Umstehenden aufgrund dieser Geste väterlicher Zuwendung betreten wegschauten.
»Das stimmt. Was soll's. Schätze, das liegt in der Familie. Andy

hat ein Herz für Minderheiten. Ich erinnere mich noch an das arme Kind –«

»Warum eigentlich Petronella?« bemerkte Ann. »Ich habe noch nie von einer Heiligen dieses Namens gehört.«

»Rom ist voll von Kirchen, die irgendwelchen Heiligen geweiht sind, von denen man noch nie gehört hat«, entgegnete Andy verärgert.

»Aber die Legenden sind interessant«, meinte Dana spöttisch. Sie lehnte anmutig an der Wand, und der Ausschnitt ihrer Bluse war noch einige Zentimeter weiter nach unten gerutscht. Ein tiefer Atemzug, dachte Jean, und sie steht ohne Bluse da; und ich wette, daß sie nichts darunter trägt...

»Du magst vielleicht spotten«, sagte José. »Dennoch mußt du zugeben, daß viele dieser sogenannten Legenden durch die Archäologie bewiesen worden sind.«

Dana zuckte die Schultern. Vier männliche Augenpaare wandten sich erwartungsvoll in ihre Richtung, wurden jedoch enttäuscht; sie hatte ihr Schulterzucken millimetergenau kalkuliert. »José, Schätzchen, bring doch nicht schon wieder die vatikanischen Exkavationen ins Spiel.«

»Aber sie belegen meinen Standpunkt.« José wandte sich Scoville zu, der sachverständig nickte. »Selbst einen Skeptiker müssen die Ausgrabungen unter dem Petersdom beeindrucken. Der Legende zufolge wurde der Apostel Petrus neben dem Hochaltar beigesetzt; und man entdeckte tatsächlich einen Friedhof. Darauf befinden sich christliche Grabstätten. Sie stammen aus der Regierungszeit Neros, in der Petrus vermutlich den Märtyrertod starb. Am Fuß des Altars fand man menschliche Knochen – das Skelett eines kräftigen Mannes im fortgeschrittenen Alter. Allerdings fehlte der Kopf. Und seit dem 16. Jahrhundert befindet sich in der Laterankirche eine Reliquie, die diesen Kopf enthält.«

Dieses Argument war Jean nicht neu. Nach ihren gemeinsamen Ausflügen zu den Ausgrabungen hatten sie jedesmal wieder angeregt darüber diskutiert. Offensichtlich schien es Jacqueline unbe-

kannt, und ihre Reaktion belustigte Jean. Sie war so fasziniert, daß sie Josés Arm umklammerte.
»Ist das wahr? Ich habe zwar von den Ausgrabungen gelesen, aber ich wußte nicht, daß sie tatsächlich die sterblichen Überreste des Apostels Petrus gefunden haben!«
»Schscht«, mahnte Andy. »Nicht ausflippen, meine Liebe. Selbst der Vatikan hat keine definitive Verlautbarung herausgegeben. Die Knochen waren zwar da, aber davon jede Menge – überall lagen Knochen, Steine und Grabfundamente herum.«
»Aber die Gebeine eines älteren Mannes ... der fehlende Kopf...«
Ihr vor Aufregung gerötetes Gesicht und ihre strahlenden grünen Augen ließen Jacqueline beinahe so jung wie die sie umgebenden Studenten wirken. Anerkennend nickte ihr Scoville zu, und sein Sohn meinte nachsichtig: »Also, Maria, das gestaltet sich als ein besonders schwerwiegendes Problem im Rahmen der Exkavation. Es würde mich zwei Tage kosten, wenn ich Ihnen die Einzelheiten erklären sollte. Allerdings bleibt José nicht ganz bei der Wahrheit. Um genau zu sein, gibt es keine einzige Inschrift, die den Namen des Apostels Petrus erwähnt. Als die früheren Pilger die Grabstätten der Märtyrer besuchten, kritzelten sie Gebete an die Wände. Solche Gebete findet man in Bethlehem und Jerusalem, am Petrusschrein auf der Via Ostia – aber nicht an den Wänden unter der Basilika.«
»Der Name befindet sich dort, und zwar in kryptischen Buchstaben«, erklärte José.
Andy raufte sich die Haare und erweckte den Anschein, als wolle er gleich explodieren.
»Ich wußte, daß du das sagen würdest! Stell nicht solche Behauptungen auf! Es gibt kein kryptisches Alphabet! Das ist nur wieder eine dieser hirnrissigen Theorien –«
»Andy«, ermahnte ihn seine Schwester.
Jacqueline, deren Blick wie gebannt an Andy hing, steckte eine Hand in ihre Tasche und fing an zu kramen. Fasziniert beobachteten die anderen, wie sie schließlich Stift und Papier hervorzauberte. »Nennen Sie mir einige Fakten«, forderte sie.

Grinsend ging Andy auf sie ein. »Das ist doch reine Fachsimpelei«, bemerkte er. »Nehmen Sie uns nicht zu ernst, Maria. Grundsätzlich sind Ignatius und ich einer Meinung.«
»Diese Spitznamen von Andy!« beschwerte sich José. »Sie treiben mich noch in den Wahnsinn. Es macht mir ja nichts aus, mit dem Namen meines Ordensbegründers angesprochen zu werden, aber ich verstehe nicht, warum er Sie ›Maria‹ nennt, Jacqueline.«
»Ich hatte befürchtet, daß das jemandem auffallen würde«, meinte Jacqueline resigniert. »Es gibt ein reizendes Musical, dessen Heldin diesen Namen trägt. Sie ist Bibliothekarin. Nun . . .«, sagte sie rasch, weil sie das Gefühl beschlich, daß Andy seinen Vortrag abbrechen wollte, »dann erklären Sie mir, in welchen Punkten Sie übereinstimmen.«
»Hinsichtlich eines grundsätzlichen Wahrheitsgehalts der Legenden«, mischte José sich ein.
»Die Sache ist die«, erklärte Andy, »wenn wir über Legenden sprechen, die von der Archäologie bestätigt werden, bedeutet das, daß sie grundsätzlich bewiesene Tatsache sind. Die Einzelheiten gestalten sich natürlich meist ganz anders als in der Überlieferung. Und, so traurig es klingt, die romantischen, mystischen Elemente sind immer diejenigen, die sich bei näherer Untersuchung als nicht haltbar erweisen. Aller Wahrscheinlichkeit nach hat es einen britischen Stammesführer namens Arthur oder Artos gegeben, der im 6. Jahrhundert lebte; aber die Ritter der Tafelrunde und der strahlende Fürstenhof Camelot sind reine Fiktion. Auch der Stiergott Minotaurus hat nie im Labyrinth des Palastes von Knossos sein Unwesen getrieben. Und die Sintflut der Schöpfungsgeschichte war eine kleine, regional begrenzte Sache. Das«, fuhr Andy fort, »ist die Leistung der Historiker. Sie stehlen einem die Träume und rütteln an der Legendenbildung.«
José lachte. »So leicht stiehlst du mir meine Träume nicht, mein egoistischer Freund. Legenden enthalten einen Wahrheitsgehalt, der unabhängig von Fakten ist. Der Glaube ist eine unerklärliche Tatsache; aber das gesteht ihr Skeptiker nie ein.«
Abwesend deutete Andy eine extrem unhöfliche italienische Ge-

ste gegenüber seinem Freund an, der entsprechend reagierte und dann fortfuhr: »Es ist in der Tat so, daß sich eine erstaunliche Zahl von Heiligenlegenden bestätigt, sobald man sie näher untersucht. Die Ausgrabungen, auf die sich Andy bezieht, sind beileibe kein Einzelfall. Unter den ältesten Kirchen befinden sich römische Häuser...«

»Verflucht, altrömische Relikte finden sich doch unter der gesamten Bausubstanz der Stadt«, meinte Michael. »Was hattest du denn erwartet? Ägyptische Pyramiden?«

»Einen Augenblick bitte«, unterbrach Jacqueline. »Ihr sprecht dauernd von Ausgrabungen unter den Kirchen. Wie kann das denn funktionieren, ohne daß die jeweilige Kirche zerstört wird?«

»Das ist Andys Spezialgebiet«, erklärte Ted. »Sind Sie seinen Vorträgen entkommen? Wie ist Ihnen das nur gelungen?«

Andy verpaßte ihm einen freundschaftlichen Knuff. »Du hast uns durch kilometerlange antike Katakomben geschleust«, erklärte er. »Und Jean hat uns Mosaike gezeigt, bis ich schließlich Reißaus nahm, wenn ich nur einen Steinhaufen sah. Michaels kritische Kommentare verfolgten uns durch die vatikanischen Gemäldegalerien, und Dana trumpfte in der Antikensammlung groß auf.« Er wandte sich Jacqueline zu. »Wir zeigen uns gegenseitig Rom. Das frühchristianisierte Rom ist mein Spezialgebiet, und deshalb schleppe ich die Gruppe zu den unterirdischen Ausgrabungen. Diese Exkavationen gestalten sich zwar schwierig, ohne daß die darüber befindliche Bausubstanz in Mitleidenschaft gezogen wird, aber sie sind machbar.«

»Interessant«, bemerkte Jacqueline aufrichtig.

»Oh, wir sind alle überaus ernst zu nehmende Schwerstarbeiter«, bemerkte Michael sarkastisch. »Und wir versuchen, uns gegenseitig weiterzubilden. »Ich persönlich halte das für überflüssig. Ich kann mit dieser Archäologiekiste nichts anfangen. Anns Führung war da schon interessanter; ich habe ein Faible für ägyptische Skulpturen.«

Er grinste Ann zu, die erstaunt und erfreut zurücklächelte. Jean war von dieser Reaktion so verblüfft, daß sie vorübergehend den Gesprächsfaden verlor. Sie bekam gerade noch rechtzeitig mit, wie Andy Jacqueline zu ihrer Besichtigungstour am nächsten Morgen einlud.

»Wir besuchen San Clemente«, erklärte er. »Ein ganz besonderer Leckerbissen, der nicht nur aus einer Ausgrabungsebene besteht, sondern aus zwei Ruinenfeldern. Drei Gesteinsschichten übereinander! Die gegenwärtige Kirche wurde im 12. Jahrhundert über einer Basilika aus dem 4. Jahrhundert errichtet, die wiederum auf den Grundmauern einiger römischer Häuser und einem Mithrastempel steht.«

»Einem Mithräum?« meinte Scoville mit zusammengekniffenen Augen.

»O nein, das wirst du nicht tun«, entfuhr es seinem Sohn.

»Was denn?«

»Dich in meine Vortragstour einklinken. Du reist morgen nach Sizilien.«

»Ganz klar, warum du mich nicht dabeihaben willst«, erwiderte Scoville. »Das ganze Gerede um die Fertigstellung des Berichts für das Förderungskomitee war nur ein Ablenkungsmanöver; vermutlich hast du ihn längst fertig. Du willst deinen Vortrag lediglich ohne meine kritischen Kommentare halten.«

»Ich will nicht, daß du dich einmischst«, erwiderte Andy. »Du kannst ohnehin nicht den Mund halten, sobald andere über Archäologie sprechen.«

»Nein, wenn sie Fehler machen, kann ich nicht ruhig bleiben.«

»Ich«, beharrte Andy, »mache nie Fehler. Ich sag' dir was. Wenn du dich ruhig verhältst, kannst du zum San Sebastiano mitkommen. Für den 29. habe ich ein Treffen vereinbart.«

»Das ist ein Wort.«

»Und es verschafft dir genügend Zeit, um dich in die Materie einzulesen.« Andy grinste.

»Wenn ich um zehn Uhr an der Kirche sein soll, breche ich jetzt besser auf«, meinte Jacqueline. »Andy, das war wirklich eine reizende Party.«

Mit der Behauptung, früh zu Bett gehen zu müssen, wenn er den Morgenzug um sechs Uhr erreichen wollte, schloß sich ihr Scoville an. Gedankenverloren starrte Jean den beiden nach. Als sich Jacqueline an der Eingangstür noch einmal umdrehte, fanden Jeans pikante Spekulationen ein Ende. Jacqueline sah keinesfalls aus wie eine Frau, die ein romantisches Techtelmechtel einzugehen beabsichtigte. Sie wirkte beunruhigt. Jean dachte an ihre merkwürdigen Äußerungen vor der Party und begriff schlagartig, daß Jacqueline recht hatte. Irgend etwas stimmte da nicht; die bislang so harmonische Beziehung ihrer Gruppe wurde von einem Mißklang getrübt. Trotz der scheinbar ausgelassenen Party hatte sie es den ganzen Abend gespürt, obwohl ihr der Auslöser ebenso rätselhaft war wie Jacqueline. Eins stand jedenfalls fest: Alberts groteskes Verhalten war ein Teil des Problems.

3

Der kleine, abgesunkene Innenhof war mit Ziegeln gepflastert. Die gleiche rötlichbraune Bausubstanz bedeckte die Kirchenfassade, deren schlichtes Eingangsportal von vier schlanken Säulen getragen wurde. Gnadenlos brannte die Sonne auf den Stein; es würde ein heißer Tag werden.

Sie waren da, alle sieben, plus Jacqueline Kirby. Die meisten von ihnen machten den Eindruck, als wären sie liebend gern im Bett geblieben. Michael war der Inbegriff für körperliche Erschöpfung und Ungepflegtsein; müde lehnte er an einer der Säulen des Portals. Ann trug eine Sonnenbrille, doch als sie sie einen Moment lang absetzte, bemerkte Jean die dunklen Ringe unter ihren Augen. Ein am Hinterkopf verknotetes blaues Tuch bändigte ihre Haarpracht. Ihre dunkle Jeans und ihr Hemd ließen ihr Gesicht noch blasser erscheinen, und der nachlässig aufgetragene Lippenstift wirkte wie ein orangefarbener Anstrich.

Andy wirkte nie erschöpft; Schlafmangel stimulierte ihn lediglich. Die legere dunkle Kleidung, die seine Schwester vollkommen geschlechtslos und burschikos wirken ließ, unterstrich Andys anziehendes Äußeres um so mehr.

Von der gesamten Gruppe schien Ted ganz offensichtlich den schlimmsten Kater zu haben. Er zeigte sämtliche Symptome: Seine Augen waren blutunterlaufen, seine Hände zitterten, und er stöhnte jedesmal auf, wenn ein auf der Straße vorüberfahrendes

Auto hupte. Sein Anblick bereitete Jean Kopfzerbrechen. Ted trank nur selten stärkere Sachen als Wein, und davon auch nicht übermäßig viel. Sie hatte ihn noch nie betrunken erlebt, und trotz der offensichtlichen Merkmale, die manch einer so spaßig findet, solange er sie noch nicht am eigenen Leib gespürt hat, konnte Jean es kaum glauben, wenn Dana nicht ihren Verdacht erhärtet hätte.

»Weil ihr so früh aufgebrochen seid, habt ihr das Beste verpaßt«, flüsterte das englische Mädchen boshaft. »Ted gebärdete sich wie ein Irrer. Ich meine, er war die Stimmungskanone des Abends. Er sang und rezitierte Verse auf hebräisch und machte jedes Mädchen an . . .«

»Alle, die auf der Party waren?«

»Nun, in erster Linie mich«, gestand Dana selbstgefällig, woraufhin ihr Jean gern ins Gesicht geschlagen hätte. »Ich habe den Burschen unterschätzt. Er ist wirklich Spitze, wenn er so locker ist.«

Jean blickte auf und bemerkte, daß sie von Ted beobachtet wurden. Als er sie betrübt angrinste, wandte sie den Blick ab.

»Halt den Mund«, zischte sie angewidert. »Ich höre mir lieber Andys Vortrag über sein Fachgebiet an als deine Selbstbeweihräucherungen.«

Andy gab bereitwillig zu, daß er gern redete, und er hatte die Begabung seines Vaters für sachliche und allgemeinverständliche Vorträge geerbt. Doch an diesem Morgen faßte er sich so kurz wie möglich. Sein unruhiges Publikum schien ihn zu irritieren. Selbst José, ein normalerweise höflicher Zuhörer, rief schließlich: »Andy, laß uns doch reingehen, oder? Diese warme Kutte bringt mich sonst um.«

»In Ordnung«, erwiderte Andy. »Ich wollte nur anmerken – ach, verflucht, lest es in euren Führern nach. Und noch eins – wer Lust hat, zu uns zu gehen und die Reste von gestern abend zu vertilgen, ist herzlich willkommen. Aber seid um zwölf Uhr wieder hier. Ich habe nicht vor, diesen Schutthaufen nach abtrünnigen Sündern abzusuchen.«

Die Gruppe trennte sich, und Jean schlenderte, leicht verärgert über die Unzuverlässigkeit ihrer Freunde, über den Hof zu Jacqueline, die sittsam wie ein Mauerblümchen in einer Ecke stand. Ihre Füße, die in eleganten weißen Pumps steckten, bildeten einen 45-Grad-Winkel. Ihr ordentlich frisiertes Haar schimmerte wie ein Helm; ein damenhaftes, bedrucktes Seidenkleid umspielte ihre Knie. Sie trug sogar weiße Handschuhe. Ihre Tasche war natürlich der Blickfang schlechthin.
»Wen wollen Sie beeindrucken?« fragte Jean.
»Die ältere italienische Dame, mit der ich zum Mittagessen verabredet bin. Sie ist zufällig gut befreundet mit der Leiterin der Universitätsbibliothek, an der ich gegenwärtig angestellt bin.«
»Sie sind eine Heuchlerin«, sagte Jean, während sie an den saloppen Hosenanzug des vergangenen Abends und Jacquelines lockere Ausstrahlung dachte.
»Ich passe mich lediglich meiner Umgebung an.«
»Tarnung?«
»Schutzmechanismen.« Jacquelines Stimme klang ungewohnt hart. »Überleben ist weitaus schwieriger, als Sie denken, meine Liebe.« Als bereute sie ihren plötzlichen Zynismus, fügte sie schließlich einlenkend hinzu: »Die Leiterin der klassischen Abteilung wird nächstes Jahr pensioniert, und ich komme für den Job möglicherweise in Frage, wenn ich nachweisen kann, daß ich mich im Sommer mit diesem Thema vertraut gemacht habe. Ihnen brauche ich sicherlich nicht zu erzählen, daß die Institutsbibliothek eine der weltweit besten auf diesem Sektor ist.«
»Also deshalb geben Sie sich mit uns ab.« Jean grinste. »Zehren Sie von unserem Wissen?«
»Natürlich«, erwiderte Jacqueline lächelnd.
»Hoffentlich bereuen Sie das nicht. Wir alle sind unermüdliche Vortragsredner.«
Sie betraten die Kirche, und Jacqueline betrachtete voller Bewunderung das von Säulen getragene Hauptschiff mit seinem prachtvollen Apsis-Mosaik an der Stirnseite.
»Ich höre mir lieber Ihren Vortrag über das hier an, als mit Lise

über Klassifizierungen zu diskutieren. Machen Sie schon, bilden Sie mich ... Was ist denn mit Andy? Er sieht aus, als würde er gleich einen Tobsuchtsanfall erleiden.«

»Er möchte, daß wir kommen. Dort hinten muß der Eingang zu den unterirdischen Gewölben sein.«

»Aber ich möchte das hier sehen«, beharrte Jacqueline.

Jean lächelte geschmeichelt.

»Ich danke Ihnen, daß Sie dieses Jahrhundert zu schätzen wissen. Mosaike sind mein Fachgebiet, verstehen Sie, und das hier ist ein besonders gut erhaltenes Exemplar.«

Instinktiv hatten sie ihre Stimmen gesenkt. Obwohl keine Messe zelebriert wurde, knieten Gläubige vor den zahlreichen Altären. Absichtlich schlenderte Jacqueline langsamer.

»Es ist wunderschön. Und die Fresken in dieser Kapelle! Sind sie nicht von Masaccio?«

»Seine Mitwirkung ist umstritten«, bemerkte Jean leicht erstaunt. »Wie ich sehe, haben Sie Ihre Hausaufgaben gemacht, nicht wahr?«

»Gestern abend habe ich meinen *Guida di Roma* gelesen«, gestand Jacqueline. »Der Führer, der vom italienischen Automobilclub herausgegeben wird, ist wirklich hervorragend. Nach den vielen Berufsjahren ist es mir einfach zur Gewohnheit geworden, alles nachzuschlagen ... Zum Teufel mit Andy. Was will er denn jetzt schon wieder?«

»Er möchte, daß wir kommen und uns seine heißgeliebten Ruinen anschauen«, meinte Jean lachend. »Diese Basilika stammt aus dem 12. Jahrhundert. Andy verschmäht alles, was später datiert als das 4. Wir gehen jetzt besser. Nachher können wir immer noch zurückkehren.«

Andy erwartete sie am Eingang eines Raums, der als Büro diente. Dort wurden Bücher und Souvenirs verkauft; Dana lehnte am Eintrittskartenschalter und plauderte mit einem überaus attraktiven jungen Mann, der die weiße Kutte der Dominikaner trug. Als Jean ihre Eintrittskarte kaufen wollte, bekam sie Gesprächsfetzen mit, die Danas Faszination teilweise erklärten.

»... das sind die ältesten in der ganzen Stadt«, bemerkte die weiche irische Stimme; dann blickte der Priester lächelnd auf und reichte Jean ihre Eintrittskarte.
Während sie darauf wartete, daß Jacqueline ihre hundert Lire bezahlte, bemerkte Jean jemanden, der durch das Kirchenschiff schlenderte. Es war nur ein flüchtiger Eindruck, doch die gedrungene Gestalt war ihr sofort unangenehm vertraut. Daß Albert sie aufspürte und sich der Gruppe unaufgefordert anschloß, war keineswegs ungewöhnlich. Hastig stieg Jean die Treppe zur ersten Zwischenebene hinunter, wo sie sich außer Sichtweite befand, und kurz darauf gesellte sich Jacqueline zu ihr. Falls sie Albert gesehen hatte, so erwähnte sie es jedenfalls nicht, und Jean beschloß, das Thema nicht anzusprechen.
Am Fuß des langen Treppenaufgangs fand die neuzeitliche Welt ein Ende. Sie standen in einem riesigen, modrig riechenden dunklen Gewölbe, und Jean mußte zu der hell erleuchteten Treppe zurückblicken, um sich zu vergewissern, daß sie nicht plötzlich in eine andere Epoche zurückversetzt worden war.
Ein Schatten nahm neben ihnen Gestalt an.
»Buh«, ertönte es mit Grabesstimme.
Jean schrak zusammen. »Zum Teufel mit dir, Andy, das ist alles andere als lustig.«
»Es ist zwar nicht lustig, aber erträglich«, meinte Jacqueline.
Sie sprachen immer noch sehr leise. Die sie umgebende Atmosphäre erinnerte eher an Friedhöfe als an Kirchen, doch die psychologische Wirkung war ähnlich: Man hatte das Gefühl, daß eine laute Stimme irgend etwas provozieren könnte, was man besser in Frieden ruhen ließ.
»Ich bin völlig verwirrt. Wo sind wir hier eigentlich?« fügte Jacqueline hinzu.
»Wir stehen in dem einstigen Narthex – der inneren Kirchenvorhalle – einer Basilika aus dem 4. Jahrhundert nach Christus, einer der ersten Kirchen, die jemals gebaut worden sind. Erst nach der Herrschaft Konstantins wurde das Christentum Anfang des 4. Jahrhunderts legalisiert, und die Christen wagten es, öf-

fentliche Stätten für ihre Gottesdienste zu errichten. Man kann sich kaum vorstellen, wie dieser Ort im Originalzustand ausgesehen hat. Wo früher Säulen standen, hat man mit Hilfe des Gerölls später Mauern hochgezogen, um die darüberliegende Kirche vor dem Einsturz zu bewahren. Die darüber erbaute Basilika steht fast exakt auf den Fundamenten der Kirchenruinen aus dem 4. Jahrhundert.«

Unwillkürlich blickten beide Frauen zu dem finsteren Deckengewölbe auf, das sich jetzt gefährlich nah über ihren Köpfen zu befinden schien.

»Ich hoffe, sie haben solide Arbeit geleistet«, murmelte Jean. »Sicherlich ist dir bekannt, Andy, daß man hier unten unter Klaustrophobie leiden kann.«

»Hier gibt es auch nicht viel zu sehen«, gab Andy zu. »Lediglich einige Überreste von Fresken. Wenn ihr hier fertig seid, nehmt die Eisentreppe nach unten, und ihr werdet weitere 300 Jahre zurückversetzt – ins 1. nachchristliche Jahrhundert. Die Ruinen, die ihr dort unten seht, sind die Grundmauern von Häusern, die nach Neros großem Brand von Rom wieder aufgebaut werden sollten.«

Irgendwann im Verlauf der nächsten halben Stunde verloren sich Jean und Jacqueline aus den Augen. Das war eine von Jacquelines positiven Eigenschaften: Man mußte sich nicht ständig mit ihr absprechen oder höflich sein. Sie erwartete, daß jeder seiner eigenen Wege ging, und war auch selbst recht gut imstande, ohne irgendwelche Bemerkungen oder Erklärungen allein umherzustreifen. Die finsteren Ruinen strahlten einen melancholischen, morbiden Zauber aus, der einen magisch anzog. Gelegentlich stieß sie auf andere schemenhafte Besucher; einmal fiel ihr Anns flammendrotes Haar ins Auge. Da San Clemente nicht zum Standardbesichtigungsprogramm gehörte, hielten sich nur einige wenige Touristen dort auf. Lediglich Fachleute und Besucher, die über einen längeren Zeitraum in Rom weilten, fanden den Weg dorthin.

So verwirrend das Kirchenbauwerk aus dem 4. Jahrhundert auch war – verglichen mit der untersten Ebene, war es ein Wunderwerk an Unkompliziertheit. Jean konnte sich ungefähr vorstellen, was sie dort unten erwartete. Wie Andy erklärt hatte, befanden sich auf dieser Ebene im wesentlichen zwei Gebäude – genauer gesagt: Teile zweier Gebäude, denn beide waren erst partiell freigelegt. Bei einem der beiden handelte es sich um ein Privathaus oder Palazzo, dessen Räume einen riesigen Innenhof umschlossen. Das andere Bauwerk war ein Mietshaus, in dessen Hof vor fast zwei Jahrtausenden ein kleiner Mithrastempel errichtet worden war.

Die niedrige, herabhängende Decke wirkte wie ein Höhlengewölbe, und dieser Eindruck wurde von der modrigen Atmosphäre noch verstärkt. Das Licht war absichtlich dunkel gehalten, doch es reichte aus, um die Bänke entlang der langen Wände sowie den in der Mitte des Raums befindlichen Steinaltar zu beleuchten.

Als José auf sie zutrat, begutachtete Jean gerade das Relief auf dem Seitenaltar.

»Endlich ein vertrautes Gesicht«, bemerkte er erleichtert. »Ich dachte schon, ich hätte mich verlaufen. Dieser Bereich ist ein einziger Irrgarten.«

»Die darüber befindliche Ebene ist auch nicht viel besser.« Jean deutete auf das Altarrelief, das einen muskulösen jungen Mann zeigte, der einen Stier bei den Hörnern gepackt hielt. »Ich nehme an, das ist Mithras.«

»Zweifellos.« José musterte das Gestein. »Der jugendliche Held, der den Stier erlegte und der Menschheit aufgrund des geopferten Blutes Unsterblichkeit verlieh. Ein östlicher Kult ... Aber darüber weißt du sicherlich mehr als ich.«

»Viel mehr weiß ich auch nicht. Außer, daß er in den ersten Jahrhunderten der christlichen Zeitrechnung populär war und einige Gemeinsamkeiten mit dem Christentum aufwies.«

»Welche Gemeinsamkeiten?«

»Wenn ich mich recht entsinne, unterlag der Mithraskult ausgeprägten ethischen Grundsätzen. Und die Vorstellung des Opferns ... Erlösung durch Blutvergießen ...«

»Das Blut ist das Leben«, bemerkte José. In dem niedrigen Gewölbe klang seine Stimme merkwürdig hohl, und Jean blickte ihn erstaunt an. Sein dunkles, anziehendes Gesicht wirkte abwesend. »Das ist die überlieferte Vorstellung, nicht wahr? Sie muß bis weit in die Anfänge der menschlichen Zivilisation zurückreichen, bis in prähistorische Epochen, wo die Affenmenschen die Knochen ihrer Toten rot färbten, um sie mit neuem Leben zu erfüllen ... Brrr.« Er entblößte seine weißen Zähne und grinste schalkhaft. »Ich habe eine morbide Phantasie. Hier ist es einfach zu düster. Ich gehe nach oben in die Sonne.«
»Wir sehen uns.«
Jean beobachtete, wie die große dunkelgekleidete Gestalt durch den schmalen Eingang verschwand, und dachte, daß seine altertümliche Kutte zu diesen Ruinen paßte. Sie war diejenige, die sich absolut unpassend vorkam in ihrem kurzen Rock, der buntgeblümten Bluse, den Sandalen und mit ihrem langen, offenen Haar.
Sie zwängte sich an einer beleibten Dame und ihrem glatzköpfigen Gatten vorbei und trat in den Gang, um weitere Räume zu besichtigen. Sie hatte keine Ahnung, ob eine Skizze von diesem Bereich existierte. Zimmer und Gänge schlossen sich planlos einander an. Und alles war leer. Die aus winzigen Steinen bestehenden Böden waren staubig und die Wände bis auf das nackte Ziegelmauerwerk freigelegt. Die Leere hatte nicht allein mit dem fehlenden Mobiliar zu tun – sie übermannte jeden, der es wagte, in diese Kammern vorzudringen, mit unbändiger Kraft. Hin und wieder traf Jean auf andere Besucher und huschte wortlos vorüber. Alle trugen den gleichen selbstvergessenen Ausdruck zur Schau wie sie.
Schließlich passierte sie einen schmalen Durchgang und fand sich in einem Korridor wieder, der von riesigen Schutthaufen gesäumt wurde. Sie hörte Schritte, konnte jedoch nicht ausmachen, um wen es sich handelte. Dann erkannte sie Michael.
»He«, entfuhr es Michael. »Du bist es ... Es fehlte nicht mehr viel, und ich hätte damit gerechnet, mit einem altrömischen Geist konfrontiert zu werden. Welch ein Ort!«

»Was hat diese Stätte bloß an sich? Ich habe schon andere Ruinen besucht ... Pompeji, die Akropolis, verschiedene Ausgrabungen ... Der einzige Ort, der mich in dieser Form bedrückt hat, waren die Katakomben.«
»Er ist einfach makaber«, sagte Michael. Er hatte die Augen so weit aufgerissen, daß sie meinte, das Weiße rund um seine Iris sehen zu können. »Feindlich gesinnt gegenüber dem Leben.«
»Irgendwelche psychischen Anwandlungen?« fragte Jean scherzhaft.
Michael zuckte die Schultern – oder er zuckte zusammen, sie war sich nicht ganz sicher.
»Ach, Mist«, bemerkte er, und seine Stimme klang erheblich normaler. »Die ganze Wirkung ist einkalkuliert. Das Licht ist so abgedunkelt, daß man kaum etwas sieht. Die feuchte Kühle, die ... hör doch mal.«
In der Stille vernahm Jean das von ihm wahrgenommene Geräusch – ein schwaches, eintöniges Murmeln, das wie die Geräuschkulisse einer entfernten Besuchergruppe klang.
»Wasser«, entfuhr es ihr.
»Eine unterirdische Quelle oder ein Bachbett. Sie mußten einen Tunnel zum Hauptabwasserkanal graben, um diese Kammern vor Überflutung zu schützen. Auf der anderen Seite des Palazzo gibt es einen Raum, in dem Wasser durch das Mauerwerk fließt und in Löchern versickert, die in einen Kanal führen. Es ist nur ein kleines Rinnsal. Aber wenn man zu lange dort verweilt, werden die Wassergeräusche immer lauter, und man hat das Gefühl, es könnte das Mauerwerk durchbrechen. Was zu der Überlegung führt, ob man es noch schaffen kann, durch das Gewirr von Gängen die Treppe hinaufzuflüchten, um den Wassermassen zu entkommen ...«
»Mein Gott, bist du in einer morbiden Verfassung.« Durch die Dunkelheit blickte Jean zu ihm und bemerkte entsetzt, daß er trotz der kühlen Temperaturen schwitzte. »Michael, bist du krank?«
»Krank im Kopf«, antwortete Michael mit einem seltsam gepreß-

ten Kichern. »Man nennt es auch Klaustrophobie. Ein netter, unverfänglicher Begriff für ein Gefühl, das dir deine Eingeweide und deinen Verstand in Stücke reißt...«

Jean griff nach seinen Händen, die krampfhaft Halt zu suchen schienen. Er ließ sich gegen die Wand sinken, schloß die Augen und schnappte hektisch nach Luft. Da Jean nicht wußte, was sie tun sollte, hielt sie weiterhin seine Hand, die er schmerzhaft umklammerte. Sekundenbruchteile später öffnete er erneut die Augen.

»Es geht schon besser«, murmelte er. »Gesellschaft hilft. Aber ich denke, daß ich trotzdem besser von hier verschwinde.«

Der Gang war so schmal, daß sie Mühe hatten, nebeneinander herzugehen. Jean hielt mit ihm Schritt; vermutlich mußte er sich selbst überwinden, um nicht in Panik davonzustürmen.

»Eine ganz neue Erfahrung?« wollte sie wissen.

»Nein. Ich war zwei Jahre lang in ärztlicher Behandlung. Aber das liegt schon eine Weile zurück.«

»Aber wir befinden uns doch ständig in irgendwelchen unterirdischen Gewölben! Jetzt wird mir auch klar, warum du in den Callistus-Katakomben die ganze Zeit kein einziges Wort gesagt hast; und wir haben dich noch damit aufgezogen ... Und als Ted uns durch die jüdischen Katakomben führte, hast du ironisch angemerkt, daß du den größter Kater aller Zeiten im Schlepptau hättest ... Warum hast du uns nicht von deiner Phobie erzählt?«

»Weil es so albern klingt«, erwiderte Michael. Sein Tonfall war so kindlich schmollend, daß Jean beinahe gelacht hätte, doch sie besann sich eines Besseren. Michaels Verhalten zeugte vielleicht von Masochismus, aber auch von einem beträchtlichen Maß an Selbstüberwindung.

»Es klingt überhaupt nicht albern«, sagte sie unbeirrt. »Viele Menschen neigen zu Klaustrophobie; ich selbst auch, aber sie hält sich so weit in Grenzen, daß sie mir während dieser Ausflüge lediglich einen gewissen Nervenkitzel verschafft – vergleichbar mit einer Gespenstergeschichte, die sich im Dunkeln viel gruseliger anhört. Aber ihre schwereren Formen sind sicherlich gräß-

lich. Ich glaube nicht, daß ein Arzt befürworten würde, wie du dich selbst quälst.«
»Ich kann dem Gefühl nur Herr werden, indem ich mich mitten hineinstürze«, entgegnete Michael. Er klang beinahe wieder normal; lediglich die schmerzhafte Umklammerung von Jeans Hand verriet ihn. »Da sind wir. Die Treppe – Freiheit! Begleitest du das Baby hinauf ins Freie?«
»Nein«, meinte Jean kurz angebunden. »Du brauchst keine Begleiterin, und ich – oh! O mein Gott – was ist das denn? Ein Grab, direkt an der Wand –«
Michael lachte befreiter. Die ganze Zeit hatte sie ihre unterschwellige Beunruhigung so taktvoll wie möglich zu verbergen versucht.
»Da sind noch andere Gräber. Viel Spaß mit den Geistern der Verstorbenen; wir sehen uns.«
Jede Vorsicht außer acht lassend, stürmte er in riesigen Sätzen die moderne Eisentreppe hinauf. Als der Widerhall seiner Schritte verklungen war, umfing Jean erneut Totenstille.
Sie drehte sich um, um die Gräber genauer zu untersuchen. Im rechten Winkel in das Mauerwerk eingelassen, entsprachen sie exakt den Grabstätten in den Katakomben. Ihr war klar, daß sie auf Michaels Nervosität reagierte, deshalb zwang sie sich, länger zu verweilen und die Einkerbungen auf den Wänden daraufhin zu überprüfen, ob es sich schlicht um Unebenheiten oder um verwitterte Inschriften handelte. Seltsamerweise konnten sie die Geräusche herannahender Schritte nicht beruhigen; nervös wandte sie sich ab und spähte durch den düsteren Gang, als könne sie dort etwas erkennen …
Dieses »Etwas« entpuppte sich als Dana, die, wie sich Jean insgeheim eingestand, auch nicht sonderlich aufbauend war. Allerdings schien das andere Mädchen ebenfalls von der Atmosphäre berührt zu sein. Mit gemäßigtem Optimismus begrüßte sie Jean.
»Gott sei Dank. Ich hatte schon das Gefühl, selbst in der Gruft zu liegen. Woher kennt Andy eigentlich diese netten kleinen Rui-

nenfelder, zu denen er uns immer mitschleift?« wollte Dana wissen.
»Ich finde es witzig, daß ausgerechnet du das so empfindest.«
»Warum? Findest du es hier etwa nicht unheimlich?«
»Doch«, gestand Jean. »Aber ich hätte gedacht, daß das ganz in deinem Sinne liegt. Du bist es doch gewohnt, Ausgrabungen in die Gefilde der Toten vorzunehmen, oder?«
»Ich habe an einigen Exkavationen teilgenommen. Aber während einer normalen Ausgrabung arbeitet man nicht unter der Erde. Es sei denn, man stößt auf Grabstätten, und das ist selten ... Wo ist Andy? Seit wir uns auf dieser Ebene befinden, habe ich ihn nicht mehr gesehen.«
»Ich auch nicht.«
»Hier ist es todsterbenslangweilig, und ich habe einen Wahnsinnsdurst«, meinte Dana schmollend. »Diese Stätte ist gräßlich. Ich weiß nicht, warum Andy uns hierhergeschleppt hat. Es gibt nur eine halbwegs interessante Sache, und das sind die Deckenverzierungen in der Vorhalle des Tempels. Die haben mir ganz gut gefallen.«
»Ich habe keinerlei Stuckverzierungen bemerkt. Nur die Bänke und den Altar.«
»Das war nicht die Vorhalle, sondern das Triklinium. Der Eßbereich«, fügte Dana gönnerhaft hinzu. »Wo sie die rituellen Mahlzeiten abhielten. Der Pronaos befindet sich gegenüber diesem Saal. Ist er dir nicht aufgefallen? Vermutlich hast du dich nicht sonderlich gut umgeschaut.«
»Vermutlich hast du Andys Vortrag mehr Beachtung beigemessen als ich.«
»War doch nur ein Spaß.« Danas Gesichtsausdruck entspannte. »Ich habe mir einen Führer gekauft. Schau, er enthält die Pläne der drei Ebenen auf Transparentpapier eingezeichnet, so daß man genau sehen kann, wo sich die einzelnen Fundamente unter oder über den jeweiligen anderen befinden.«
»He, das ist toll. Ich wünschte, den hätte ich bei mir gehabt. Ich weiß gar nicht, wo ich gewesen bin.«

»Ich leihe ihn dir.« Gähnend bedeckte Dana ihren Mund mit ihrem Handrücken. »Du hast nicht zufällig Michael getroffen, oder? Ich versprach ihm, ihn hier zu treffen. Aber vermutlich hatte er keine Lust mehr zu warten.«
»Kurz bevor du kamst, ist er nach oben gegangen.«
»Danke.«
Schwungvoll stieg sie die Treppe hinauf. Mit einer Bemerkung, die in der Frühzeit der Buchdruckerkunst mit einem Ausrufesowie Anführungszeichen versehen worden wäre, machte sich Jean auf den Weg und marschierte zurück durch den Gang. Es war verletzter Stolz und keineswegs das Interesse an den von Dana hervorgehobenen Stuckverzierungen, der sie in diese Richtung trieb, doch als sie das Ende des Gangs erreicht hatte, beschloß sie, sich den Deckenstuck kurz anzuschauen. Dann bemerkte sie, daß sie Danas Führer nicht mitgenommen hatte, und sie fluchte erneut, und diesmal noch inbrünstiger. Allerdings war sie mit Sicherheit in der Lage, den Rückweg auch allein zu finden.
Diese Annahme erwies sich als unzutreffend. Nach mehreren Abzweigungen, die sie für den Rückweg auf dem von ihr ursprünglich eingeschlagenen Pfad hielt, befand sie sich in einem Raum, an den sie sich absolut nicht erinnern konnte. Es handelte sich um eine relativ große Kammer von ungefähr dreißig Quadratmetern. Der Boden bestand aus einem verwitterten Steinmosaik. Die kleinen abgestützten Öffnungen schienen früher einmal Fenster gewesen zu sein, doch es war so gut wie unvorstellbar, daß dort jemals menschliche Aktivitäten stattgefunden hatten. Die Kammer war nicht nur leer, sie erweckte den Anschein, als sei sie niemals bewohnt gewesen.
Mehrere Minuten lang konzentrierte sie sich auf ein Geräusch. Es war kein unangenehmes Geräusch, sondern tatsächlich das monotone Plätschern von Wasser, das Michael zuvor erwähnt hatte. Während sie sich durch einen schmalen, verwinkelten Gang vorpirschte, wurde das Geräusch lauter. Am Ende des Ganges schien sich eine weitere Türöffnung zu befinden. Dahin-

ter konnte sie in dem seltsam trüben Lichtschein Mauerwerk erkennen. In der Hoffnung, auf einen Durchgang zu stoßen, strebte sie darauf zu.

Im Eingang blieb sie abrupt stehen. Es gab keine weitere Öffnung. Der Gang, durch den sie gekommen war, bildete den einzigen Zugang zu der Kammer. Es war allerdings nicht die Endgültigkeit dieser Tatsache, die sie dazu veranlaßte, stehenzubleiben und einen gellenden Entsetzensschrei auszustoßen.

Im Gegensatz zu der vorherigen Kammer war dieser Raum nicht leer – aber, so schoß es ihr durch den Kopf, auch nicht mit Leben erfüllt. Der Mann, dessen rechte Gesichtshälfte in einer riesigen Blutlache lag, mußte tot sein. Nichts und niemand war in der Lage, einen solchen Blutverlust lebend zu überstehen.

Als sich die am Boden liegende Gestalt bewegte, wollte sie schreien, doch es gelang ihr nicht. Nachdem sie ihrem ersten Entsetzen Luft gemacht hatte, hatte sie vergessen, erneut einzuatmen. Dann vergaß sie auch das Schreien. Die Augen in dem aschfahlen Gesicht waren glasig, doch sie fixierten ihren Blick mit einer so quälenden Intensität, daß alles um sie herum nebensächlich wurde. Jean kniete sich neben ihn auf den blutbesudelten Boden.

Noch bevor sie sein Gesicht gesehen hatte, hatte sie Albert aufgrund seiner korpulenten Statur und seiner schäbigen Kleidung erkannt. Nachher war sie sich nie sicher, ob er sie überhaupt noch wahrgenommen hatte. Dagegen spürte er die drohende Gegenwart eines anderen, und sein Kommunikationsbedürfnis war so groß, daß er einen unglaublichen Überlebenswillen aufbrachte.

Er versuchte zu sprechen. Sie sah, wie sich seine Lippen bewegten, und sie konzentrierte sich auf seinen Mund, weil sie nicht auf die darunter klaffende Wunde blicken wollte, blicken konnte. Er konnte nicht mehr sprechen, ihm fehlte der Atem. Sein Blick wurde unstet, er schloß die Lider. Dann öffnete er sie mit letzter Willenskraft erneut, und einer seiner blutverschmierten Finger bewegte sich.

Später, als Jean verzweifelt nach einem in dieser Situation halbwegs positiven Aspekt suchte, war sie froh, daß Alberts schwindender Verstand nicht auf die naheliegendste Schreibunterlage gekommen war. Sein Finger hinterließ keine Blutspur; es zeichnete sich lediglich ein dunkles Muster auf dem staubigen Boden ab, und wenn sie seine Bewegungen nicht verfolgt hätte, hätte sie es niemals deuten können. Wie gebannt von der Konzentration des Sterbenden, beobachtete sie mit angehaltenem Atem dessen langsame, qualvolle Striche.

Plötzlich zuckte die Hand und verkrampfte sich. Mit vor Entsetzen geweiteten Augen starrte Jean auf die Blutspritzer auf ihren Knien und ihrem Rock. Hastig sprang sie auf. Wie eine leise musikalische Untermalung vernahm sie im Hintergrund noch immer das monotone Plätschern fließenden Wassers.

4

Fälschlicherweise hatte Jean den Eindruck, völlig rational zu denken. Sie fing an zu schreien – nicht in Panik, wie sie sich selbst einredete, sondern um Hilfe herbeizurufen. Sie konnte nicht weglaufen, denn dann hätte sie ihn allein zurücklassen müssen. Ihn ... oder es? Die Lebenden sieht man geschlechtsspezifisch, die Toten geschlechtsneutral. Sie überlegte, ob sie soeben auf eine tiefere philosophische Weisheit gestoßen war oder ob der Unterschied lediglich eine Irrelevanz widerspiegelte, die aus den Sprachen resultierte, die Substantiven ein Genus zuordnet. Die Zuordnung ergab ohnehin keinen Sinn; warum sollte ein Kugelschreiber männlichen, die entsprechende Mine dagegen weiblichen Geschlechts sein?

Nach Luft ringend, hörte sie auf zu schreien. In der Stille vernahm sie Schritte. Sie kamen rasch, fast im Laufschritt, näher. Jemand hatte sie gehört. Vor Erleichterung zitterten ihre Knie, und da begriff sie, daß sie beinahe hysterisch geworden wäre. Mit einem tiefen, verzweifelten Schluchzen stolperte sie vorwärts und warf sich kindisch in Jacqueline Kirbys rettende Arme.

»Was ist denn los mit –« Ihre vor Besorgnis erhobene Stimme brach seufzend ab, als Jacqueline es mit eigenen Augen sah. Für Sekundenbruchteile herrschte absolute Stille. Jacquelines Repertoire an Flüchen war der Situation offenbar nicht gewachsen.

»Alles klar«, erklärte sie einen Augenblick später. »Hören Sie auf

zu jammern, Jean. Hören Sie sofort auf damit, haben Sie mich verstanden?«
Ohne Jeans Reaktion abzuwarten, löste sie sich aus deren Umklammerung und fing an, in ihrer Handtasche herumzuwühlen. Ihr entschiedener und völlig unbeteiligter Tonfall hatte Jean etwas beruhigt, dennoch bemerkte sie Jacquelines Vorhaben aufgrund ihrer Benommenheit erst, als ein stechender Schmerz ihre Nasenwände betäubte und ihren Kopf in ein Flammenmeer verwandelte.
»O Gott, tut das weh!« stöhnte sie, während sie über ihre tränenden Augen wischte. »Riechsalz! Sie gemeine, sadistische –«
»Das klingt schon besser.« Jacqueline verstaute das Fläschchen wieder in ihrer Tasche. »Jemand muß Hilfe holen, Jean. Ich glaube nicht, daß Sie sonst noch jemand gehört hat.«
Während sie sich ihr zerzaustes Haar aus dem Gesicht strich, betrachtete Jean ihr Gegenüber und bemerkte eine weitere Facette von Jacquelines komplexer Persönlichkeit. Ihr Gesicht war aschfahl und ebenso unbewegt wie ihre Stimme. Ihre Ausstrahlung wirkte beruhigend, aber auch leicht beängstigend.
»Ich war es nicht«, schluchzte Jean.
»Um Gottes willen, erklären Sie das nur keinem anderen!« Jacquelines harterkämpfte Selbstbeherrschung geriet vorübergehend ins Wanken. In ihren kühlen grünen Augen keimte erneute Bestürzung auf. »Geben Sie nur ja nichts zu. Gütiger Himmel – in Ihrem Zustand kann ich Sie doch nicht allein lassen, oder?«
»Ich denke«, sagte Jean und schluckte angestrengt, »ich denke, daß mir gleich schlecht wird.«
»Dann bringen Sie es hinter sich«, erklärte Jacqueline brüsk. Erneut wühlte sie in ihrer Tasche und brachte schließlich einen Gegenstand zum Vorschein, der dazu führte, daß Jean trotz ihres unseligen Zustands erstaunt die Augen aufriß. Es sah aus ... es war ... eine Trillerpfeife der Polizei.
Der sich daran anschließende Zeitraum war überaus unangenehm, weil er Jean völlig beanspruchte. Nur vage nahm sie die schneidenden Pfiffe und die ihre Schultern fest umklammernden

Hände wahr, während sie sich übergab. Als sie sich soweit erholt hatte, daß sie wieder mitbekam, was vor sich ging, schien die Kammer voller Menschen. Als erstes fiel ihr Blick auf Andy; sein wilder, leuchtender Haarschopf stach in dem düsteren Raum hervor und bildete einen starken Kontrast zu seiner grünlichen Gesichtsfarbe. Irgend jemand kniete neben dem Leichnam und verhüllte ihn bis auf die ausgestreckten Beine. Nein – zwei Personen knieten neben ihm, und sie trugen beide eine Kutte. Der eine weiß, der andere schwarz; José und einer der dominikanischen Mönche. Als sie sich erhoben und nebeneinanderstanden, ähnelten sie in ihren strengen, mittelalterlichen Gewändern der symbolischen Verkörperung von Gut und Böse. Der junge Dominikaner war so unverwechselbar Ire wie José Mittelamerikaner; trotzdem war beider Gesichtsausdruck seltsam ähnlich. Sie warfen sich einen Blick zu, und José nickte unmerklich.
»Dann werde ich wohl die Polizei benachrichtigen müssen«, erklärte die melodische irische Stimme ungerührt.

Während ihr Blick durch das Gewölbe schweifte, schoß Jean durch den Kopf, daß in einer solch skurrilen Umgebung sicherlich noch nie ein Polizeiverhör stattgefunden hatte. Im Triklinium des Mithrastempels waren seinerzeit merkwürdige Riten zelebriert worden, aber ganz gewiß nichts Vergleichbares.
José hatte den Tempel mit seinen gemauerten Steinbänken als das kleinere Übel für die Wartezeit der Zeugen vorgeschlagen. Auf keiner der beiden anderen Ebenen befand sich ein entsprechender Raum, und die Kirche mit ihren unzähligen einheimischen Andachthaltenden kam ganz offensichtlich nicht in Frage. Nachdem die Priester alle sieben aufgespürt hatten, wurden sie deshalb gemeinsam mit Jacqueline und einer Handvoll verwirrter Touristen in das antike Heiligtum gepfercht. Dana und Michael fand man als letzte – in einem entlegenen Winkel der Kirche aus dem 4. Jahrhundert. Keiner wollte wissen, was sie dort getrieben hatten; als sie jedoch den Tempel betraten, grinste Andy plötzlich süffisant.

»Nummer sechs und Nummer sieben«, meinte er. »Geschätzte Mitsünder, es erweckt den Anschein, daß der Begriff letztlich doch bedeutungsschwangeren Charakter hat.«

»Falls ich deine Interpretation richtig verstehe, ziehst du voreilige Schlüsse«, bemerkte Ted. Er saß neben Ann, die entsetzlich aussah. Ihre Sommersprossen stachen wie mit einem abgebrochenen Lippenstift aufgemalte Flecken hervor. »Du weißt doch gar nicht, wie er ums Leben gekommen ist«, fuhr Ted fort. »Vielleicht war es ein Unfall.«

»Man hat ihm die Kehle aufgeschlitzt«, bemerkte Jean. Der Klang ihrer eigenen Stimme ließ sie zusammenzucken.

»Jesus, Maria und Joseph«, brummte Michael. »Hast du –« Er blickte zu Jean, die zwischen Jacqueline und einer älteren amerikanischen Dame saß.

»Ja, ich habe ihn gefunden. Und wenn du nichts dagegen hast, würde ich mir weitere Ausführungen gern ersparen. Wenn die Polizei eintrifft, muß ich ohnehin alles erklären...«

»Ja, und wo bleibt deine ehrenwerte Bande?« bohrte Dana. »Ich sitze schon so lange auf diesem verfluchten Steinquader...«

Sie beendete den Satz mit einer so bildhaften und rüden Anspielung, daß die grauhaarige Dame entrüstet nach Luft rang. Einer der Anwesenden, ein bärtiger junger Mann mit nackten Füßen und geschultertem Rucksack, grinste ihr anerkennend zu. Zwei weitere Frauen blickten wie gestrenge Lehrerinnen. Eine von ihnen meinte trocken: »Wenn auch nicht dem genauen Wortlaut, so stimme ich Ihrer Einschätzung doch voll und ganz zu. Hat man die Polizei überhaupt benachrichtigt? Als wir herkamen, lungerten zwei Polizisten draußen herum – diese Burschen in den protzigen Uniformen mit Dreispitz und Degen.«

»*Carabinieri*«, bemerkte Andy. Er wirkte nervös und angeschlagen, trotzdem konnte er es sich nie verkneifen, seine Ausführungen beizusteuern. »Ein Fall wie... ein Fall wie dieser fällt nicht in ihren Verantwortungsbereich. In Rom gibt es drei unterschiedliche Polizeiorgane. Die *carabinieri* zählen zur Militärpolizei, obwohl sie auch zivilrechtliche Fälle verfolgen und ahnden können. Die städtische Polizei – die *polizia municipale* – ist verantwortlich für die Verkehrsregelung und Bußgeldbescheide. Ich denke, daß wir von der dritten Gruppe verhört werden: den *agenti* des Commissario di Pubblico Sircurezza. Jeder römische Stadtteil verfügt über eine eigene lokale Untereinheit –«

»Ich begreife nicht, wieso wir überhaupt verhört werden sollen.« Diese Bemerkung stammte von einem untersetzten, glatzköpfigen Mann, der seine beleibte Ehefrau im Schlepptau hatte. Jean konnte seinen Akzent nicht einordnen; er war weder Amerikaner noch Engländer. »Ich werde mich beschweren. Ich sehe keinen Grund, warum man uns hier festhält.«

»Da stimme ich Ihnen zu«, zischte eine der Lehrerinnen. »Ich weiß ja nicht einmal, was passiert ist.«

»Ein Mann kam ums Leben«, sagte Jacqueline. Sie sprach zum ersten Mal, und alle wandten sich ihr zu. »Er starb eines gewaltsamen Todes. Von daher ist es obligatorisch, daß man uns hier festhält. Das ist die normale Vorgehensweise in jedem zivilisierten Land.«

Sie war zu ihrer geliebten Rolle der Bibliothekarin zurückgekehrt, ihre Brille saß an Ort und Stelle, und ihre behandschuhten Hände ruhten auf ihrer ausladenden Handtasche. Für Jean war die Tasche von einer magischen Aura umgeben; allein heute hatten ihre Tiefen das Riechsalz, die Trillerpfeife, ein riesiges Herren(Herren?)taschentuch, um ihr schweißnasses Gesicht abzuwischen, und eine seltsame kleine weiße Pille preisgegeben. Jean vermutete, daß es sich bei der Tablette lediglich um Aspirin gehandelt hatte. Jacqueline war nicht der Typ, der Beruhigungsmittel mit sich führte. Doch die psychologische Wirkung war hervorragend. Sie fühlte sich zwar wie betäubt, aber auch ruhiggestellt.

»Aber ich kenne den Mann nicht!« protestierte ein weiterer Tourist. »Warum zieht man uns da hinein?«

»Das ist einzig und allein Sache der Polizei«, erwiderte Jacqueline. »Wenn Sie das Opfer nicht gekannt haben, dann wird man

Sie vermutlich auch nicht lange festhalten. Weshalb regen Sie sich also auf?«
»Vollkommen richtig.«
Aufgrund ihrer Auseinandersetzung hatten sie das plötzliche Auftauchen des Neuankömmlings gar nicht bemerkt. Als sie ihn sahen, verfiel die Gruppe in andächtiges Schweigen. Dana sprach als erste.
»Nun«, meinte sie sanft. »Ich muß zugeben, das Warten hat sich gelohnt.«
Bei dem Mann, der dort im Eingang stand, handelte es sich ganz offensichtlich um den von ihnen erwarteten Polizeibeamten. Und ebenso offensichtlich war er genau der Typ römischer Gentleman, dem weibliche Besucher in ihren Träumen begegnen, in der Realität allerdings eher selten.
Sein dichtes dunkles Haar glänzte in der schwachen Beleuchtung. Seine grauen Schläfen waren fast zu perfekt; sie wirkten wie gefärbt. Jean, die neben dem Eingang hockte, bemerkte sein scharfkantiges Profil, und seine anziehenden Gesichtszüge erinnerten sie an eine altrömische Büste. Nase, Kinn und Wangenknochen waren so markant wie in Marmor gehauen. Abgesehen von seinem modernen, maßgeschneiderten Anzug, hätte der Mann geradewegs der Prozession entstiegen sein können, die in den Friedensaltar des Augustus eingemeißelt war.
Nachdem er rasch eine Bestandsaufnahme der Gruppe vorgenommen hatte, die rechter Hand auf den Bänken saß, wandte er den Kopf nach links, und Jean erhaschte einen Blick auf seine großen dunklen Augen. Sie durchfuhr ein leichter Schock. Der junge Oktavian, der seine Regierungsmacht auszuweiten plante, könnte solche Augen gehabt haben – kühl, taxierend, beunruhigend intelligent.
Die Augen musterten sie, einen nach dem anderen.
»Ich bin di Cavallo. Nur ein einfacher Ermittlungsbeamter.«
Andy, der gelangweilt an der Wand gekauert hatte, setzte sich sogleich aufrecht hin.
»Sind Sie denn nicht Kommissar di Cavallo?«

»So lautet mein offizieller Titel. Ich kann mich nicht erinnern, die Ehre Ihrer Bekanntschaft gemacht zu haben ...«
Andy lächelte schwach. Während er sein Gegenüber taxierte, trat ein merkwürdiges Glitzern in seine Augen.
»Ihnen eilt ein gewisser Ruf voraus, Kommissar.« Er wandte sich den anderen zu. »Welch eine Ehre, meine Damen und Herren. Normalerweise wird ein einfacher *agente* oder ein unbedeutender Beamter mit den Ermittlungen zum Tathergang betraut. Ich hatte nicht mit einem Beamten vom Range eines Kommissars gerechnet.«
Diese Schmeichelei ließ di Cavallo unberührt.
»Ihre Kenntnis um den Aufbau unserer Behörde ist bewundernswert, junger Mann. Sofern Sie Ihre Ausführungen hinsichtlich dieses Wissens beendet haben, darf ich vielleicht fortfahren? Ich danke Ihnen.« Er wandte sich an Jacqueline, deren distinguierte Erscheinung ihn sichtlich zu beeindrucken schien. »Signora, wie ich von Pater Finnegan erfahren habe, kennen Sie den Verstorbenen sowie mehrere der hier anwesenden Zeugen. Können Sie mir näher erläutern, was passiert ist?«
In knappen Worten schilderte ihm Jacqueline Albert und seine Beziehung zu den anderen Mitgliedern der Gruppe, die sie ihm kurz vorstellte. Nachdem sie ihre Zusammenfassung beendet hatte, nickte der Kommissar.
»Die Papiere in der Brieftasche des Toten identifizieren ihn eindeutig als die von Ihnen geschilderte Person. Sie und Sie und Sie beide –« Unbeirrt deutete er auf die zufällig anwesenden Touristen. »Sie sind diesem Albert Gébara nie begegnet? Dann können Sie gehen. Bitte teilen Sie dem diensthabenden Polizeibeamten auf dem Vorplatz Ihre Namen und Ihren derzeitigen Aufenthaltsort mit. Ich danke Ihnen.«
Nachdem die Außenstehenden gegangen waren, veränderte sich die Atmosphäre spürbar. Di Cavallo setzte sich auf einen der freigewordenen Plätze, griff in seine Jackentasche und zauberte ein so flaches goldenes Zigarettenetui daraus hervor, daß es höchstens Zahnstocher enthalten konnte. Großzügig bot er der Grup-

pe Zigaretten an, dann nahm er sich selbst eine. Jean war sich sicher, daß di Cavallos Tätigkeit bei der Polizei nicht dessen einzige Einnahmequelle darstellte. Wäre er allerdings ein bestechlicher Beamter gewesen, hätte er seinen Reichtum nicht so offen zur Schau gestellt. Vermutlich entstammte er einer wohlhabenden Familie.
»Kommissar«, setzte Ted an, »sind Sie gegenüber den anderen nicht etwas zu oberflächlich vorgegangen? Nur weil sie behaupten, den Ermordeten nicht zu kennen –«
»Ermordet?« Di Cavallo hob seinen Blick von seiner Zigarette und pustete eine würzig duftende Rauchwolke in die Luft. »Wieso glauben Sie an einen Mordfall?«
Alle schwiegen. Schließlich bemerkte José trocken: »Der Mann hatte eine durchtrennte Kehle, Kommissar. Folglich kann es sich kaum um einen Unfall handeln.«
Der Blick des Kommissars hing an dem Geistlichen, der diesen erwiderte. Für Sekundenbruchteile fixierten sie sich. Dann grinste di Cavallo.
»Padre Ximenez? Ich hätte einen Jesuiten sogar ohne Kutte erkannt. Sie haben ganz recht, Pater. Es kommt selten vor, daß sich ein Mann beim Rasieren so dramatisch verletzt, und kein Mann rasiert sich ohne Wasser, Rasierseife und einen Spiegel, nicht wahr? Nein, einen Unfall dürfen wir sicherlich ausschließen. Aber es gibt noch andere Überlegungen hinsichtlich eines gewaltsamen Todes.«
»Selbstmord!« Dana hatte sich nie als Geistesleuchte hervorgetan. Ihr Einwurf galt lediglich der Aufmerksamkeit des Kommissars. Sie hatte Erfolg. Sein Blick wanderte zu ihr.
»Das ist richtig, Signorina. Was wissen Sie von dieser Sache?«
Kokett zuckte Dana die Schultern. »Glücklicherweise war ich nicht diejenige, die die Leiche fand.«
»Glücklicherweise, in der Tat. Es war kein schöner Anblick.«
»Das meinte ich damit nicht«, sagte Dana. Ihr Blick wirkte verunsichert. »In England ... Aber Sie sagten doch, es handle sich nicht um einen Mordfall.«

»Ich habe mich bislang noch nicht dahin gehend geäußert, um was für einen Fall es sich handelt«, bemerkte di Cavallo in bewundernswert korrektem Englisch. »In England, sagten Sie...«

»Nun, ja.« Wieder zuckte Dana die Schultern und bewies dabei erneut körperliche Anmut. »In den englischen Detektivgeschichten ist derjenige, der die Leiche findet, immer der Hauptverdächtige. Aber wie Sie schon sagten –«

Wut überlagerte Jeans Erschöpfung. Sie setzte sich kerzengerade hin und funkelte das Mädchen an. »Bei allen –« Ihre Stimme überschlug sich, und di Cavallo unterbrach sie.

»Wie ich schon sagte, habe ich nicht den Eindruck, daß es sich um einen Mordfall handelt.« Er zuckte die Schultern. Seine Eleganz ließ Danas diesbezügliche Bemühungen plump wirken. »Ich handle gegen die Vorschriften, wenn ich soviel preisgebe. Schließlich sind unsere Ermittlungen noch nicht abgeschlossen. Aber hier liegt ein ungewöhnlicher Fall vor. Wir möchten uns gegenüber unseren ausländischen Besuchern höflich verhalten. Wir wissen, daß unser Rechtssystem den Angelsachsen fremd ist, und das sind, so glaube ich, die meisten von Ihnen. Deshalb sage ich Ihnen im Vertrauen, daß wir die Tatwaffe unter dem Leichnam des Mannes gefunden haben. Es handelt sich um ein ganz gewöhnliches Messer, ein Küchenmesser, wie es sie hier überall zu kaufen gibt. Und die Verletzung erhärtet den Selbstmordverdacht. Bleibt uns nur noch herauszufinden, warum dieser unglückliche Mann hierherkam, um seinem Leben ein Ende zu setzen.«

»Er war verrückt«, warf Michael ein.

Sämtliche Blicke gingen zu der Nische, in der er kauerte. Er hatte die Knie angezogen und stützte seine Ellbogen darauf ab – die beinahe klassische Embryonalhaltung. Als Jean an sein Geständnis dachte, tat er ihr leid – doch dann fiel ihr schlagartig ein, wo man ihn und Dana aufgespürt hatte.

»Er war mit Sicherheit verrückt«, wiederholte Michael. »Jeder weiß, wie er sich in letzter Zeit aufgeführt hat.«

»Mike hat recht«, bemerkte Andy. »Sehen Sie, Kommissar, es ist

keineswegs so, als wäre der arme Teufel ein guter Freund von uns gewesen. Wir wußten nichts über sein Privatleben. Er hat sich der Gruppe mehr oder weniger aufgedrängt ... Ich meine, er hat sich ...«
»Ich verstehe, was Sie damit zum Ausdruck bringen wollen«, entgegnete di Cavallo steif.
»Wie bitte? Oh ... natürlich. Was ich damit sagen wollte, ist, daß man selbst während einer oberflächlichen Bekanntschaft merken konnte, daß er geistesgestört war. Und in den letzten Tagen hat sich das Ganze noch verschlimmert. Oder etwa nicht?«
Seine an die Gruppe gerichtete Frage sorgte für zustimmendes Gemurmel.
»Andy hat recht«, mischte sich José ein. »Albert war immer schon ein seltsamer Kauz, und in letzter Zeit verhielt er sich noch merkwürdiger. Vermutlich halten Sie uns nicht für sonderlich gute Menschenkenner, Kommissar. Aber vielleicht vertrauen Sie auf Mrs. Kirbys Einschätzung.«
»Ah.« Di Cavallo lehnte sich zurück und schlug die Beine übereinander. »Mrs. Kirby, ja. Signora, sind Sie eine Angestellte des Instituts für Kunst und Archäologie?«
»Nein, als Bibliothekarin bin ich hier lediglich zu Gast – ich bin mit Frau Hilman, einer der Bibliothekarinnen am Institut, befreundet. Auch ich bin keine geschulte Psychologin, aber ich muß meinen Freunden zustimmen, daß Albert ein äußerst merkwürdiger Zeitgenosse war.«
Ganz offensichtlich imponierte Jacqueline di Cavallo; seine Argusaugen blickten jedesmal sanfter, wenn er sie betrachtete. Zustimmend nickte er.
»Inwiefern fanden Sie ihn merkwürdig, Signora?«
»Kommissar«, meinte Ann leise. »Tut mir leid, daß ich Sie unterbreche, aber Jean ... Sie hat ihn gefunden ... das war eine entsetzliche Erfahrung für sie, und sie sieht alles andere als gefaßt aus. Können wir sie nicht nach Hause bringen?«
Zum zweiten Mal an diesem Tag spürte Jean, wie di Cavallos beunruhigender Blick auf ihr ruhte. Ihr war klar, daß sie so blaß

und mitgenommen aussah, wie sie sich fühlte, und der Gesichtsausdruck des Kommissars wirkte überaus mitfühlend. Dennoch ließ sich Jean keine Sekunde lang täuschen. Weder ihr jugendlicher Schmerz noch Danas betrübte Blicke übten auch nur die geringste Wirkung auf diesen Mann aus.

»Aber sicher«, erklärte di Cavallo. »Wenn die junge Dame mir zuvor noch sagen könnte –«

Ann erhob sich. »Sie befindet sich nicht in dem Zustand, Ihnen irgendwelche Fragen beantworten zu können. Sie wissen, wo Sie uns finden. Wir stehen jederzeit zu Ihrer Verfügung. Können Sie sie nicht später verhören?«

»Aber da gibt es nicht viel zu sagen«, entgegnete Jean. »Ich bin in die Kammer geschlendert, und er lag einfach da. Ich ging zu ihm und kniete mich neben ihn. Ich dachte, daß ich ihm vielleicht helfen könnte. Ich habe die ... Verletzung erst bemerkt, als er den Kopf hob –«

Geräuschvoll sog di Cavallo den Atem durch seine Zähne ein. »Wollen Sie damit sagen, Signorina, daß der Mann noch lebte, als Sie ihn fanden?«

Er hatte sein verständnisvolles Verhalten abgelegt. In seinem scharfen Tonfall und seinem Gesichtsausdruck spiegelte sich neues Mißtrauen. Jean bemerkte, daß die anderen sie ebenfalls mit ungläubiger Verblüffung anstarrten.

»Er lag im Sterben, war aber nicht ...« Jean wandte sich an Jacqueline. »Sie haben ihn doch auch gesehen ... Nein, Sie kamen erst später dazu ... Trotzdem, er lebte noch! Zumindest noch kurze Zeit. Ich weiß, daß es unglaublich klingt, aber ...«

»Nicht unmöglich.« Josés sachliche Stimme unterbrach sie. »Es hat Fälle von tödlich Verletzten gegeben, die noch einige Zeit ...«

»Zweifellos, Pater, zweifellos«, unterbrach ihn di Cavallo. »Solange ich allerdings nicht mit dem Gerichtsmediziner gesprochen habe, ist jede Spekulation müßig. Also, Signorina. Er hob den Kopf. Hat er denn noch etwas gesagt?«

»Nein.« Jean dachte an seinen entsetzlich rasselnden letzten Atemzug und erschauerte. »Er versuchte es, aber er ... Aber er hat etwas geschrieben. Auf den Boden, mit seinem Finger.«
Die allgemeine Skepsis war so tief, daß sie für Jean fast spürbar wurde. Di Cavallo fixierte sie weiterhin, doch sein Gesichtsausdruck spiegelte jetzt eher Verärgerung als Mißtrauen. Offenbar hielt er sie für eine der beeinflußbaren Zeuginnen, die nach der Tat dramatische Einzelheiten erfinden.
»Ich habe mir die Kammer angeschaut, Signorina. Ich versichere Ihnen, daß sich dort keine mit dem Blut des Sterbenden verfaßte letzte Mitteilung befand.«
»Sie war nicht mit Blut geschrieben!« herrschte ihn Jean an. »Er hat sie lediglich in den Staub gezeichnet. Vermutlich wurde sie verwischt, als er vornüberfiel.«
»Zweifellos.« Di Cavallo seufzte. »Und wie lauteten die letzten Worte des Toten?«
»Es handelte sich nicht um Worte. Nicht einmal um ein einziges Wort.« Aufgebracht musterte Jean die Gesichter ihrer Freunde, und sie erschienen ihr mitleidig, belustigt, abweisend – und völlig ungläubig. »Ich versichere Ihnen, er hat sie wirklich geschrieben! Die Zahl Sieben!«

Als Jean aus ihrem unbeabsichtigten Nickerchen erwachte, war es fast dunkel im Zimmer. Sie setzte sich ruckartig auf, umklammerte ihren dröhnenden Schädel und versuchte sich zu orientieren. Langsam kehrte die Erinnerung zurück. Sie befand sich in Jacquelines Apartment, und diese hatte der unverzichtbaren Tasse Tee ganz offensichtlich ein Schlafmittel beigemischt. Sie hätte sich denken können, daß selbst Jacqueline noch nicht so alt war, daß sie tatsächlich an die heilsame Wirkung einer schönen, heißen Tasse Tee glaubte ...
Außer ihr befand sich noch irgend etwas im Zimmer. Sie hörte Atemgeräusche. Nach einem langen entsetzlichen Augenblick erkannte sie in dem Fellknäuel am Fußende des Bettes den schlafenden Pudel. Jean kroch aus dem Bett, ohne den Hund aufzu-

wecken; er wirkte so entspannt, daß sie es nicht übers Herz brachte, ihn zu stören.
Auf dem Balkon vor dem *salone* traf sie ihre Gastgeberin. Die Balkonbrüstung war üppig bewachsen mit blau blühendem Bleiwurz und prachtvollen Hängegeranien mit rosafarbenen, weißen und orangeroten Knospen. Nur mit Shorts und ärmelloser Bluse bekleidet, saß Jacqueline an einem kleinen Tisch und las ein Buch. Schließlich legte sie die Lektüre beiseite und begrüßte Jean unterkühlt. »Wie fühlen Sie sich?«
»Völlig erledigt.« Gähnend ließ sich Jean auf einen Stuhl fallen und stützte ihr Kinn auf ihren Händen auf. »Was haben Sie mir eingeflößt?«
»Ein leichtes Beruhigungsmittel.«
»Leicht!«
Es war immer noch heller Tag, obwohl sich der östliche Himmel bereits verdunkelte. Nach dem stickigen Schlafzimmer war die Abendbrise wohltuend. Der leichte Wind zerzauste Jeans Haar, und sie hob aufatmend ihr Gesicht. Durch die Blütenpracht schimmerte die blaue Oberfläche des Swimmingpools.
»Korruption«, sagte sie verträumt.
»Wie bitte?«
»Geld macht korrupt. Ich wünschte, man würde versuchen, mich zu bestechen. Ich könnte mich mit einem solchen Lebensstil anfreunden.«
»Dann genießen Sie ihn, solange Sie hier sind. Möchten Sie etwas essen?«
Es kostete Jean einige Überwindung, sich von der angenehmen Lethargie, dem lauen Abendwind und der berückenden Atmosphäre loszureißen. »Sie haben schon genug für mich getan. Nicht, daß ich das nicht zu schätzen wüßte, aber ich kann einfach nicht zulassen, daß Sie mich noch länger verwöhnen. Ich gehe nach Hause.«
»Ich habe nicht vor, Ihnen Fasan auf einem Silbertablett im Bett zu servieren«, erwiderte Jacqueline ironisch. »Eigentlich schwebten mir Schinken und Brötchen vor. Ihr Magen ist vollkommen

leer, und wenn Sie jetzt gehen, werden sie irgendwo auf der Straße zusammenbrechen. Keine besonders angenehme Vorstellung, oder?«
Sie klang so nörglerisch wie eine von Arthritis geplagte alte Dame, und Jean starrte sie erstaunt an.
»Sie müssen das nicht für mich tun«, sagte sie steif.
»Was hätte ich sonst tun sollen? Sie waren keineswegs in der Verfassung, daß man Sie hätte allein lassen können.«
»Ann wollte, daß ich mit ihr und Andy gehe.«
»Ja, und euer ganzer verfluchter Club wäre auch mitgekommen, hätte dort lamentierend und diskutierend herumgesessen und die ganze Geschichte von neuem aufgerollt. Die sieben Sünder, in der Tat! Ihr seid ein Haufen verantwortungsscheuer Kinder, ja, das seid ihr.«
»Dann wollten Sie eigentlich gar nicht, daß ich mit zu Ihnen kam, oder?«
»Nein.«
»Und warum –«
Jacqueline seufzte, veränderte ihre Sitzhaltung leicht und streckte die Beine aus. Jean fiel auf, daß sie überaus wohlgeformte Beine hatte.
»Es tut mir leid, Jean, ich hätte das nicht sagen sollen. Nehmen Sie es nicht persönlich. Eigentlich mag ich Sie ja alle, auch wenn Sie mich gelegentlich aufbringen. Verzeihen Sie mir meinen Fauxpas . . . Kommen Sie, wir essen ein Sandwich, und dann können Sie nach Hause gehen. Mit Vergnügen würde ich meine Hand für Sie und Ihre Freunde ins Feuer legen.«
Aufgrund ihres entspannteren Tonfalls war Jean klar, daß sich ihre Laune gebessert hatte. Sie nahmen ihr provisorisches Mahl auf dem Balkon ein; dort war es einfach zu schön. Der Himmel verdunkelte sich langsam und nahm exakt das eindrucksvolle Blau an, das man auch in mittelalterlichen Kirchenmosaiken findet, und der Wind wehte den würzigen Duft der üppig blühenden Balkonpflanzen zu ihnen herüber. Jean bemerkte, daß sie ausgehungert war. Sie vertilgte

auch noch den letzten Bissen von ihrem Teller und langte erneut zu.

»Immer wenn ich hier bin, esse ich wie ein Vielfraß«, meinte sie entschuldigend. »Sie sind schrecklich nett zu mir gewesen. Ich muß Ihnen wirklich danken.«

Jacqueline verzog das Gesicht. »Gütiger Himmel, lassen Sie das Wort aus dem Spiel. Zum Teufel mit dieser Lobhudelei ... Also nett, tatsächlich.«

»Nein, allen Ernstes«, beharrte Jean. »Es ist nett von Ihnen, daß Sie sich mit uns abgeben. Vermutlich müssen wir Ihnen tatsächlich unreif vorkommen. Was halten Sie wirklich von uns?«

Jacqueline dachte über die Frage nach.

»Die sieben Sünder«, sagte sie mit einem schwachen Lächeln. »Vermutlich stört mich an euch diese Mischung aus Intellekt und Naivität. Ihr seid eine intelligente Truppe, meine ich – insgesamt und auch jeder für sich betrachtet. Aber ihr seid noch sehr ... jung. Das mußte ich einfach sagen«, fügte sie mit einem breiten Grinsen hinzu. »Wenn ich eure Klugheit zu sehr herausstelle, kann es mir passieren, daß der harte Kern der über Dreißigjährigen davon erfährt und ich irgendwann in dunkler Nacht auf geheimnisvolle Weise verschwinde. Es gäbe keine Spur von mir; nur ein aufgeschreckter Bauer würde etwas von glühenden Fackeln in einem entlegenen Hain stottern, in dem weißgewandete Gestalten über einen Verräter zu Gericht saßen.«

Jean lachte. »Nicht übel. Sie sollten Kriminalromane schreiben.«

»Ich habe zu viele gelesen«, gestand Jacqueline. »Zu Beginn meiner beruflichen Laufbahn arbeitete ich in einer kleinstädtischen Bücherei, in der es nur wenig zu tun gab. Und Kriminalromane kann man zigmal am Tag in die Hand nehmen und wieder weglegen.« Sie nahm einen Schluck Wein – ein Getränk, das in Rom selbst die einfachste Zwischenmahlzeit begleitet. »Und in den letzten Stunden hat es sich zu einem Krimi entwickelt. Ich meine Ihr Leben.«

»Wie wahr. Jacqueline ... Glauben Sie wirklich, daß Albert zu dem suizidgefährdeten Typus gehörte?«
Schweigen schloß sich dieser Frage an. Mittlerweile war es dunkel geworden. Jean sah ihr Gegenüber nur als konturlosen Schatten vor sich. Schließlich meinte Jacqueline: »Gibt es denn einen suizidgefährdeten Typus?«
»Betreiben Sie keine Haarspalterei«, erwiderte Jean. »Natürlich nicht. In dieser Hinsicht habe ich eigene Erfahrungen gesammelt. Wer hat das nicht? Aber ich habe noch keinen Selbstmörder erlebt, der sich so verhalten hätte wie Albert, egal, ob die Sache nun geklappt hat oder nicht.«
»Ich vergesse ständig, wie ich mich mit zwanzig gefühlt habe«, sagte Jacqueline nachdenklich. »Und ich schätze, daß es heutzutage noch dramatischer ist ... Wie viele Selbstmorde haben Sie in Ihrem Bekanntenkreis erlebt?«
»Nur einen. Und es stellte sich heraus, daß sie drogenabhängig war. Aber ich habe einiges von anderen Leuten mitbekommen.«
»Gütiger Himmel, ja. Natürlich haben Sie das ... In Ordnung, Jean, wenn Sie das Thema wirklich vertiefen wollen. Glauben Sie, daß Albert irgendwelche Drogen nahm?«
»Nein. Nein, das glaube ich nicht. Sie haben ihn ja selbst erlebt.«
»Ich weiß. Ich sollte es zumindest wissen ... Zeigen Sie mir eine Mutter, die nicht sämtliche Symptome von Haschisch bis Heroin aufzählen kann, und ich wirke dagegen ignorant ... Die Autopsie wird diese Frage letztlich beantworten, dennoch glaube ich, daß Sie recht haben. Albert war nicht drogenabhängig. Also?«
Verzweifelt rang Jean die Hände. »Also ... Schwierig, das zu erklären. Sicherlich war Albert in irgendeiner Form verrückt. Aber er besaß eins, nämlich eine sehr hohe Meinung von sich selbst. Ob er nun verrückt war oder nicht ... ob seine Theorien verschroben waren oder nicht ... ihm war das zumindest nicht bewußt. Er hielt sich für ein Gottesgeschenk in einer barbarischen Welt. Sicher, vielleicht weiß ich zuwenig über Geisteskrankheiten. Vielleicht ist er ausgerastet. Vielleicht hat er sich von seinem manischen Zustand in eine Depression geflüchtet

und erkannt, daß seine Ambitionen ein Hirngespinst waren, daß er ein häßlicher, unbeliebter –«

Ihr versagte die Stimme. Sekundenlang herrschte völliges Schweigen. Dann sprach Jacqueline: »Eine Grabrede für Albert... Sie sind ebenfalls ziemlich verwirrt, mein Kind. Nach diesem schrecklichen Tag haben Sie außerdem zuviel getrunken. Nehmen Sie noch ein Sandwich, und hören Sie mir zu, wobei ich Ihnen grundsätzlich zustimme. Diese Geschichte beunruhigt mich. Sie beunruhigt mich schon die ganze Zeit. Aber genau wie Sie sehe ich keinen logischen Grund, warum ich beunruhigt sein sollte.«

Ein Geräusch wie das einer Kettensäge unterbrach ihren Redefluß. Die beiden Frauen zuckten zusammen.

»Diese verfluchte Klingel«, knurrte Jacqueline. »Das ist das gräßlichste Läuten ... Bleiben Sie sitzen. Ich kümmere mich darum.«

Als Jacqueline schließlich die Aufzugtür erreicht und die Beleuchtung eingeschaltet hatte, hatte sich Jean wieder gefangen. In dem schwachen Lichtschein, der aus dem *salone* ins Freie drang, bereitete sie sich ein weiteres Sandwich zu. Sie biß gerade hinein – die harten italienischen Brötchen erforderten eine wirklich gute Kaumuskulatur –, als Jacqueline mit dem Mann zurückkehrte, der geklingelt hatte. Sein Anblick war alles andere als erfreulich für Jean, dennoch belustigte sie Jacquelines Gesichtsausdruck. Dieser war – um es mit den Worten der klassischen Trivialromane zu umschreiben – ein einziges Rätsel.

»Signorina.« Di Cavallo verbeugte sich so galant, daß es fast schon lächerlich wirkte. »Fühlen Sie sich jetzt besser?«

Lächelnd nickte Jean. Sie konnte nichts sagen, schließlich hatte sie den Mund voll.

Aufgrund von Jacquelines Einladung setzte sich der Kommissar und nahm dankend ein Glas Wein an. Er seufzte unüberhörbar.

»Wie schön das ist, hier draußen in der Dunkelheit. Und wie schön es doch wäre, diese ganzen unangenehmen Dinge zu ver-

gessen. Leider kann ich weder mir noch Ihnen diesen Luxus gönnen.«
»Was haben Sie in Erfahrung gebracht?« wollte Jacqueline wissen.
Di Cavallo nippte an seinem Weinglas.
»Der Fall scheint eindeutig. Jetzt suche ich nur noch die logische Verknüpfung.«
»Selbstmord?«
Di Cavallo nickte. Er griff nach der Aktenmappe, die alle distinguierten europäischen Geschäftsleute sämtlicher Berufsstände für gewöhnlich bei sich tragen.
»Seien Sie doch so nett, sich das einmal anzuschauen«, bat er und nahm einen Stapel Papier, den er Jacqueline zuschob.
Jacqueline drehte ihren Stuhl, so daß sie im Lichtkegel des *salone* saß. Kurzsichtig blinzelte sie auf die Blätter.
»Ich kann rein gar nichts erkennen«, murmelte sie. »Wo habe ich denn nur meine Brille?«
»Sie steckt auf Ihrem Kopf«, sagte Jean, sie interessiert beobachtend. Wenn sich Jacqueline verwirrt und abwesend verhielt, führte sie normalerweise irgend etwas im Schilde.
»Wie albern von mir. Welchen Sinn hat sie –« Ihre tastende Hand fand die Brille. Mit einem bezeichnenden Blick auf Jean setzte sie sie auf ihre Nasenspitze und fing an zu lesen.
Einige Zeit las sie schweigend. Ihr Gesichtsausdruck wirkte absolut teilnahmslos und nichtssagend. Nach einer Weile blickte sie den Kommissar fragend an und reichte die Blätter dann an Jean weiter.
Bei den Schriftstücken handelte es sich um Alberts Notizen. Sie waren in Französisch, Arabisch und – überraschenderweise – in Latein verfaßt. Eigentlich wenig überraschend, überlegte Jean, während sie die Blätter überflog. Alberts Quellen datierten in die frühchristliche Ära zurück, von daher war es ganz selbstverständlich, daß sie vielfach in Latein abgefaßt waren. Aber ...
»Aber«, meinte sie gedehnt, »das ist völliger Quatsch. Nichts davon ergibt irgendeinen Sinn.«

»Sind Ihnen diese Sprachen geläufig, Signorina?«
»Ja, ich verstehe Latein und Französisch, auch wenn ich diese Sprachen nicht spreche. Doch es wäre selbst bei einer marginalen Kenntnis dieser Sprachen offensichtlich. Es scheint sich ausschließlich um Gebete oder ... nun ja ... um Blasphemie zu handeln. Immer wieder tauchen Namen von Heiligen auf ... ›*Santa Cecilia, ora pro me* – Heilige Cäcilia, bete für mich. Sankt Christophorus, bete für mich ...‹ Und dieser Teil scheint eine Reihe von Schmähreden zu enthalten, die sich auf den Papst beziehen.«
»Ja, ja«, meinte di Cavallo ungeduldig. »Es handelt sich um das Machwerk einer Person, deren religiöse Anschauungen – gelinde gesagt – exzentrisch sind. Was ich wissen möchte, ist – sind diese Dokumente wirklich so wertlos, wie es den Anschein erweckt?«
»Sie sind nicht nur hirnrissig, sondern völlig bedeutungslos«, entgegnete Jean, während sie di Cavallo den Stapel zurückgab. »Haben Sie sie schon Andy Scoville gezeigt? Er hat mehr Ahnung von diesem Themenkreis als ich.«
»Ich habe mit ihm gesprochen. Er ist Ihrer Meinung.«
»Ist das alles?« fragte Jacqueline. »Mehr haben Sie in seinem Zimmer nicht gefunden?«
»Ja, das ist alles. Ein paar zerschlissene Kleidungsstücke, Bücher ... Briefe von seiner Mutter ...«
»Seiner Mutter«, wiederholte Jean verwirrt.
»Er hatte eine Mutter, ja; das ist nichts Ungewöhnliches.« Di Cavallo beobachtete sie ohne jedes Mitgefühl oder Werturteil. »Signorina, zweifellos ist das alles sehr traurig. Aber die Welt steckt voller Tragik, alle dreißig Sekunden geschieht ein Verbrechen, und viele davon sind dramatischer als der Verlust dieses überaus verwirrten jungen Mannes, der vielleicht noch Hand an irgendeinen Unschuldigen gelegt hätte, wenn er nicht die Freundlichkeit besessen hätte, sich zuvor selbst zu eliminieren.«
»Sind Sie sicher?« Jacquelines Stimme klang merkwürdig, und di Cavallo musterte sie in der Dunkelheit.

»Sicher ist in dieser Welt nur sehr wenig, Signora Kirby – und ich denke, daß Sie und auch ich das aufgrund schmerzvoller Erfahrung begriffen haben. Aber diesmal bin ich mir so sicher, wie man sich nur sicher sein kann ... Fehlen nur noch diese logischen Verknüpfungen. Wie beispielsweise diese Geschichte mit dem Diebstahl.«

»Wer hat Ihnen davon erzählt?«

»Padre Ximenez. Er mag mich ebensowenig wie ich ihn, trotzdem respektieren wir uns. Er deutete mir gegenüber an, daß sich die Beschuldigung hinsichtlich des Diebstahls auf eine Person innerhalb Ihres kleinen Freundeskreises bezogen haben muß, da Gébara keinen der anderen Gäste kannte.«

»Ja, aber das hat nichts zu bedeuten. Niemand hat Albert bestohlen. Er besaß absolut nichts, was sich zu stehlen gelohnt hätte.«

»Das könnte man aufgrund seiner ärmlichen Habseligkeiten folgern. Ihre Freunde behaupten einhellig, daß er vor der Party noch nie irgendwelche Wertsachen erwähnt habe. Die sieben Sünder«, meinte di Cavallo gedankenverloren. »Überaus kurios ... Signorina, sagten Sie nicht, daß das von dem Sterbenden gezeichnete Symbol die Zahl Sieben darstellte?«

Für Sekundenbruchteile hielt Jean den Atem an. Dann entspannte sie. »Wäre es Beamtenbeleidigung oder etwas Ähnliches, wenn ich sagte: ›Zum Teufel mit Ihnen, Kommissar!‹?«

»Es wäre lediglich sehr unhöflich«, erwiderte di Cavallo ruhig.

»Ja, ich sah, daß er das in den Staub malte, und ich halte an meiner Version fest. Aber wenn es sich um einen Selbstmord handelt, dann können die sieben Sünder nichts mit Alberts letztem Hinweis zu tun haben.«

»Auch ich sehe keinerlei Zusammenhang«, stimmte ihr di Cavallo zu. »Wäre der Fall nicht so offensichtlich – gäbe es irgendeinen Verdacht auf ein falsches Spiel – ... Aber selbst dann sähe ich keinen Anhaltspunkt in dieser Ziffer. Denn in einer Gruppe von sieben Leuten kann jeder der siebte sein. Sie haben sich doch nicht etwa Zahlen zugeordnet, wie die geheimen Banden in den klassischen Abenteuerromanen?«

»Natürlich nicht. Die Bezeichnung war nicht einmal offiziell, es handelte sich lediglich um einen von Andys kleinen Scherzen.«
»Nun, dann werden wir es niemals erfahren. Und das ist auch nicht sonderlich wichtig ... Meine Damen, ich glaube, das ist alles. Sie übernachten hier, Miss Suttman?«
»Nein, ich fahre nach Hause. Ich habe Mrs. Kirbys Gastfreundschaft lange genug in Anspruch genommen.«
»Ah? Dann bringe ich Sie selbstverständlich gern nach Hause, falls Sie jetzt schon aufbrechen wollen.«
»Nun ... vielen Dank.«
Jacqueline schwieg. Sie begleitete die beiden zur Tür, und Jean bemerkte mit Erleichterung, daß di Cavallo die gleichen Schwächen wie andere Männer hatte. Sein heimlicher Blick auf Jacquelines Beine war fachmännisch und anerkennend.
Bei dem Wagen des Kommissars handelte es sich um ein Polizeifahrzeug mit Fahrer. Nachdem er diesem ihr Fahrziel genannt hatte, schwieg di Cavallo, bis sie Jeans Domizil erreicht hatten. Zu ihrem Erstaunen und gleichzeitig heimlichen Entsetzen stieg er mit ihr aus. Er bemerkte ihre Bestürzung und beeilte sich mit amüsiertem Gesichtsausdruck um eine Erklärung.
»Die andere junge Frau – Miss Dana – lebt doch auch in diesem Haus, nicht wahr? Ich möchte mit ihr sprechen.«
»Vielleicht ist sie nicht da«, bemerkte Jean, als sie das Gebäude betraten. »Dana nimmt aktiv am gesellschaftlichen Leben teil.«
»Ja, das kann ich mir denken«, meinte der Kommissar nüchtern. »Ich frage mich, warum man es Mrs. Kirby überlassen hat, Sie nach Ihrer schrecklichen Erfahrung heute mit zu sich nach Hause zu nehmen, obwohl Ihre Freundin mit Ihnen zusammenlebt.«
»Dana lebt nicht mit mir zusammen, sie bewohnt lediglich ein möbliertes Zimmer im gleichen Haus wie ich. Eigentlich sind wir ... Ich meine, wir sind zwar befreundet, aber nicht ...«
»Ich denke, das kann ich verstehen.«
»Ich wünschte, es wäre so«, murmelte Jean. »Warum wollen Sie mit ihr sprechen?«

»Nur um die logische ...«
»Verknüpfung herzustellen. In Ordnung, stellen Sie ihr eine dumme Frage und Sie erhalten eine dumme ... Verzeihung, ich habe es nicht so gemeint«, fügte sie rasch hinzu.
Als sie die dritte Etage erreichten, klopfte di Cavallo an Danas Zimmertür. Schamlos neugierig hatte sich Jean an seine Fersen gehängt. Sie rechnete damit, daß di Cavallo sie fortschicken würde, was er jedoch nicht tat, und als offensichtlich wurde, daß Dana nicht zu Hause war, schlug sie ihm vor: »Vielleicht kann ich Ihnen helfen. Was wollten Sie Dana denn fragen?«
»Ich wollte mir lediglich Gewißheit verschaffen, wo sich die einzelnen Personen zum Zeitpunkt des Unglücks befanden. Reine Routine.«
»Ein Alibi.« Jean überlegte. »Mich haben Sie nicht danach gefragt.«
»Aber Signorina«, meinte di Cavallo mit schmeichelnder Stimme, »ich weiß doch, wo Sie waren, als der Mann starb. Sie knieten neben ihm. Stimmt das etwa nicht?«

5

Von der Piazza Barberini zur Porta Pinciana windet sich die Via Veneto steil bergauf. Da sich Jean verspätet hatte, versuchte sie, sich zu beeilen, doch das gestaltete sich mühsam. Als sie Doney's am Ende der Straße schließlich erreichte, hinkte sie sichtlich.

Jacqueline war bereits eingetroffen und saß an einem der Tische im Freien unter der blauweiß gestreiften Markise. Das Blau ihres Hosenanzugs ließ ihre Augen wie zwei strahlende Aquamarine funkeln. Sie strickte eifrig. Auch die Wolle war blau, etwas dunkler als ihre Garderobe, aber sie wirkte leicht ramponiert, und Jacqueline spähte über den Rand ihrer Brille darauf, die bedenklich tief auf ihrer Nasenspitze balancierte. Als Jean näher kam, blickte sie auf und betrachtete das Mädchen mit unverhohlener Besorgnis.

»Was ist denn passiert?«

»Warten Sie schon lange?« Jean sank auf einen der freien Stühle.

»Nein, auch ich habe mich verspätet. Aber was –«

»Wenn ich gewußt hätte, daß Sie sich verspäten würden, wäre ich nicht vor ein Taxi gelaufen. Eine weniger dramatische Entschuldigung hätte dann auch ausgereicht.«

»Sie machen Witze.«

»Nun, eigentlich bin ich gar nicht davorgelaufen«, meinte Jean. Sie streckte ihre Beine aus und untersuchte ihre aufgeschürften Knie. »Man hat mich angerempelt.«

Mit einer Nachlässigkeit, die ihre Bestürzung demonstrierte, stopfte Jacqueline ihr Strickzeug in die Tasche. Dann holte sie das Päckchen Heftpflaster und eine kleine Flasche daraus hervor.
»O nein!« Entsetzt erkannte Jean die rote Flüssigkeit in der Flasche. »Jacqueline, das ist einfach zuviel für mich. Erzählen Sie mir jetzt nicht, daß Sie das ständig ... Das können Sie doch hier nicht tun!«
Jacqueline ignorierte Jeans Jammern und die gebannten Blicke des Kellners und leistete so gelassen Erste Hilfe, als sei sie mit ihrer Patientin allein. Jean hatte sich erhebliche Hautabschürfungen zugezogen. Nachdem sie beide Knie großzügig mit Heftpflaster beklebt hatte, steckte sie ihre Utensilien zurück in die Tasche, funkelte den Kellner an, der wiederum so tat, als blicke er in eine andere Richtung, und fragte: »Alles in Ordnung mit Ihnen?«
»Ja, sicher. Es ist nicht das erste Mal gewesen, daß mich irgendein Idiot angerempelt hat. Aber diesmal ... Nun, ich kann von Glück sagen, daß der Taxifahrer gute Reflexe besaß.«
Sie äußerte sich zwar gelassen, doch der Schock steckte ihr immer noch in den Knochen – die schreckliche Gewißheit um ihre eigene Hilflosigkeit, als sie aufblickte und den chromblitzenden Kühlergrill auf sich zurollen sah.
»Wie auch immer«, fügte sie hinzu, »ich wäre gekommen, selbst wenn ich auf allen vieren hätte kriechen müssen. Es passiert nicht oft, daß ich zum Mittagessen in die elegante Via Veneto eingeladen werde. Für uns ist es hier einfach zu teuer.«
»Sie ist eine Touristenfalle und eine Beleidigung für die Mehrheit der arbeitenden Bevölkerung«, stimmte ihr Jacqueline in sachlichem Ton zu. Erneut zog sie ihr Strickzeug aus der Tasche hervor, betrachtete es skeptisch, zuckte die Schultern und fing an zu stricken.
»Was ist das?« fragte Jean. »Ich möchte nicht neugierig erscheinen, aber als vernarrte Großmutter kann ich Sie mir irgendwie nicht vorstellen.«
»Es soll ein Jäckchen werden«, erklärte Jacqueline unschlüssig. »Für das Baby einer Bekannten. Nein, nicht für einen Enkel. Ich

denke nicht, daß ich in absehbarer Zukunft Großmutter werde. Der wahre Grund für diesen Unfug ist, daß meine Hände eine Beschäftigung haben und ich nicht rauche.«
»Ich glaube, Sie haben gerade eine Masche fallen lassen.«
»Dem Baby wird das nicht auffallen«, bemerkte Jacqueline sarkastisch. »Und falls Sie mir noch mehr kluge Ratschläge geben, lasse ich Sie weiterstricken. Macht Ihre Arbeit Fortschritte?«
»Sie ist mehr oder weniger abgeschlossen. Die Ausarbeitungen müssen erst gegen Ende der Woche eingereicht werden, aber ich fühle mich wie durch den Fleischwolf gedreht.«
Mit einem schuldbewußten Blick schob Jacqueline ihr Strickzeug in die Tasche zurück und kramte eine Packung Zigaretten daraus hervor.
»Ich schätze, die anderen sind längst nicht so weit gediehen wie Sie. In den letzten Tagen habe ich sie nicht mehr zu Gesicht bekommen.«
»Sie haben gearbeitet. Aber gestern waren wir fast alle in Gino's Café.«
»War es so wie immer?«
»Ja, wie immer ... Ich hatte mir geschworen, nicht wieder davon anzufangen.«
»Vermutlich ist es auch müßig, darüber zu sprechen. Egal, was es ist.«
»Oh, Sie wissen doch genau, was es ist. Es wird noch eine ganze Weile dauern«, sagte Jean leise, »bis ich abends wieder einschlafen kann, ohne dieses Bild vor Augen zu haben, seinen Anblick, kurz bevor er –«
»Vergessen Sie es. Das ist mein voller Ernst, auch wenn es grausam klingt. Irgendwann denken Sie nicht mehr daran. Und das wird schneller der Fall sein, als Sie glauben.«
»Aber das beunruhigt mich ebenfalls. Der Tod ist eine so endgültige Sache, er sollte doch ... nun, die Welt mehr bewegen, als es tatsächlich der Fall ist. Es erscheint ungerecht, daß ein Mensch stirbt und kaum eine Spur hinterläßt. Selbst jemand wie Albert. Schließlich war er ein Mensch wie jeder andere, und

jetzt schließt sich der Kreis, und es ist so, als hätte er nie existiert.«
Der Kellner kehrte zurück, und Jacqueline bestellte das Essen. Sobald er sich vom Tisch abwandte, beugte sie sich vor. »Was beunruhigt Sie wirklich, Jean?«
»Schätze, es sind nur die Nerven ... Außer – was denken Sie, glaubt die Polizei wirklich an einen Selbstmord?«
»Warum nicht?«
»Nun, gestern erwähnte Dana ganz beiläufig, daß sie mit Kommissar di Cavallo ein, zwei Drinks genommen habe.« Angewidert verzog Jean das Gesicht. »Sie nennt ihn Giovanni.«
Jacqueline zündete sich eine weitere Zigarette an. »Mein liebes Kind, es gibt mehrere Gründe dafür, warum ein Mann mit Dana einen Drink einnehmen könnte.«
»Ja, natürlich ... Ich wußte gar nicht, daß Sie rauchen.«
»Tue ich auch nicht.« Angeekelt blickte Jacqueline auf ihre Zigarette. »Ich habe vor einem halben Jahr aufgehört.«
»Sind wir dafür verantwortlich, daß Sie wieder angefangen haben?«
»Sie sind nicht unbedingt die entspannendste Gesellschaft für eine Dame mittleren Alters. Überlegen Sie, in was Sie mich seit meiner Ankunft in Rom hineingezogen haben.«
»Und Sie kennen nicht einmal die Hälfte. Ich denke, wir sind alle seelisch angeknackst.«
»Wieso, was ist denn noch passiert?«
»Was eigentlich noch nicht?« Jean biß in ihr Sandwich und begutachtete es genüßlich. »He, hier schmeckt es noch besser als bei Gino's ... Nun, beispielsweise ist Dr. Scoville wieder in der Stadt. Außerplanmäßig.«
»Ich weiß.«
»Tatsächlich?« Jean musterte die andere Frau, die entschuldigend lächelte. »Aha.«
»Selber aha. Ich gehe heute abend mit ihm zum Essen aus, und das nur, weil seine rebellische Brut bis Freitag nicht gestört werden will. Wie Andy den armen Mann behandelt –«

»Ja, aber er vergöttert Andy. Mir tut Ann leid.«

»Er liebt sie ebenfalls. Aber Andy ist eine Rarität. Es kommt nicht oft vor, daß ein Mann ein Kind hat – noch dazu einen Sohn –, der auf dem gleichen Fachgebiet ähnlich erfolgreich ist. Und das aus eigenem Verdienst; die akademische Welt ist teilweise von Vetternwirtschaft geprägt, die einen letztlich jedoch nicht sehr viel weiterbringt.«

»Ann ist ebenfalls begabt«, meinte Jean. »Es wäre doch eine Ironie des Schicksals, wenn sich herausstellte, daß sie das wahre Genie in dieser Familie ist, nicht wahr?«

»Das würde sie niemals zu erkennen geben. Sie stand viel zu lange im Schatten dieser beiden Selbstdarsteller. Sie müssen doch zugeben, daß Dr. Scoville ein überaus attraktiver Mann ist.«

»Zu alt für mich.«

»Ich bin froh, daß Sie das so sehen. Dana ist da anderer Auffassung. Neulich abends hat sie förmlich Jagd auf ihn gemacht.«

»Mi-au.« Jean grinste. »Wie angenehm, wenn man auf eine weitere Katzennatur stößt. Dana ist ständig auf der Jagd nach Männern. Selbst ...«

»Selbst wer?«

»Sie macht mich wahnsinnig«, ereiferte sich Jean. »Der arme José; ich schätze, er weiß damit umzugehen, schließlich hat er seine Wahl getroffen, aber es erscheint mir unfair, es ihm noch schwerer zu machen.«

»Ich bezweifle, daß es ihm Dana schwermacht«, bemerkte Jacqueline ironisch. »Allerdings glaube ich nicht, daß sie sein Typ ist. Frauen, die Männer als Jagdtrophäen ansehen, sind normalerweise relativ unsicher.«

»Sicher, sicher, diese Argumentation ist mir nicht neu. Ich schätze, Dana ist verzweifelt. Im nächsten Jahr wird sie nicht zurückkehren. Mama und Papa haben ihr sämtliche Gelder gestrichen. Sie wird arbeiten müssen.«

»Welch eine Katastrophe.«

»Mir kommen die Tränen«, stimmte Jean im gleichen Tonfall zu.

Boshaft grinsten sie sich an, dann sagte Jacqueline: »Und wo liegt Teds Problem?«
»Ich denke, daß ihm seine Verlobte das Leben schwermacht. Als ich ihn fragte, wann sie denn käme, sagte er, daß es dieses Jahr nicht mehr klappen würde.«
»Ach du meine Güte.«
»Vielleicht klingt es dramatischer, als es ist. Ich denke, zwischen Ted und Ann könnte sich etwas anbahnen, wenn einer von beiden den Anfang machte.«
»Was sind wir doch zwei Schandmäuler ... Möchten Sie noch ein Dessert?«
»Nein, danke. Was sollen wir jetzt tun?«
»Die Möglichkeiten sind begrenzt. Am Nachmittag haben alle Geschäfte geschlossen.«
»Wir könnten über die Via Veneto spazieren und uns die Auslagen in den Schaufenstern anschauen.«
»Gute Idee.«
Sie schlenderten die Straße hinunter und blieben vor einem Zeitungskiosk stehen, wo Jacqueline einige Taschenbücher kaufte. Belustigt betrachtete Jean die Auswahl ihrer Lektüre.
»Lesen Sie immer noch Kriminalromane? Welch ein trivialer Geschmack.«
»Das ist einer der Vorteile, die das reifere Alter mit sich bringt. Man muß nicht ständig so tun, als sei man gebildet. Aber ich lasse mich gern weiterbilden, wenn Sie irgendeinen anspruchsvollen Ort kennen, der um diese Uhrzeit geöffnet ist.«
»Nicht weit von hier befindet sich eine Kirche, die ich Ihnen gern zeigen würde. Es handelt sich um eine meiner Lieblingskirchen aus dem Barock.«
»Die Gesú?«
»Sie lesen also noch anderes als Kriminalgeschichten ... Nein, es ist keine der großen, berühmten Kirchen. Es ist ein kleines Gotteshaus, ein winziges Schmuckstück in Rosa, Elfenbein und Gold, wie das Innenleben eines Kunstwerks von Fabergé. San Andrea al Quirinale. Es ist ... nun ja, es ist mein

Lieblingsplatz. Der Ort, den ich besuche, wenn ich eine Zuflucht brauche.«

»Ich vermute, daß viele Menschen zumindest einen solchen Ort kennen.«

»Sehen Sie sich diesen tollen Pullover an«, entfuhr es Jean, die vor einem Schaufenster stehengeblieben war. »Ich wette, er kostet 30.000 Lire ... Ja, es ist skurril, aber wir alle haben hier in Rom unsere Lieblingsplätze. Selbst Dana gibt zu, daß sie zum Forum geht und sich dort auf einen der Steine setzt, wenn sie depressiv ist. Das ist zwar nicht sonderlich originell, aber typisch für Dana.«

»Wie steht es mit Michael?«

Jean lachte auf. »Michael. Möchten Sie seinen Lieblingsplatz sehen? Er ist praktisch um die Ecke. Und ich wette zehn zu eins, daß Michael jetzt dort ist.«

Jacqueline murmelte ihre Zustimmung, und Jean führte sie die Straße hinunter. Mittlerweile brachten sie ihre abgeschürften Knie fast um. Schließlich blieb sie im angenehm kühlenden Schatten eines riesigen Baumes stehen und gestikulierte mit einer Hand. »Da ist es.«

Jacqueline betrachtete die Treppe, die zu einer schlichten Kirchenfassade hinaufführte.

»Michael in einer Kirche?«

»Warten Sie nur«, sagte Jean. »Warten Sie's ab.«

Jacqueline hatte ihren Rom-Führer gelesen; bevor sie ihren Bestimmungsort erreichten, bemerkte Jean, daß sie langsam begriff. Doch keine noch so aufschlußreiche Lektüre hätte den Betrachter auf die Realität vorbereiten können.

Es war ein unscheinbarer Ort. Lediglich ein halbes Dutzend kleinerer Chöre zweigte von einem langen, graubraun angestrichenen Gang ab. Der Kirchenschmuck bildete die Hauptattraktion. Er bestand aus menschlichen Gebeinen.

Die langen Knochen der Extremitäten waren zu ordentlichen Säulen aufgeschichtet, und menschliche Schädel bildeten die Altäre. Wände und Decken waren mit Rückenwirbeln geschmückt;

eine Reihe von Hüftknochen sorgte für ein besonders gelungenes Deckenornament. Nur die unbedeutenderen Mitglieder des Ordens hatten als schmückende Objekte herhalten müssen. Den Auserwählten war die Gnade zuteil geworden, intakt zu bleiben. Sie waren allgegenwärtig – einige baumelten an irgendwelchen Haken, andere lagen aufgebahrt in Nischen – und in die triste braune Kutte der Kapuziner gehüllt. Ihre Schädel trugen unisono das gleiche fleischlose Grinsen zur Schau.

»Igitt«, entfuhr es Jacqueline. Dann warf sie dem einzig lebenden Ordensmitglied, das im Gang Wache hielt, ein schwaches Lächeln zu. »Ich habe von diesem Ort gelesen. Und ich hatte beschlossen, ihn unter gar keinen Umständen zu besichtigen.«

»Es tut mir leid«, sagte Jean. »Es war ein fieser Trick, Sie hierherzulotsen. Ich selbst finde die Kirche ebenfalls abscheulich. Ich werde nie vergessen, wie mich Michael das erste Mal hierherbrachte. Ich hatte *nicht* davon gelesen.«

»Sie sollten sich Mark Twains Schilderung zu Gemüte führen«, bemerkte Jacqueline. Sie spähte in den nächsten Chor, der weitere Gebeine enthielt, und wandte rasch den Blick ab.

»*Die Arglosen im Ausland* ist nach wie vor eine der großartigsten Reisebeschreibungen, die jemals verfaßt wurden ... Den Mann, der sich das ausgedacht hat, würde ich gern einmal treffen.«

»Hier können Sie jemanden mit ähnlicher Gemütshaltung antreffen«, meinte Jean grimmig. Sie deutete eine Geste an. »Sehen Sie. Was habe ich Ihnen gesagt?«

Michael lehnte an einer Wand in der hintersten Nische. Er wirkte so vollkommen fragil, als könne er nicht allein stehen; Schulterblätter, Rücken und Beine schmiegten sich an das Mauerwerk. Er war barfuß, und sein Hemd und seine weite Hose waren genauso erdfarben wie seine gebräunte Haut. Er schien weder sie noch die vorüberschlendernden Touristen zu bemerken, die je nach Gemütsverfassung kicherten oder protestierten. Sein von langen dunklen Locken umrahmtes Gesicht wirkte aufgrund des künstlichen Lichteinfalls bleich, sein Blick gedankenverloren.

»Wie er da so steht, hat er eine frappierende Ähnlichkeit ...«, setzte Jacqueline nach einer Weile an.
»Mit Christus, der die Verdammten in die Hölle verbannt«, meinte Jean. »Denken Sie ja nicht, daß Michael diese Ähnlichkeit nicht kultiviert. Trüge er einen Bart, sähe er aus wie eines dieser Jesus-Bildnisse.«
»Die frühen Darstellungen zeigen Christus jung und ohne Bart«, erwiderte Jacqueline.
»Woher wissen Sie das alles?«
»Mein Gehirn beinhaltet ein hoffnungsloses Durcheinander an nutzlosen Informationen«, gestand Jacqueline. »Sollen wir uns leise davonstehlen?«
»Er hat uns bereits gesehen.«
Michael wandte den Kopf. Sein gesamter Körper verharrte bewegungslos, lediglich ein Lächeln glitt über sein Gesicht.
»*Ciao*«, sagte er freundlich. »Was macht ihr beiden denn hier?«
»Pst«, sagte Jean. »Das ist doch eine Kirche, oder etwa nicht?«
»Ist schon in Ordnung; man kennt mich hier. He, Jake. Wie gefällt es Ihnen? Der letzte Chor ist der beste. Die drei kleinen Skelette sind die Kinder des Neffen irgendeines Papstes oder so.«
Nach einem ungläubigen Blick wandte Jacqueline der von Michael gepriesenen Szenerie den Rücken zu.
»Ich finde das Ganze abscheulich, wenn Sie es genau wissen wollen. In der Tat, ich gehe jetzt. Wenn ihr beiden noch bleiben wollt –«
»Ich nicht«, sagte Jean.
»Dann komme ich mit«, meinte Michael. »Schätze, ich war lange genug hier.«
»Wie lange waren Sie denn hier?«
»Puh, ich weiß nicht. Vielleicht eine Stunde.«
Als sie ins Sonnenlicht und den Lärm der Straße hinaustraten, atmete Jean hörbar ein. Michael schüttelte sich wie ein Hund nach einem Sprung aus dem Wasser. Auch sein Gesichtsausdruck war verändert. Er musterte Jean, als sähe er sie zum ersten Mal an diesem Tag.

»Was ist denn mit dir passiert?«
»Ich bin gestürzt.«
»Mitten auf der Piazza Barberini«, fügte Jacqueline hinzu.
»Typisch unfallgefährdet«, brummte Michael. »Das ist jetzt das zweite Mal, daß du innerhalb von zwei Tagen auf die Nase fällst, mein Schatz. Vielleicht brauchst du einen Aufpasser.«
Jacqueline gab ein undefinierbares Geräusch zwischen Hüsteln und Stöhnen von sich. Dann räusperte sie sich und fragte: »Das zweite Mal? Was ist denn beim ersten Mal passiert?«
»Sie ist in ihrem Haus auf einer Stufe ausgerutscht. Irgendein blödes Kind hat sein Spielzeug im Treppenhaus liegengelassen.«
»Wissen Sie, ich bin irrtümlich darüber gestolpert«, bemerkte Jean. »Wenn die Glühbirne im Flur nicht defekt gewesen wäre, wäre überhaupt nichts passiert.«
»Die Glühbirne war defekt«, wiederholte Jacqueline.
»Das kommt ständig vor.«
Michael hatte jegliches Interesse an diesem Thema verloren. »Wie steht's mit einer Tasse Kaffee? Natürlich nur, wenn ihr mich einladet«, fügte er entwaffnend hinzu. »Ich bin völlig pleite.«
»Wie wolltest du denn nach Hause kommen?« wollte Jean wissen.
»Per Anhalter. Zu Fuß. Wer weiß?«
»Aber wir sollten die anderen doch um vier Uhr treffen«, meinte Jean verärgert. »Oder wolltest du uns nicht nach Ostia begleiten?«
Sie setzten sich an einen Tisch; die Via Veneto ist gesäumt von Straßencafés. Michael bestellte einen Espresso.
»Natürlich komme ich mit«, sagte er. »Bis dahin bin ich wieder hier . . . Wieviel Uhr ist es denn jetzt? Halb drei. Zeit satt.«
»Oh, ihr wollt alle zum Schwimmen«, meinte Jacqueline.
»Ja. Kommen Sie mit?«
»Du weißt nicht, wen du da vor dir hast«, bemerkte Jean. »In ihrem Apartmentkomplex gibt es einen Privatpool. Sie braucht

sich nicht unter den Pöbel in einem öffentlichen Schwimmbad zu mischen.«

Seltsamerweise reagierte Jacqueline nicht auf diese provokante Äußerung. Allerdings fiel Jean auf, daß sie recht merkwürdig aussah. Auf ihrer Stirn standen Schweißperlen, und ihre Brille war bis zur Nasenspitze heruntergerutscht. Jean war zu dem Schluß gekommen, die Brille als Indikator zu werten, da sie andeutete, welche von Jacquelines vielfältigen Persönlichkeiten gerade zum Vorschein kam. Wenn die Brille fest auf der Nasenwurzel saß, hatte die tüchtige Bibliothekarin die Oberhand. Wenn sie hinunterrutschte und Jacqueline vorsichtig über den Brillenrand hinwegspähte, war sie verwirrt oder tat zumindest so. Gelegentlich thronte die Brille auch mitten auf Jacquelines kräftigem Haar. Dann verhielt sie sich impulsiv und exzentrisch. Das Fehlen der Brille signalisierte normalerweise, daß Jacqueline ihre Weiblichkeit hervorhob und Dorothy Parkers berühmtem Rat folgte.

Als sie Jeans forschenden Blick bemerkte, holte Jacqueline tief Luft und rückte ihre Brille an ihren angestammten Platz.

»Wenn Sie schwimmen wollen, können Sie das auch in meinem Pool tun. Die meisten Bewohner sind ohnehin in Urlaub gefahren. Sie haben das Schwimmbecken ganz für sich allein.«

»Phantastisch«, entfuhr es Michael begeistert.

»Und das will ein Revolutionär sein«, bemerkte Jacqueline.

»Aber einzig und allein darum geht es doch bei den Revolutionstheorien«, erklärte Michael. »Den schnöden Luxus des einzelnen den Massen zugänglich zu machen.«

Wieder blieb Jacqueline ungewöhnlich still. Während sie sie beobachtete, bemerkte Jean, wie die Brillenfassung über ihren aristokratischen Nasenrücken langsam nach unten glitt.

Im Verlauf des Nachmittags entschied Jean, daß ihre Phantasie im Hinblick auf Jacquelines Brille eindeutig mit ihr durchging. Ihre Laune besserte sich spürbar, und nachdem sie die anderen in Andys Apartment versammelten Sünder abgeholt hatten, fühlte sie sich schließlich wieder unbeschwert.

Als Jacqueline einfiel, daß sie eigentlich eine Essensverabredung hatte, rief sie im Hotel an und schlug vor, daß sich Scoville zu ihnen gesellen solle. Der Archäologe war sofort einverstanden. Als Jean ihn in Badehose begutachtete, konnte sie verstehen, warum er keinerlei Berührungsängste hinsichtlich seiner jüngeren Geschlechtsgenossen hatte. Gegen ihn wirkte Ted wie ein pubertierender Halbwüchsiger und Michael wie ein schwindsüchtiger Orang-Utan. Andy war der einzige Mann innerhalb der Gruppe, der genauso durchtrainiert war wie sein Vater.
Das Wasser war so himmlisch, daß Jean schon bald ihre aufgeschürften Knie vergaß. Auf dem Rücken treibend, beobachtete sie, wie der Himmel sich verdunkelte und die Schatten der Pinien länger wurden. Schon seit Tagen hatte sie sich nicht mehr so entspannt gefühlt. Der Pool war mit einem nächtlichen Beleuchtungssystem ausgestattet, und das Wasser schimmerte saphirblau.
Die anderen schienen sich ebenfalls zu amüsieren. Wie ein wasserscheuer Hund hielt Ted beim Schwimmen ständig sein Gesicht über dem Wasserspiegel. Unter Danas anerkennenden Blicken hechtete Scoville ausgelassen durch das Schwimmbekken. Dana selbst ließ sich die meiste Zeit bewundern; ihr Bikini war offensichtlich nicht für sportliche Aktivitäten wie Schwimmen geeignet.
Jacqueline schwamm nicht mit den anderen. Jean nahm an, daß sie das José zu Gefallen tat, für den das gemischte Badevergnügen auf der Liste der Verbote stand. Aus irgendeinem unerklärlichen Grund fand sie Jacquelines Behauptung, daß sie eine schlechte Schwimmerin sei, nicht überzeugend. Es war auch keine Schüchternheit, die Jacqueline davon abhielt; ihre Shorts und ihr Bustier enthüllten ebensoviel von ihrem Körper wie ein normaler Badeanzug, und mittlerweile wußte Jean, daß Jacqueline in diesem Aufzug völlig selbstverständlich über die Via Veneto geschlendert wäre, wenn sie einen guten und triftigen Grund dafür gehabt hätte.
Nach Einbruch der Dunkelheit verließ Jean den Pool, um für eine

Weile auszuruhen, und setzte sich auf eine der nassen Fliesen neben Jacqueline und José. Während sie gelangweilt die Gesichter ihrer beiden Bekannten studierte, irritierte sie die Tatsache, daß sie ihr gleichermaßen vertraut vorkamen. Jacqueline hatte sie erst vor kurzem kennengelernt, und doch beschlich sie das Gefühl, sie gut zu kennen, obwohl Jacqueline kaum über ihren familiären Hintergrund sprach. Sie entstammte einer kleinen Stadt in Neuengland und war an einer der großen Oststaaten-Universitäten angestellt. Ihre beiden Kinder – ein Junge und ein Mädchen – waren bereits erwachsen. Ihre Tochter arbeitete gerade an ihrer Dissertation. Jacquelines Vater, seines Zeichens Unternehmer im Ruhestand, lebte bei einem von Jacquelines Brüdern in Kalifornien. Eine schlichte, prosaische Geschichte – doch für Jean ging sie nicht weit genug, als daß sie das eigentliche Rätsel Jacqueline stichhaltig erklärt hätte. Nun ja, überlegte sie verträumt, wer läßt sich schon anhand von ein, zwei willkürlich eingestreuten biographischen Fakten genau einschätzen? Vielleicht hielt sich ein Teil von Jacquelines Persönlichkeit hinter ihrer Biographie verborgen. Verdächtig war vor allem, daß sie niemals einen Ehemann erwähnt hatte. Jean nahm an, daß eine solche Person existiert haben mußte, dennoch konnte sie sich nicht erklären, ob Jacquelines beharrliches Schweigen aus ihrer Trauer um einen früh verschiedenen geliebten Gatten oder aus ihrer Frustration über eine kürzliche Ehescheidung resultierte.
Während sie sie beobachtete, drang vom anderen Ende des Pools lautes Gelächter zu ihr herüber, da Andy gerade mit einem winzigen, tropfnassen Stück Stoff an der Wasseroberfläche auftauchte. Verwünschungen ausstoßend, schwamm Dana auf ihn zu. Erneut verschwand Andy mit seiner Trophäe.
»Mir war klar, daß ihr Bikinioberteil früher oder später das Weite suchen würde«, meinte Jean säuerlich.
»Und da naht auch schon *il professore dottore* Scoville zu ihrer Rettung«, murmelte José, als der schlanke, gebräunte Mann mit einem aufsehenerregenden Salto von der kleinen Insel ins Wasser sprang.

Jacqueline lachte. »Ihr zwei seid ganz schön prüde«, meinte sie.
»Aber Jean ist es von Natur aus«, grinste José. »Ich habe mir meine Prüderie – wie ihr Engländer sagt – lediglich angeeignet. Und ich kann Ihnen versichern, das war keineswegs einfach.«
»Ich bin nicht prüde«, erklärte Jean beiläufig. »Ich bin nur ... Seht euch das an! Der Apfel fällt nicht weit vom Stamm ...«
»Der Vater macht das Rennen«, bemerkte José. »Andy hat nur das Bikinioberteil, *il professore* dagegen die Dame ... Ich frage mich, was mit der Beleuchtung am Ende des Pools geschehen ist. Da hinten ist es stockfinster ...«
»Der *portiere*«, sagte Jacqueline resigniert. »Vermutlich hat ihn jemand bestochen, den hinteren Teil dunkel zu lassen. Das ist bei Partys ständig der Fall. Seht euch nur mal an, wie dieser alte Lustmolch Dana angafft.«
Jean hatte den *portiere*, einen älteren Mann mit grauem Schnurrbart, bereits bemerkt. Dana war nicht die einzige, auf die er ein Auge geworfen hatte. Nachdem er die Beleuchtung im vorderen Teil des Pools eingeschaltet hatte, gab es eigentlich keinen Grund, warum er noch länger herumlungerte. Dennoch verharrte er mit offenem Mund und beobachtete die Mädchen fasziniert.
Als Jacqueline noch etwas sagen wollte, hörte Jean schon nicht mehr zu. Einen Sprühnebel Wassertropfen hinter sich zurücklassend, sprang sie in das Schwimmbecken. Zügig schwamm sie auf die Insel zu und klammerte sich mit einem Arm an die Steinbrüstung. Dana hatte ihr Bikinioberteil zurückerobert und zog während des Ankleidens eine Riesenschau ab. Jemand – Michael – befand sich hinter ihr und versuchte, die Bänder zu verknoten ... oder auch nicht, das hing von der Sichtweise des Betrachters ab. Jedenfalls planschte und kreischte Dana gehörig, während sie züchtig unter Wasser zu bleiben versuchte ... oder auch nicht.
Direkt vor ihrer Nase tauchte ein Kopf auf, und Jean entfuhr ein Schrei. Mit ihrer dunklen Badekappe und ihrem dunklen Badeanzug war Ann bis auf ihr Gesicht kaum wahrnehmbar. Wie anders die Gesichter der Menschen doch wirken, wenn sie nicht

von Haar umrahmt werden, schoß es Jean durch den Kopf.
»Amüsierst du dich?« fragte sie.
»Es ist herrlich. Das war wirklich sehr nett von Jacqueline.«
»Was hält euer Vater eigentlich von ihr?«
»Oh, Sam ist ganz hingerissen«, erwiderte Ann kühl. »Sie versteht es hervorragend, mit ihm umzugehen. Nichts fasziniert ihn mehr als unergründliche Frauen.«
»He!« Wie ein geschmeidiger Seeotter tauchte Andy plötzlich vor ihnen auf. »Wir spielen Verstecken. Bewegt euch, ihr beiden. Ich bin an der Reihe und suche Jean ...«
Er tauchte unter, und Jean, die seine sportliche Fitneß kannte, versuchte, ihm zu entkommen. Das Spiel war ein voller Erfolg. Sie probierten sich in jeder nur erdenklichen Wasserakrobatik aus und hatten viel Spaß. Schließlich waren alle außer Jean einmal an der Reihe gewesen. Als schlechtester Schwimmer der Gruppe war Ted am häufigsten überwältigt worden, was ihm allerdings nichts auszumachen schien. Als sie schließlich alle zu Jacqueline und José zurückschwammen, war Ted erneut an der Reihe.
Jean tauchte in Richtung des dunklen Poolendes. Der unbeleuchtete Bereich hinter der Insel erschien ihr ein gutes Versteck. Als sie erneut auftauchte, um Luft zu holen, wirkte der Pool unheimlich. Niemand war in Sichtweite, rings um sie herum nur das plätschernde saphirblaue Wasser. Dann tauchte ein Kopf auf – schmal und dunkel. Es war Michael. Er nahm einen tiefen Atemzug und verschwand wieder. Keuchend und prustend kam Ted als nächster an die Wasseroberfläche. Jacqueline hatte sich vorgebeugt und rief irgend etwas. Für Jean klangen die Wortfetzen wie »zu erschöpft«.
Ted schüttelte den Kopf und machte eine Wende. Einige Sekunden lang paddelten seine Füße heftig in ihrer Nähe, dann verschwand er erneut. Jean beschloß unterzutauchen, um ihn unter der Wasseroberfläche zu beobachten. Aufgrund der Lichtreflexion auf dem Wasser konnte sie kaum etwas erkennen.
Das einzige Warnzeichen, das sie bemerkte, war ein leises Geräusch, und das hätte viele Ursachen haben können – eine klei-

ne, über den mit Tannennadeln bedeckten Boden huschende Eidechse oder ein springendes Eichhörnchen. Dann umfing sie schlagartig gähnende Dunkelheit. Für Sekundenbruchteile empfand sie einen gräßlichen Schmerz, doch das war bald vorüber. Sie spürte schon nicht mehr, wie die Wassermassen über ihrem Kopf zusammenschlugen und ihren Mund und ihre Lungen füllten.

Als sie aus ihrem unbeabsichtigten Nickerchen erwachte, war es fast dunkel im Zimmer. Sie setzte sich ruckartig auf, umklammerte ihren dröhnenden Schädel und versuchte, sich zu orientieren. Langsam kehrte die Erinnerung zurück. Sie befand sich in Jacquelines Apartment, und diese hatte ihr offensichtlich ein Schlafmittel in ...

»Nein«, sagte Jean laut, und es klang eher wie ein Krächzen. Sie fiel zurück auf das Kissen. Ihre Kehle tat weh, doch das stand in keinem Verhältnis zu den entsetzlichen Kopfschmerzen, die ihren Schädel zu zerbersten drohten. Was war geschehen? Sie wachte nicht zum ersten Mal in Jacquelines Apartment auf. Es war doch nicht etwa der Tag, als Albert ... Oder doch? War alles andere nur ein überaus realistischer Traum gewesen?

Jemand schaltete die Beleuchtung ein. Es war nur schwaches Dämmerlicht, dennoch hämmerte Jeans Kopf zum Zerspringen. In stummem Protest schloß sie die Augen.

»Ich dachte schon, dieser Idiot von einem Arzt hätte sich geirrt«, vernahm sie eine vertraute Stimme. »Offenbar haben Sie keine Gehirnerschütterung. Ihr Schädel muß hart wie Granit sein.«

»Er fühlt sich an, als sei er gebrochen«, krächzte Jean. Vorsichtig öffnete sie die Augen. Diesmal war es weniger schlimm. Jacqueline war über sie gebeugt. »Was ist passiert?«

Jacqueline setzte sich auf die Bettkante. Sie trug ein dünnes, bodenlanges, blaues Negligé, das in der Taille von einem Band gehalten wurde, und ihr offenes Haar fiel ihr über die Schultern. Sie sah zauberhaft aus – abgesehen von ihrem Gesicht. Das war aschfahl und von harten Linien gezeichnet, die Jean zuvor noch nie aufgefallen waren. Die grünen Augen waren wie die einer

Katze zu Schlitzen verengt und glanzlos, jeder humorvolle Zug war aus ihnen gewichen.
»Was ist passiert?« wiederholte Jean.
Jacqueline zündete sich eine Zigarette an. »Erinnern Sie sich denn gar nicht?«
»Wir spielten Verstecken. Ted war an der Reihe. Ja, daran erinnere ich mich ... Ich befand mich in dem unbeleuchteten Poolbereich und beobachtete Ted, und dann ... mehr weiß ich nicht.« Hilflos blickte sie zu Jacqueline. »An alles andere kann ich mich nicht mehr erinnern. Was ist denn auf mich gestürzt?«
Jacqueline blies einen winzigen Rauchring in die Luft und blickte ihm kritisch hinterher.
»Offenbar hat sich ein Steinbrocken gelöst und ist Ihnen mitten auf den Kopf gefallen.«
»Aber wie –«
»Sie haben sich nicht zufällig daran festgeklammert – vielleicht, als Sie versuchten, aus dem Pool zu klettern?«
»Ich glaube nicht. Ich kann mich nicht erinnern. Ich fühle mich so entsetzlich ...«
»Das kann ich mir vorstellen. José hat einige Liter Wasser aus Ihnen herausgepumpt.«
»José?«
»Mmmm. Schätze, der Rest von euch hätte nie geglaubt, daß er ein guter Schwimmer ist. Ich kann das nicht beurteilen, jedenfalls ist er ein Fachmann für Wiederbelebungsversuche. Und schnell. Wenn er nicht gewesen wäre ...«
Sie saß halb von ihr abgewandt und inhalierte in raschen, nervösen Zügen. Jean starrte sie an und spürte ein seltsames Gefühl in der Magengegend, das nichts mit der von ihr geschluckten Wassermenge zu tun hatte.
»Ich wäre beinahe gestorben«, stellte sie leise fest. »Nicht wahr?«
Ruckartig drehte sich Jacqueline zu ihr um, und Jean bemerkte, daß die Zigarette in ihrer Hand zitterte.
»Ja, und Sie hatten wirklich Nerven, daß Ihnen das auch noch

beinahe in meinem Pool gelungen wäre. Ich bin zu alt für solche Dinge. Es verlangt mir einfach zuviel ab.«

»Es tut mir leid«, erwiderte Jean kleinlaut.

Jacqueline deutete eine abwehrende Geste an, und dann lachten sie beide – wenn auch nicht unbedingt ausgelassen.

Schließlich erhob sich Jacqueline und sagte in ruhigerem Tonfall: »Ich informiere jetzt besser die Totenwache. Während ihres unruhigen Auf und Abs haben sie bereits ein Loch in den Teppich getrampelt, und außerdem gehen sie mir langsam auf die Nerven.«

»Sind sie noch alle hier?«

»Nein, nur Ted und José. Sind das die beiden«, sinnierte Jacqueline, »mit dem ausgeprägtesten sozialen Verantwortungsbewußtsein? Sei's drum, sie bestanden darauf hierzubleiben, und ich war froh um die moralische Unterstützung. Ann wollte ebenfalls bleiben, aber sie war ein zitterndes Häufchen Elend, und deshalb nahm Andy sie mit nach Hause. Und irgendwie hat Dana Sam Scoville davon überzeugt, daß ihr jemand Händchen halten mußte, und so sind sie gemeinsam abgezogen.«

»Ich hätte es wissen müssen.«

»Sam zeigte sich überaus berührt von ihrem mitfühlenden Naturell«, entgegnete Jacqueline trocken.

»Und Michael?«

»Er ist gerade ... gegangen. Sobald wir die Gewißheit hatten, daß mit Ihnen alles in Ordnung ist.«

Sie verließ das Zimmer und ließ die Tür offenstehen. Jean hörte Stimmengemurmel und das Geräusch des bremsenden Aufzugs. Als er mitsamt ihren Freunden erneut abwärts glitt, kehrte Jacqueline zurück.

»Können Sie etwas essen, oder bereitet Ihnen diese Vorstellung Übelkeit?«

»Ich möchte etwas trinken. Meine Kehle brennt wie Feuer.«

»Ich werde sehen, was sich machen läßt.«

Sie verließ das Zimmer, und Jean rückte ihre Kissen zurecht und setzte sich auf. Abgesehen von ihren Kopfschmerzen fühlte sie sich relativ gut. Vorsichtig wackelte sie mit den Zehen und beobachtete die Bewegung mit ganz neuem Interesse. Wie schön war es doch, daß sie mit den Zehen wackeln konnte; daß sie sämtliche Muskeln ihres Körpers bewegen konnte und deren Reaktion spürte; daß sie ihre gleichmäßigen Atemzüge und ihren Herzschlag spürte.

Das Geräusch des Aufzugs lenkte sie von ihrer Nachdenklichkeit ab, und sie spürte, wie sich ihr Körper instinktiv anspannte. Sie versuchte zu entspannen. Es war einfach lächerlich, so nervös zu sein. Schließlich befanden sich in dem Wohnkomplex noch andere Apartments.

Doch der Fahrstuhl hielt auf ihrer Etage an, und die Klingel ertönte. Jacquelines Schritte näherten sich der Tür. Statt sie zu öffnen, rief sie: »Wer ist da?«

Jean konnte die Antwort nicht verstehen, doch Jacqueline schien offensichtlich beruhigt zu sein. Die Tür sprang auf, und eine gemurmelte Unterhaltung schloß sich an. Schritte hallten durch den Flur.

»Michael«, sagte Jean.

Er blieb im Türrahmen stehen und starrte sie geistesabwesend an. »Mit dir ist alles in Ordnung«, bemerkte er. »Du lebst noch.«

»Ich sagte Ihnen doch, daß mit ihr alles in Ordnung ist.« Jacqueline tauchte hinter ihm auf und betrat mit einem Glas Wasser das Zimmer. »Warum gehen Sie nicht nach Hause und schlafen sich erst mal aus? Sie können nicht die ganze Nacht im Gebüsch hocken. Der *portiere* versteht das vielleicht, aber die anderen Bewohner nicht.«

»In Ordnung, ich gehe nach Hause«, sagte Michael kleinlaut. »Ich wollte nur sichergehen, daß ihr nichts fehlt.«

»Ich denke, daß wir das klargestellt haben.«

»He, Jean. Was ist passiert?«

»Was fragst du mich? Mir scheint der Spaß an der Sache entgangen zu sein.«

»Dir ist irgend etwas auf den Kopf gefallen?«

»So wurde mir gesagt.«

»Kannst du dich wirklich an nichts erinnern?« wollte er wissen.
»Gütiger Himmel!« rief Jean aufgebracht, und dann umklammerte sie vor Schmerzen ihren Kopf. »Verschwinde endlich«, murmelte sie. »Daß du hier herumhängst und mir dumme Fragen stellst, hat mir gerade noch gefehlt.«
»Sie kann sich wirklich nicht mehr erinnern, Michael«, sagte Jacqueline.
»Amnesie?«
Schlank und kerzengerade aufgerichtet neben dem Bett stehend, musterte ihn Jacqueline mit angewidertem Gesichtsausdruck. Er sah entsetzlich aus, ungepflegt und hager; offensichtlich hatte Jacqueline mit ihrer Bemerkung hinsichtlich seines Aufenthaltsorts voll ins Schwarze getroffen, denn er war verdreckt und übersät von Tannennadeln und Laub.
»Nein«, erwiderte Jacqueline Sekundenbruchteile später. »Das hier ist kein Fall von zeitweiliger Amnesie, Michael. Irgend etwas fiel in der Dunkelheit auf sie herab und schlug sie bewußtlos. Das ist alles, woran sie sich jemals wird erinnern können.«
»Hm ... hm«, meinte Michael. »Verstehe. Ihr solltet euch beide hinlegen und etwas schlafen«, fügte er mit einem ungläubigen Blick hinzu.
»Sobald du hier verschwindest«, fing Jean mit bedrohlich erhobener Stimme an.
Jacqueline packte Michael am Arm und zog ihn mit sich fort.
Kaum hatte sich die Aufzugtür geschlossen, klingelte das Telefon. Im Schlafzimmer gab es einen weiteren Anschluß. Mit einem leisen italienischen Fluch nahm Jacqueline das Gespräch dort an.
»*Pronto!*« brüllte sie in den Hörer, doch dann entspannte sich ihr Gesichtsausdruck. »Oh, Andy. Ja, ja, es geht ihr gut. Nein. Sicher; sie ist jetzt wach. Möchten Sie mit ihr sprechen?«
Sie reichte Jean den Hörer.
»Hallo«, krächzte Jean. »Andy, ich möchte jetzt nicht reden, meine Kehle schmerzt fürchterlich.«
»Ich weiß, Schätzchen, und es tut mir auch leid, dich um diese

unchristliche Zeit anzurufen, aber Ann torkelt hier herum wie Medea – oder war es Medusa? – und macht sich Vorwürfe, daß sie dich im Stich gelassen habe und so weiter. Wenn ich ihr wenigstens versichern kann, daß du lebst –«

»So leicht werdet ihr mich nicht los.«

»Mir war nicht klar, daß du einen so harten Schädel besitzt«, sagte Andy. Dann veränderte sich seine Stimme, und er sprach so leise, daß sie ihn kaum verstehen konnte; dennoch jagten ihr seine Worte einen Schauer über den Rücken. »Ich werde diesen unsäglichen *portiere* umbringen.«

»Es war nicht sein Fehler.«

»Er ist dafür verantwortlich, das Anwesen in Ordnung zu halten. Das war – gelinde gesagt – grobe Fahrlässigkeit.«

»Was war es denn eigentlich, ein Stück von der Mauer? Ich habe nichts gesehen.«

»Michael hat den Steinbrocken auf dem Boden des Schwimmbeckens gefunden.«

»Oh, nun, Ende gut, alles gut«, meinte Jean kurz angebunden.

»In Ordnung. Ich sag' ja schon nichts mehr. Gute Nacht, mein Schatz.«

Jean starrte immer noch auf den Hörer, als er längst aufgelegt hatte.

»Mein Schatz?« wiederholte sie.

»Ihr Beinaheexitus hat eine Bandbreite zärtlicher Gefühle ausgelöst«, bemerkte Jacqueline. Sie nahm das Telefon, trug es zu seinem Standort zurück, ließ ihre Hand jedoch darauf ruhen. »Ich frage mich, wie lange ...« Als Jean sie verwirrt anstarrte, fing sie an zu zählen. »Einundvierzig, zweiundvierzig ... Nicht übel.«

Das Telefon klingelte.

»Hallo«, meldete sich Jacqueline. »Oh, ja, Sam, sind Sie es? Gut, daß Andy Sie angerufen hat. Selbstverständlich haben Sie sich Sorgen gemacht. Was? Oh, sie ist ... natürlich ist sie bestürzt. Ich denke, es ist schrecklich liebenswürdig von Ihnen, sich so reizend um sie zu kümmern ... Nun, sagen Sie dem armen kleinen Ding einfach, daß es Jean hervorragend geht und daß ich Giorgio morgen früh persönlich den Marsch blasen werde ... Ja, das war ganz offensichtlich für das Unglück verantwortlich. Jean hat nichts bemerkt außer der Erschütterung ... In Ordnung, Sam. Ja, Ihnen auch.«

Sie hängte auf und wandte sich Jean zu, die ihr Kichern nur mühsam unterdrücken konnte.

»Wie gehässig Frauen doch sein können«, schmunzelte sie. »Selbst wenn ich tot unter der Erde läge, interessierte es Dana nicht die Bohne. Der Professor wollte Ihnen lediglich zu verstehen geben, daß sie den Abend zusammen verbracht haben.«

»Meinen Sie?«

Jacqueline schien keineswegs belustigt. Abwesend griff sie nach einer weiteren Zigarette, zündete sie an und pustete eine Rauchwolke in die Luft, die ihr Gesicht wie dichter Nebel einhüllte. Durch den Nebel vernahm Jean ihre Stimme.

»Das war der letzte. Ihre sämtlichen Freunde haben sich mittlerweile gemeldet. Und jetzt verraten Sie mir einmal, wer von ihnen heute abend versucht hat, Sie umzubringen.«

6

Völlig emotionslos dachte Jean über diese Frage nach, die eigentlich Unglauben, Ablehnung oder zumindest Entsetzen bei ihr hätte hervorrufen müssen. Statt dessen schien sich eine Tatsache herauszukristallisieren, die ihr schon seit langem bewußt war, die sie jedoch immer verdrängt hatte.

»Ich weiß es nicht«, erwiderte sie.

Abrupt setzte sich Jacqueline hin. »Dem Himmel sei Dank.«

»Wofür? Daß ich es nicht weiß?«

»Nein, nein. Daß Sie meine Theorie positiv aufnehmen. Ich hatte schon befürchtet, Sie hielten mich für hysterisch. Ich vergesse ständig, welche Intelligenz sich hinter dieser Alice-im-Wunderland-Fassade verbirgt. Sie wirken so verflucht jung und unreif...«

»Und ich dachte, ich wäre diejenige, die sich irgendwelche Dinge einbildet. Jacqueline, ich bin wirklich nicht so schwer von Begriff, wie es scheint. Ein Unfall, vielleicht auch zwei ... Aber drei in Folge...«

»Ganz ernsthaft, Sie können sich an nichts mehr erinnern, was den heutigen Abend anbelangt?« Jacqueline zündete sich eine weitere Zigarette an. Das Kettenrauchen war das einzige Anzeichen für ihre Nervosität. Ihre Hände zitterten nicht mehr, und ihr Gesichtsausdruck spiegelte absolute Konzentration. »Ich hielt Ihr Nichtwissen für eine Schutzbehauptung. Vermutlich wollten

Sie nicht, daß jemand auf die Idee verfiele, Sie hätten einen Verdacht hinsichtlich Ihres Angreifers. Stimmt das?«
»Nein, großes Ehrenwort. Es hätte jeder sein können. Es war wie in einem Tollhaus. Ich nehme nicht an, daß einer die Aktivitäten des anderen verfolgt hat ... Oh! Sie sagten, José –«
Unwillig schüttelte Jacqueline den Kopf. »Selbst José. Er verschwand kurz, weil er ins Apartment wollte. Danach habe ich ihn erst wieder bemerkt, als er Sie aus meinen Armen riß, Sie zu Boden warf und Ihren Brustkorb massierte.«
»Aus Ihren ... Jetzt kommt alles ans Licht. Waren Sie etwa diejenige, die mich aus dem Pool gefischt hat?«
»Dachten Sie etwa, ich säße wie eine vertrottelte, alte Gouvernante am Beckenrand?« konterte Jacqueline. »Ich habe Sie beobachtet, und das war verdammt harte Arbeit, weil alle im Pool herumgeisterten. Aber meiner überstürzten Einschätzung nach waren Sie in einem kleinen Schwimmbecken sicherer aufgehoben als im Meer bei Ostia.«
»Das ist ein Argument«, meinte Jean gedehnt. »Jacqueline, Sie sind kein vertrotteltes, altes Was-weiß-ich, sondern eine Hexe. Wie lange tragen Sie sich schon mit diesem Verdacht?«
»Seit Michael Ihren ersten ›Unfall‹ erwähnte, also kurz nachdem ich die Blessuren des zweiten gesehen hatte. Sicher war ich mir natürlich nicht. Wie hätte ich das auch sein können? Aber ich hatte dieses unangenehme Gefühl in der Magengegend, und als Sie Ihren Badeausflug nach Ostia erwähnten, dämmerte mir, daß das die perfekte Kulisse für einen weiteren Unfall abgeben könnte. Ich konnte Sie nicht warnen, denn ich befürchtete, Sie würden mich für verrückt erklären. Mir blieb lediglich, Ihre Aktivitäten an einen Ort zu verlagern, an dem ich Sie im Auge behalten konnte. Wenn ich darüber nachdenke, daß ich beinahe versagt hätte, dann ...«
»Sie haben mir das Leben gerettet«, schniefte Jean.
»Nun, dann wollen wir also in uns gehen und eine Runde jammern, was? Wie auch immer«, meinte Jacqueline grimmig, »besser, Sie heben sich Ihren Dank für später auf. Sie sind immer noch

nicht außer Gefahr. Das werden Sie erst sein, wenn wir herausfinden, wer das getan hat und warum.«

»Das ›Warum‹ ist ziemlich offensichtlich, oder etwa nicht?«

»Ja, einerseits schon. Andererseits wiederum nicht – ach, verflucht! Sie denken an Alberts Tod. Ich auch; der Gedanke zwängt sich einem regelrecht auf. Aber fällt Ihnen denn nicht auf, daß diese Vermutung lediglich ein weiteres, schwerwiegenderes Problem aufwirft? Sie waren diejenige, die Albert fand. Als Sie ihn fanden, war er noch in der Lage, sich mitzuteilen, und tat das auch. Das ist eine so klassische Situation, daß sie fast schon abgedroschen wirkt. Aber in jedem der von mir gelesenen Kriminalromane schwebt der Zeuge nur in Gefahr, solange er noch nichts preisgegeben hat. Der Mörder muß ihn beseitigen, bevor er den Schlüsselhinweis liefert. Aber Sie haben ihn bereits geliefert! Um noch einmal zu rekapitulieren: Albert hat nichts gesagt oder irgend etwas anderes geschrieben als das, was Sie mir bereits geschildert haben – und natürlich auch allen Ihren Freunden und der gesamten Polizeibehörde.«

»Genau.«

»Und es befand sich nichts in dieser Kammer, was vielleicht einen Hinweis auf den vermeintlichen Mörder geliefert hätte? Keinerlei Anhaltspunkt? Nichts Auffälliges oder Widersprüchliches, was der Polizei entgangen sein könnte, aber möglicherweise dennoch von Bedeutung ist?«

»Nein.« Jean schüttelte den Kopf. Er tat immer noch weh, doch sie überlegte viel zu konzentriert, als daß sie solche Petitessen wie physische Schmerzen bemerkt hätte. Die Erleichterung, offen über das Thema sprechen zu können, das ihr Unterbewußtsein quälte, war gewaltig. Darüber hinaus interessierte sie die Diskussion brennend. Schließlich ging es um nichts Geringeres als um Leben und Tod – noch dazu um ihren. »Meinen Sie nicht, ich hätte das nicht schon unzählige Male gedanklich durchgespielt? Wenn ich meine Augen schließe, sehe ich ständig diese Kammer vor mir. Sie war vollkommen leer bis auf – ihn. Er sagte nichts, er zeichnete nichts außer dem Symbol, das ich bereits – wie Sie sich

ausdrücken – halb Rom beschrieben habe. Und man hat mir nicht einmal geglaubt«, fügte sie niedergeschlagen hinzu.
»Ein weiteres stichhaltiges Argument. Bei dem Versuch, Sie zum Schweigen zu bringen, geht der Mörder das Risiko ein, die Aufmerksamkeit auf das zu lenken, was er eigentlich verbergen will. Ganz offensichtlich ist er ein kompetenter Zeitgenosse. Alberts Tod war genau geplant. Warum sollte er das riskieren, wenn Sie nicht eine überaus reale Bedrohung für ihn darstellten?«
»Sie sprechen immer von ›ihm‹.«
»Das chauvinistisch männliche Standardpronomen ohne direkten Bezug«, erklärte Jacqueline mit einem wenig überzeugenden Lächeln.
»Ich gäbe etwas darum, wenn es Dana wäre«, meinte Jean boshaft.
Jacqueline brach in schallendes Gelächter aus. »Nun, dem Himmel sei Dank, Sie verfügen über einen gewissen Mutterwitz«, bemerkte sie anerkennend. »Wenn Sie wie ein Häufchen Elend zusammenbrächen, stellte uns das vor ein weiteres Problem.«
»Ich habe tatsächlich Angst«, gestand Jean mit tonloser Stimme. »Heute abend ist mir bewußt geworden, wie sehr ... wie sehr ich doch am Leben hänge.«
»Dann liegt es an uns, daß es dabei bleibt«, sagte Jacqueline schroff. »Und wir fangen wirklich ganz von vorn an, Jean. Es muß einer von den sechs Leuten gewesen sein. Aber ich habe keine Ahnung, wer, nicht einmal ein Verdachtsmoment.«
»Sind Sie sicher, daß es einer von ihnen war?«
»Nun, lassen Sie uns logisch vorgehen. Es ist durchaus denkbar, daß Albert von einem Außenstehenden ermordet wurde – vielleicht aus persönlichen Rachegefühlen. Die Kirchenausgänge wurden erst einige Zeit nach dem Vorfall geschlossen, und der Mörder könnte sich bereits ins Freie geflüchtet haben, bevor der Alarm ausgelöst wurde. Es gab keinen Grund für sein weiteres Verweilen – es sei denn, er wäre einer der sieben Sünder gewesen, die eine gemeinsame Besichtigung geplant hatten. Nach dieser Theorie scheiden die anderen Touristen aus, die an diesem Tag

zur Rede gestellt wurden. Der Kommissar ist keineswegs so nachlässig, wie es den Anschein erweckt. Ich bin sicher, daß er sie alle verhört hat.«

»Das leuchtet mir ein. Aber der Mörder hatte sicherlich nicht eingeplant, daß ich Albert finden sollte. Er hätte Stunden dort liegen können, bevor ihn jemand aufspürte. Bis dahin hätten wir die Stätte längst verlassen haben können.«

»Richtig, aber nicht ausschlaggebend. Albert wäre auf jeden Fall identifiziert worden. Die Polizei hätte seine Verbindung zu eurer Gruppe aufgedeckt und festgestellt, daß ihr euch exakt zur Tatzeit dort aufgehalten habt. Der Mörder plante, daß sein Tod wie ein Selbstmord aussehen sollte, und das ist ihm hervorragend gelungen.«

»Korrekt.«

»Nichts von alledem schließt die Möglichkeit aus, daß ein Außenseiter das Verbrechen beging. Doch die Anschläge auf Sie lassen das Gegenteil vermuten. Ich gebe zu, daß ein unbekannter Dritter Sie verfolgen, vor Autos stoßen und an strategisch günstigen Orten das Licht manipulieren könnte. Aber heute abend befand sich niemand außer Ihren Freunden im Pool.«

»Und Dr. Scoville.«

»Und«, wiederholte Jacqueline, »Dr. Scoville ... O nein, das ist wirklich weit hergeholt.«

»Trotzdem, im Hinblick auf den Tatverdacht müssen wir ihn einbeziehen. Es hätte auch keinerlei Schwierigkeit bedeutet, sich ein Alibi zu verschaffen ... Hören Sie, Jake, er sagte doch irgendwas von einem Zug, den er am nächsten Tag nehmen wollte, aber woher wissen wir denn, daß das der Wahrheit entsprach? Angenommen, er stieg statt dessen am Spätnachmittag in ein Flugzeug? Es wäre schier unmöglich, das eine wie das andere zu beweisen; für Reisen innerhalb von Italien brauchte er nicht einmal seinen Paß.«

»Wie steht's mit dem Motiv?«

»Ach, zum Teufel mit dem Motiv. So weit sind wir doch noch gar nicht.«

»In Ordnung, schließen wir ihn mit ein«, sagte Jacqueline resigniert. »Dann beläuft sich die Zahl der Verdächtigen wieder auf die ursprünglichen sieben. Ich nehme nicht an, daß Sie sich beinahe ertränkt haben, nur um einer ansonsten wenig überzeugenden Geschichte mehr Wahrheitsgehalt zu verleihen.«

»Einer verfahrenen und unglaubwürdigen Geschichte.«

»Es erleichtert mich zu sehen, daß Ihre Generation nicht ausschließlich auf Leonard Cohen und den *Steppenwolf* fixiert ist ... Haben wir unsere Verdächtigenliste jetzt auf sieben eingegrenzt?«

»Ich weiß, es ist unwahrscheinlich, daß sich ein Außenstehender eingeschlichen haben könnte«, bemerkte Jean hartnäckig. »Aber der Bereich rings um den Pool war dunkel. Es ist nicht ausgeschlossen, Jake.«

»Sie vergessen eins«, erwiderte Jacqueline und griff nach einer weiteren Zigarette. »Ein Außenstehender könnte Sie verfolgen. Aber woher weiß er, daß Sie diejenige sind? Niemand außer Ihren Freunden – und der Polizei – weiß, daß Albert noch lebte, als Sie ihn fanden.«

Jean schwieg.

In einlenkenderem Tonfall fuhr Jacqueline fort: »Mir ist klar, daß Sie das nicht wahrhaben wollen. Sie mögen Ihre Freunde – in gewisser Weise sogar Dana. Aber die Tatsachen sind unausweichlich.«

»Das ist mir bewußt. Und ich schätze Ihren Versuch, das Ganze wie ein intellektuelles Spiel erscheinen zu lassen. Aber es ist kein Spiel.«

»Es ist ein gefährliches Spiel. Morgen früh werde ich als erstes unseren Freund, den Kommissar, anrufen.«

»Das können Sie nicht machen.«

»Gütiger Himmel, warum denn nicht?«

»Man wird Ihnen nicht glauben. Für den Kommissar steht bereits fest, daß Alberts Tod Selbstmord war, und das paßt hervorragend in sein Konzept. Er wird den Fall nicht aufgrund dessen wieder aufrollen, was mir zugestoßen ist. Auch wenn wir steif und fest behaupten, daß es sich bei diesen Vorfällen keineswegs um Unfälle handelte, wird er uns lediglich auslachen. Und außerdem, was sollte er deswegen unternehmen?«

»Die Polizei könnte die Alibis überprüfen.« Jacqueline blieb hartnäckig. »Man hat drei Anschläge auf Sie verübt. Sicherlich wird man einige der Verdächtigen eliminieren können, wenn man herausfindet, was sie zum Zeitpunkt –«

»Zu welchem Zeitpunkt? Heute abend befanden Sie sich am Schauplatz des Geschehens. Können Sie deshalb irgend jemanden ausschließen? Der Vorfall auf der Treppe ist der zweifelhafteste von allen; es hätte auch Zufall sein können. Wir wissen nicht, wann das Licht streikte und wann das Spielzeug auf der Treppe vergessen wurde. Die Sache mit dem Taxi – da wissen wir, daß Michael sich um diese Uhrzeit in der Nähe aufhielt. Dana und Ted waren an dem Tag ebenfalls in der Innenstadt. Sie wollte Einkäufe erledigen, und Ted war zum Mittagessen mit einem Mann verabredet, der in der Nähe der Spanischen Treppe wohnt. Das ist nur ein Steinwurf entfernt von der Piazza Barberini. Ich wette, die anderen lassen sich genauso schwierig festnageln.«

»Es ist interessant«, bemerkte Jacqueline. »Meine Generation wendet sich automatisch an die Polizei, wenn etwas nicht in Ordnung ist. Ihre scheint ein instinktives Mißtrauen zu verspüren. Trotzdem gebe ich Ihnen recht.«

»Sie kann nichts bewerkstelligen, was wir nicht auch tun könnten«, argumentierte Jean. Von neuer Energie erfüllt, setzte sie sich im Bett auf. »Jake, wir müssen uns mit Alberts Tod auseinandersetzen. Wenn wir beweisen, daß es kein Selbstmord war –«

»Wie?«

»Lassen Sie mich nachdenken! Es muß einen Anhaltspunkt geben.«

Jacqueline nahm eine bequemere Sitzposition ein. »Was die physikalischen Umstände seines Todes anbelangt, sehe ich keinerlei Hinweis«, sagte sie nachdenklich. »Die Tatwaffe wurde in unmittelbarer Nähe gefunden, sie hätte ihm aus der Hand geglitten sein können. Die Verletzung hätte er sich selbst zufügen können. Di

Cavallo fragte, ob er Rechts- oder Linkshänder gewesen sei, und nickte dann in der für ihn typischen, selbstgefälligen Art. Also ergab es für ihn eindeutig einen Sinn.«
»Albert war Rechtshänder«, bemerkte Jean. »Was bedeutet, daß ihn auch ein hinter ihm stehender Rechtshänder hätte ermordet haben können. Wenn Sie beabsichtigten, jemandem die Kehle aufzuschlitzen, würden Sie exakt diese Position einnehmen. Um zu vermeiden, daß Sie mit Blut bespritzt werden.«
Jacqueline warf ihr einen überraschten und gleichzeitig anerkennenden Blick zu. »Sie sind ein kaltblütiges, kleines Geschöpf, nicht wahr?«
»Wenn ich will, kann ich auch mädchenhaft zimperlich sein«, erwiderte Jean grimmig. »Allerdings sind wir uns einig, daß das hier kein Spiel ist ... Offensichtlich stand der Mörder hinter ihm. Man nähert sich seinem Opfer nicht frontal und mit gezückter Tatwaffe; man schleicht sich von hinten an. Dann hat man das Überraschungsmoment auf seiner Seite, man vermeidet Blutspuren und erzeugt genau die Verletzungen, die einen Selbstmord suggerieren. Wenn mir schon solche Aspekte einfallen, dann kommt ein intelligenter Mörder mit Sicherheit darauf.«
»Es hätte aber Blutspuren geben müssen. Auf den Händen und Armen des Täters.«
»Es war ein heißer Tag, jeder trug kurzärmlige oder ärmellose Garderobe. Und in der Kammer fließt ständig Wasser. Aus dem Überlauf in der Wand.«
»Gütiger Himmel«, murmelte Jacqueline. »Das hatte ich ganz vergessen ... Ich ging davon aus, daß der Mörder diese Kammer aufgrund ihrer Abgeschiedenheit gewählt hatte, aber vielleicht lag ein ganz anderer Grund vor. Wie steht es mit Fingerabdrükken?«
»Ich halte nicht viel von diesem Unsinn, bin jedoch sicher, daß die Polizei danach gesucht hat.«
»Und nur Alberts fand. Aber der Täter hätte keine Handschuhe tragen können, ohne sich verdächtig zu machen.«

»Er hätte sie in die Tasche stecken und später wegwerfen können. Niemand hat uns durchsucht.«
»Wir scheinen keinerlei Fortschritte zu machen«, meinte Jacqueline. »Was ist mit den Alibis im Hinblick auf Alberts Tod?«
»Aussichtslos. Wir hatten uns doch in alle Himmelsrichtungen zerstreut. Außerdem, weiß denn jemand mit Bestimmtheit, wann der Anschlag stattfand? Albert starb doch erst später.«
»Trotzdem sollte man diese Spur verfolgen. Ich könnte mich beiläufig umhören und ein paar neugierige Fragen stellen. Mir scheint, daß Ann und Ted die meiste Zeit zusammengewesen sind.«
»Ja, aber solche Alibis taugen nicht viel. Michael und Dana waren ebenfalls eine Zeitlang zusammen. Aber sie könnten sich auch gegenseitig decken. Wenige Minuten bevor ich Albert fand, waren allerdings beide auf der untersten Ebene.«
»Ich«, bemerkte Jacqueline, »habe ein Alibi. Sehen Sie mich nicht so erstaunt an. Wenn Sie mich nicht verdächtigt haben, sind Sie ganz schön blauäugig. Mir hingen diese verfluchten Ruinen zum Hals heraus, und deshalb habe ich mir die reizenden Fresken oben in der Kapelle angesehen. Der Geistliche, der die Eintrittskarten verkauft, muß mich bemerkt haben, und auch alle, die auf dem Weg nach unten waren. Als ich auf der Suche nach Ihnen erneut den Rückweg antrat, unterhielten sich Ann und Ted gerade mit dem diensthabenden Geistlichen. Falls sie schon länger mit ihm zusammenstanden . . .«
Jean schüttelte den Kopf. »Wir verzetteln uns. Solche Dinge beherrscht die Polizei weitaus besser als wir, und ich bin mir sicher, daß wir das Ganze nie auf einen einzigen Verdächtigen werden eingrenzen können. Wir sollten uns mit dem Motiv auseinandersetzen. Warum hätte jemand Albert töten wollen? Das ist der einzige Aspekt in diesem Fall, den wir besser aufklären können als die Polizei. Schließlich kennen wir die in Frage kommenden Personen.«
»Das ist aber auch der schwächste Aspekt des Falles. Falls Sie sich in irgendeiner Form mit – realen oder fiktiven – Mördern ausein-

andergesetzt haben, wissen Sie, daß Menschen aus Gründen morden, die Ihnen und auch mir absolut nicht einleuchten. Und deshalb ist das Motiv im Zuge der polizeilichen Ermittlungen zu Recht eine zweitrangige Überlegung.«

Entmutigt starrten sich die beiden an und schwiegen. Schließlich stand Jacqueline auf und schlenderte zu den Schiebetüren, die auf den Balkon hinausführten. Sie öffnete die schweren Holzläden. Am Horizont ging gerade die Sonne auf. Friedliche Stille lag über der hektischen Welt, und in die kühle, säuselnde Brise mischte sich das morgendliche Gezwitscher der Vögel.

Sekundenlang blieb Jacqueline mit ausgebreiteten Armen am Fenster stehen. Mit dem geschulten Auge des Kunstkritikers studierte Jean ihre Haltung. Das blasse, auf Jacquelines offenem Haar ruhende Sonnenlicht wirkte wie ein Heiligenschein.

Dann drehte sich die Statue zu ihr um und sagte mit tonloser, erschöpfter Stimme: »Wir sind beide völlig erledigt. Vielleicht können wir besser nachdenken, wenn wir etwas geschlafen haben. Dies ist ein Doppelbett ... Macht es Ihnen etwas aus, wenn ich –«

»Warum sollte es mir etwas ausmachen?«

»Das hatte ich gehofft. Denn ich werde mich im wahrsten Sinne des Wortes von nun an wie eine Klette an Sie hängen, egal, ob es Ihnen etwas ausmacht oder nicht. Sie ziehen in dieses Apartment ein und verlassen es nur in meinem Beisein.«

»Vielleicht irren wir uns gewaltig«, sagte Jean. »In allem.«

»Vielleicht. Aber ich werde nichts unversucht lassen. Morgen werden wir mit unseren Ermittlungen beginnen.«

»Wenn wir nur wüßten, was wir ermitteln sollen!«

»Machen Sie sich deshalb keine Sorgen«, meinte Jacqueline unterkühlt. »Ich lasse mir etwas einfallen.«

»Sieben Heilige?« fragte José. »Woher stammt denn diese Bezeichnung? Oh ...« Unmerklich veränderte sich sein Tonfall. »Von Albert, ganz klar.«

Sie standen vor dem Altar der Kirche Santa Cecilia und betrachteten die berühmte Statue von Maderno. Während der vergangenen 48 Stunden hatte Jacqueline in Eile ein umfassendes Besichtigungsprogramm durchgeführt und jedes verfügbare Mitglied der Gruppe mitgeschleift. An jenem Tag begleiteten sie nur vier von ihnen. Dana hatte sich schlicht und einfach geweigert mitzukommen, und Andy hatte sich mit Kaffeekannen, Eisbeuteln und seiner ihn fürsorglich unterstützenden Schwester Ann in seinem Zimmer verschanzt. Die Ausarbeitungen waren in zwei Tagen fällig.
Jean war klar, warum Jacqueline so vorging; zumindest kannte sie deren Motiv, wenn sie auch die zugrundeliegende Logik nicht begriff. Santa Cecilia war eine alte Kirche, die einige reizende Kleinode beherbergte, aber sie zählte beileibe nicht zu den Hauptattraktionen der Stadt.
»Ich weiß, es klingt lächerlich«, gestand Jacqueline bereitwillig. »Aber, wissen Sie, ich fing an zu zählen und kam auf sieben.«
»Die heilige Cecilia gehört auch dazu?« Interessiert betrachtete Ted die Statue. »Wußten Sie, daß sie, nachdem man ihr die Kehle aufgeschlitzt hatte, drei Tage lang bei vollem Bewußtsein in ihrem Bad lag und freudestrahlend auf ihren Märtyrerkranz wartete?«
Jean kicherte, und José schüttelte grinsend den Kopf.
»Ted, du bist unfair. Du beziehst dich auf eine leichtverständliche Lektüre über das Leben der Heiligen. Aber Fakten aus Kinderbüchern klingen idiotisch, wenn sie gegenüber gebildeten Erwachsenen geäußert werden.«
»Wie auch immer, Sie zitieren falsch«, bemerkte Jacqueline streng. Sie nahm ein dünnes Buch aus ihrer Handtasche und deutete auf den Einband. »Das ist das Penguin *Dictionary of Saints*, und der Verfasser steht solchen Legenden recht kritisch gegenüber.«
»Darf ich?« José streckte seine Hand aus, und Jacqueline reichte ihm das Buch. Er überflog die Seiten. »Ja, hier steht es. ›Zum Tod in ihrem eigenen Bad verdammt, konnten selbst Hitze und

Dampf sie nicht ersticken, und man beauftragte einen Soldaten damit, sie zu enthaupten. Dreimal stach er erfolglos zu, so daß sie noch drei Tage dahinvegetierte, bevor sie schließlich starb.‹ Genausowenig überprüfbar, aber immerhin nicht so lächerlich wie deine Version, Ted.«

Jean blickte zu Michael, der etwas abseits von ihnen stand. Wie gebannt starrte er auf die Statue, die in einem gläsernen Schrein unter dem Altar ruhte.

»Oh, ich nehme solche Geschichten nicht allzu ernst«, sagte Ted nachsichtig. »Es sind nette Überlieferungen – einmal abgesehen von dem grundsätzlichen Freudschen Problem der Jungfräulichkeit ...« Er schob Josés erhobene Faust beiseite und fuhr fort: »Am besten gefällt mir der Teil, in dem die Entdeckung des Leichnams der Heiligen beschrieben wird.«

»Das steht nicht in meinem Buch«, wandte Jacqueline ein.

»Gut, dann kann ich es Ihnen ja erzählen. Im Jahre 1599 wurde die in den Katakomben befindliche Grabstätte der Heiligen geöffnet. Ich weiß nicht, warum. Unsere Vorfahren waren ein ziemlich morbider Haufen ... Viele Würdenträger der Stadt waren anwesend, unter anderem auch der Künstler Stefano Maderno. Und siehe da, da lag der Leichnam der Heiligen, unberührt, unversehrt; ihre Kleidung immer noch so sorgfältig arrangiert, wie man das anhand der Statue erkennen kann, und ihr abgewandtes Gesicht war verschleiert. Der Leichnam wurde hierhergebracht und umgebettet; und Maderno lief nach Hause und fertigte seine Statue – eine Skulptur, die seiner Vorstellungskraft entsprang und die Heilige demzufolge 1.500 Jahre nach ihrem Tod darstellt.«

Alle drehten sich um, um die lebensgroße Marmorstatue zu begutachten. Es handelte sich um die Gestalt einer jungen Frau, die mit angewinkelten Knien in Seitenlage ruhte und ihre schlanken Hände andächtig gefaltet hielt. Die Gesichtszüge waren ausdruckslos, doch die Spur, die das Schwert an ihrem Hals hinterlassen hatte, war deutlich erkennbar.

»Wie pathetisch«, bemerkte Michael, der die ganze Zeit über

geschwiegen hatte. »Kitschig, schmalzig, trivial. Laßt uns gehen. Hier drin ist es kalt.«
Die anderen folgten ihm. Aufgrund des Sonnenlichts vor dem Eingang drehte sich Ted blinzelnd zu Jacqueline um.
»Was betreiben wir hier eigentlich, eine Exkursion zu den heiligen Jungfrauen? Wir haben ... ja, wir haben sechs Kirchen besichtigt.« Er musterte Jacqueline aus großen, treuherzigen Augen. »Welche ist die siebte?«
»Santa Prisca«, erwiderte Jacqueline kühl.
Michael stieß einen Schrei des Entsetzens aus.
»Gütiger Himmel, die ist draußen auf dem Aventin. Die wollen Sie sich doch nicht etwa anschauen, Jake. Das ist ein Schutthaufen. Und vermutlich ohnehin geschlossen. Außerdem –«
»Heute ist ein herrlicher Tag.« Energisch schob Jacqueline ihre Brille auf ihre Nasenwurzel. »Und an einem solchen Tag ist der Aventin herrlich. Außerdem –«
»Was?«
»Wenn Sie wieder einmal pleite sind, was ich stark vermute, dann müssen Sie sich mir ohnehin anschließen, denn sonst sehe ich schwarz für Ihr Mittagessen.«
»Dem Himmel sei Dank, daß ich dieses Problem nicht habe«, meinte Ted scheinheilig. »Sehen wir uns morgen bei Gino's?«
»Vermutlich nicht«, erwiderte Jacqueline. »Mein Besichtigungsprogramm ist noch nicht abgeschlossen.«
»Doch hoffentlich keine Kirchen mehr?« äußerte sich Michael in jammervollem Ton.
»O doch. Morgen werden wir mit den sieben Wallfahrtskirchen beginnen. Das waren doch«, meinte Jacqueline mit honigsüßer Stimme, »sieben, oder?«

»Ihre Nerven gehen mit Ihnen durch«, meinte Andy. »Warum beschäftigen Sie sich mit Numerologie? Was soll dieses leidenschaftliche Interesse an Siebenergruppen?«
An diesem Abend schien er einem Zusammenbruch sehr nahe, obgleich man sich das bei einem sportlichen, gebräunten jungen

Mann wie ihm kaum vorstellen konnte. Er hatte dunkle Ringe unter den Augen und wirkte relativ bedrückt.
»Hör auf zu reden und iß«, wies ihn sein Vater zurecht.
Gehorsam schaufelte Andy eine riesige Gabel Spaghetti in seinen Mund. Die anderen beobachteten ihn, während er die herunterhängenden Enden einsog, *alla italiano.* Sobald er den Mund leer hatte, meinte er gönnerhaft: »Nicht, daß mich meine Fähigkeit, Spaghetti zu essen, nicht mit Stolz erfüllte, aber müßt ihr mich deshalb gleich so anstarren? Ich habe immer schon gern gegessen, ich esse jetzt, und ich werde auch in Zukunft essen. Das ist keine große Sache.«
»Du hast zwar etwas gegessen, aber das liegt schon eine Weile zurück«, sagte Ann, die ihn fürsorglich betrachtete. »Wir sollten Jacqueline danken, daß sie darauf bestanden hat, uns zum Abendessen einzuladen. Du kannst nicht ständig arbeiten, ohne zu essen oder zu schlafen. Heute abend werde ich deinem Kaffee ein paar von diesen Schlaftabletten beimischen.«
»Ich danke Ihnen, Jacqueline«, sagte Scoville und lächelte ebendiese Dame an, die daraufhin errötete und die Lider senkte. Sie trug keine Brille. »Aber du hättest mich früher anrufen sollen, Ginger. Mir wäre es lieber, wenn diesem jugendlichen Vollidioten sämtliche Stipendien dieser Welt durch die Lappen gingen, als daß er krank wird.«
»Einen Teufel wäre es dir«, brummte Andy mit vollem Mund. »Besser tot als entehrt, so lautet doch das Motto in dieser Familie ... In Ordnung, das reicht für einen Vorgeschmack. Darf ich, während wir auf den nächsten Gang warten, das Thema auf einen interessanteren Aspekt bringen als meine Person? Ich wiederhole: Warum dieses leidenschaftliche Interesse an Siebenergruppen, Jake?«
Auf der Suche nach Zigaretten ihre Tasche durchforstend, reagierte Jacqueline zunächst nicht. Sie aßen in einer Trattoria in Trastevere, einer der wenigen, die nicht von Touristen überschwemmt war. Die Dämmerung war hereingebrochen, das samtigblaue Licht eines römischen Sommerabends hüllte sie ein. Sie

saßen im Freien unter einer Markise, und eine dichte Hecke schirmte sie vor den lärmenden Passanten auf der Straße ab. Zwischen den Blumenkübeln mit den eingepflanzten Büschen stromerte eine schmächtige, mißtrauische Katze umher, die nach möglichen Leckerbissen Ausschau hielt.
»Eine mystische Zahl«, erwiderte Jacqueline schließlich. Triumphierend kramte sie ein lädiertes Päckchen Zigaretten aus ihrer Tasche hervor. Galant beugte sich Scoville über den Tisch, um ihr Feuer zu geben, und sie fuhr fort: »Sie scheint sich immer wiederzufinden, nicht wahr? Bei den Heiligen, den Kirchen, den Hügeln –«
»Und den Sündern«, unterbrach sie Andy. »Reden Sie nicht um den heißen Brei herum. Sie versuchen, Alberts letzten Hinweis zu entschlüsseln, nicht wahr? Zufällig habe ich noch einen Denkanstoß im Hinblick auf die Zahl Sieben für Sie – die sieben letzten Worte Christi.«
Er blickte zu Jean. Alle blickten zu Jean – die drei Scovilles, Jacqueline und Michael. Michael war zwar nicht eingeladen, aber trotzdem gekommen. Es war schwierig, Michael loszuwerden. Er war zu hünenhaft, als daß man ihn übersehen hätte, und zu begriffsstutzig, um Andeutungen zu bemerken. Wenn seine Allgegenwart auch auffälliger geworden war, seine Eloquenz war es jedenfalls nicht. An diesem Abend brütete er schweigend vor sich hin. Lediglich sein Blick wanderte von einem Gesprächsteilnehmer zum anderen; er hatte die Beine ausgestreckt, sich so tief in seinen Sessel vergraben, wie es das unbequeme Möbelstück gerade noch zuließ, und fütterte den geschmeidigen, schwarzweiß gefleckten Kater mit einzelnen Spaghetti, die dieser wie ein wahrer Römer vertilgte.
»Ich dachte, ihr würdet mir nicht glauben«, sagte Jean.
»Natürlich tun wir das«, bemerkte Ann eine Spur zu voreilig.
»Vielleicht habe ich mir das nur eingebildet«, meinte Jean defensiv. »Keiner außer mir hat irgend etwas gesehen. Als die Polizei eintraf, fand sich kein Hinweis auf ein Symbol.«
»Eine Menge Leute sind durch die Kammer getrampelt«, warf

Andy ein. »Nach deiner Äußerung zu urteilen, war das Zeichen ohnehin kaum erkennbar.«
Jean warf ihm einen dankbaren Blick zu. »Du glaubst mir.«
»Wir alle glauben dir«, sagte Ann. »Aber vielleicht hast du das Gesehene mißinterpretiert. Die letzten Muskelreflexe –«
»In Ordnung, Ginger«, mischte sich Scoville ein. »Selbst wenn die Geste irgendeine Bedeutung hatte, bleibt sie für alle Zeit ungeklärt. Die Phantastereien eines Sterbenden – «
Der Kellner servierte den nächsten Gang, und für eine Weile beschäftigten sich alle schweigend mit ihren Vorspeisen. Schließlich bemerkte Andy: »Vielleicht trifft das zu. Aber es verfolgt dich trotzdem, nicht wahr? Was wollte er noch mit aller Gewalt preisgeben? Warum kommen wir nicht darauf?«
»Das macht mich wahnsinnig«, gestand Jacqueline. »Ich verfüge über ein Gehirn, das Belanglosigkeiten speichert ... Aber verflucht noch mal, mir fällt dazu auch nichts ein.«
»Tatsächlich nicht? Mir fallen eine ganze Menge Dinge ein. Diese Stadt wird von Siebenergruppen inflationiert. Alberts Heilige, die Wallfahrtskirchen und die Hügel ... In diesem Zusammenhang weiß ich eine gute Quizfrage für Sie. Nennen Sie mir die sieben Hügel.« Andy grinste.
Die anderen wirkten verblüfft, doch Jacqueline schien das Spiel zu gefallen. Sie zählte sie an ihren Fingern ab.
Scoville räusperte sich. »Ich sehe nicht –«
»Es gibt noch wesentlich mehr.« Andy grinste. »Wie steht es mit den sieben Tempeln in Kleinasien? Ephesus, Smyrna, Pergamon –«
Michael setzte sich so abrupt auf, daß der Kater, den jede heftige Bewegung erfahrungsgemäß argwöhnisch stimmte, hinter einem der Büsche verschwand.
»Bist du denn von allen guten Geistern verlassen ... Vielleicht findest du auch noch eine Parallele zu Beethovens *Siebter Symphonie.* Oder im Stud Poker mit sieben Karten.«
»Die Sieben Weltwunder«, steuerte Jacqueline bei. »Befanden sich natürlich ausnahmslos nicht in Rom, dennoch ...«

»Die Sieben Weisen«, ereiferte sich Jean. »Die Siebenschläfer von Ephesus. Sieben gegen Theben. Die sieben Todsü . . .« Abrupt hielt sie inne.
Andy, der sie nicht aus den Augen gelassen hatte, meinte nachsichtig: »Dein Verständnis von Sünde ist rein hypothetisch, meine Kleine. Aber das ergibt eine umfassende Liste, nicht wahr? Sieben Sünden und sieben Sünder. Es handelt sich um einen so ungewöhnlichen Sündenkatalog, wie man ihn sicherlich nicht erwarten würde. Mein Favorit ist die Trägheit – der griechische Originalbegriff *acidia* klingt weitaus besser . . . Unbeherrschtheit trifft natürlich auf Michael zu, und Stolz – der Stolz des Glaubens – muß Josés Vergehen sein. Unersättlichkeit scheint, oberflächlich betrachtet, allerdings auf niemanden von uns zuzutreffen.«
»Auf mich«, sagte Jean. Sie hätte nicht sagen können, warum, doch die Wendung, die der Gesprächsverlauf genommen hatte, behagte ihr nicht. »Ich liebe es zu essen. Ich wäre ein fettes kleines Mädchen, wenn die Eitelkeit nicht ständig über die Unersättlichkeit siegte.«
»Tut mir leid, aber Eitelkeit zählt nicht zu den sieben Todsünden«, räumte Andy ein. »Hochmut ja; aber das ist nicht dasselbe. Kommen wir jetzt zur Unkeuschheit.«
»Hör auf damit«, entfuhr es Ann. »Es ist nicht nett, über eine Freundin zu sprechen, die nicht unter uns weilt und sich verteidigen kann.«
Einhelliges Gelächter ertönte, und Andy meinte begeistert: »Sehr gut. Das ist eine der wenigen hinterhältigen Bemerkungen, die ich jemals aus deinem Mund gehört habe. Nun, als Antithese zu den sieben Sünden existieren ebenfalls sieben Tugenden –«
»Ich denke, wir hatten genug Siebenergruppen«, unterbrach ihn Scoville. »Ihre Überlegungen erscheinen mir nicht nur weit hergeholt, Sie lassen auch eine wesentliche Tatsache außer acht.«
»Und die wäre?« fragte Jacqueline kleinlaut.
»Keine Ihrer Kategorien ist als Ganzes gefragt. Die Zahl Sieben kann sich nur auf ein Glied innerhalb eines Septetts beziehen.

Und woher wissen Sie, welches, wenn die Aufzählungen nicht numeriert sind?«
»Gütiger Himmel«, murmelte Jacqueline. »Ich gestehe, daß das stimmt, nicht wahr? Wie intelligent Sie doch sind, Sam.«
Scoville fühlte sich sichtlich geschmeichelt. Nach einem schiefen Seitenblick auf Jacquelines überaus freundlichen Gesichtsausdruck beugte sich Jean vor und tat so, als riefe sie die Katze.

»Dana hat keine Zeit«, berichtete Michael. »Sie meinte, daß sie noch einiges zu tun hat.«
»Du klingst, als glaubtest du ihr nicht«, erwiderte Jean.
»Ich denke, daß sie mit dem guten alten Papa Scoville zu tun hat. Und umgekehrt.«
»Ich hatte ihm einen besseren Geschmack zugetraut.«
Michael trat gegen einen Stein. Er flog über den Bürgersteig und landete in einem Baum.
»Deine Freundin hat ihn rumgekriegt. Er befindet sich in einer Krise, obwohl er ihr zu demonstrieren versucht, was für ein toller Typ er ist.«
»Oh«, bemerkte Jean desinteressiert. Sie drehte sich auf der von Bäumen gesäumten Prachtstraße um und betrachtete die Umgebung. Diese war unter das neuzeitliche Straßenniveau abgesunken und voller Ruinen, die einen modernen Städteplaner in den Wahnsinn getrieben hätten. Fragmente von Ziegelmauerwerk, überwuchert von Efeu und halb verborgen unter Weiden, reihten sich planlos aneinander. Säulen in allen Größen, Formen und Baufälligkeitsstadien ragten wie zufällig gen Himmel: Säulen aus weißem Marmor und dunkelrotem Granit, Säulenstümpfe und einsame Kapitelle – Reihen, Kreise und Alleen aus Säulen und Pfeilern. Das römische Forum, dessen Ausläufer an den bewaldeten Palatin angrenzen, war an diesem Tag beinahe so belebt wie zu seiner ruhmreichen Blütezeit, als Kaufleute, Senatoren und Sklaven seine Geschäfte bevölkerten.
»Auf wen warten wir hier eigentlich?« fragte Michael.
»Keiner hat verlangt, daß du hier warten sollst. Um der Wahr-

heit die Ehre zu geben, hat dich niemand um dein Kommen gebeten.«
»Dana bat mich, dir mitzuteilen –«
»Und woher wußtest du, daß Dana uns hier treffen wollte?«
Jean wandte sich ab und lehnte sich gegen den Eisenzaun, der neugierige und unvorsichtige Touristen davor schützte, in das Ruinenfeld hinabzustürzen. »Ich kann mir nicht helfen, Michael, aber ich habe ständig das Gefühl, daß mich jemand verfolgt. Das kann kein Verfolgungswahn sein; es muß mit dir zusammenhängen.«
»Du hast dich nie beschwert, wenn ich dich irgendwo aufspürte.«
»Du hast ja auch ... ach, vergiß es. Warum verschwindest du nicht einfach? Du hast das Forum schon Dutzende Male besichtigt, und die sieben Cäsaren interessieren dich doch überhaupt nicht.«
»Was sagst du da, sieben? Wer behauptet denn, daß es sieben gewesen sind?«
Jean musterte ihn mit einem langen, durchdringenden Blick. Im Hinblick auf die Umstände war es unvermeidlich, daß ihr ausgerechnet diese Ziffer einfiel. Der fahrige Blick schien in den letzten Tagen weit verbreitet. Auch Michaels Augen wirkten unstet; sie bewegten sich ständig hin und her. Diese Angewohnheit hatte sie noch nie zuvor an ihm bemerkt. Der Begriff »gehetzt« schoß ihr durch den Kopf.
»Du denkst zuviel«, meinte sie scherzhaft. »Solche Männer sind gefährlich.«
»Ich habe an diese Siebenergruppen gedacht. Wie wir alle; wir hängen uns an dieser Zahl auf. Was will diese Frau eigentlich damit bezwecken, Jean?«
»Wie meinst du das?«
»Vor zwei Wochen kanntest du sie noch gar nicht. Und jetzt hat sie dich quasi adoptiert. Was will sie? Bist du sicher, daß sie nicht verrückt ist?«
Jean wußte nicht, ob sie lachen oder wütend sein sollte. Ihr Zorn

siegte; ihre Nerven waren auch nicht mehr die besten. Und in ihrer Verärgerung brach sie die eherne Regel, die sie und Jacqueline sich von Anfang an zu eigen gemacht hatten – ihren Verdacht niemals offen auszusprechen.

»Ja, sie ist verrückt! Heutzutage gilt es als verrückt, wenn man einem anderen Menschen hilft. Nur weil sie versucht, mich davor zu bewahren, umgebracht zu werden –«

Michael wandte den Blick ab, und Jean drehte sich um. Jacqueline war eingetroffen. Sie trug eine Sonnenbrille: Aufgrund der hinter den getönten Gläsern verborgenen Augen wirkte sie fremd und distanziert. Ihr kurzes, ärmelloses Kleid war maisgelb. Ihre Handtasche hatte sie fest in ihre Armbeuge geklemmt.

»Tut mir leid, daß ich zu spät komme«, begann sie. »Ich konnte keinen – was ist denn mit euch beiden los?«

»So sieht die Sachlage aus«, meinte Michael ruhig. »Es waren keine Unfälle. Sie glauben es also auch.«

»Das wollte ich damit nicht zum Ausdruck bringen«, entfuhr es Jean. »Es war unüberlegt von mir. Ich meine –«

»Einen Augenblick.« Jacqueline legte eine Hand auf ihren Arm. »Haben Sie ›auch‹ gesagt, Michael?«

»Was denken Sie eigentlich, warum ich sie ständig verfolge?« Unwirsch fuchtelte Michael mit seiner Hand in der Luft herum. »Ich treibe mich nirgends rum, wo ich nicht willkommen bin, es sei denn, ich habe dafür einen triftigen Grund. Warum habe ich wohl die halbe Nacht vor Ihrem Apartment Wache gestanden?«

»Du hast was?«

»Seien Sie still, Jean«, unterbrach sie Jacqueline. »Ich weiß, daß er dort war. Giorgio hat es mir berichtet.«

»Was, dieser Schmierenkomödiant!« tobte Michael. »Nach all den Gläsern *bianco,* die ich ihm ausgegeben habe, und den traurigen Geschichten über meine unerwiderte Liebe und den Rivalen –«

»Er hält Sie für überaus *simpatico* und für einen jungen Romantiker«, bemerkte Jacqueline. »Aber ich mußte ihn bestechen. Werden Sie endlich erwachsen, Michael ... Wollen Sie uns weisma-

chen, daß Sie Jean beobachtet haben, weil Sie sie beschützen wollten? Daß Sie ebenfalls mißtrauisch hinsichtlich ihrer sogenannten Unfälle sind?«
»Korrekt.«
»Warum?«
»Warum ich mißtrauisch bin? Warum sind Sie es?«
»In Ordnung«, seufzte Jacqueline. »Was irritiert Sie noch an der Situation?«
»Daß sie mit Alberts Tod verknüpft ist«, erwiderte Michael wie aus der Pistole geschossen. »Zum Teufel, das ist doch ganz offensichtlich, oder? Sie denken, daß es Mord und kein Selbstmord war.«
»Was denken Sie?«
»Ich habe keinen Grund für eine anderslautende Überzeugung. Wenn ich jemals einen Burschen kannte, der den Tod verdient hatte, dann war es Albert.«
Jean war sprachlos.
Jacqueline meinte in nüchternem Tonfall: »Eine interessante Feststellung. Unser Problem bestand darin, daß wir keinerlei Anhaltspunkt hatten, warum jemand den Wunsch haben könnte, ihn umzubringen.«
»Gütiger Himmel, dafür gibt es unzählige Gründe.«
»Wie beispielsweise?«
»Ach, zum Teufel«, knurrte Michael. »Vermutlich gehen Sie zu logisch vor. Für einen Mord gibt es nie einen plausiblen Grund, oder? Was Ihren Ethos anbelangt, sowieso nicht. Außer vielleicht, daß man ein verkrüppeltes Kind vor einem Axtmörder bewahren will oder so. Aber rund um die Uhr ereignet sich jede Sekunde ein Mord, und das aus den abwegigsten Gründen. Albert war das geborene Opfer. Er war neugierig, dreist und unsensibel; früher oder später hätte er seine Nase in irgendwas hineingesteckt, das ihn nichts anging.«
»Wollen Sie damit andeuten, daß er ermordet wurde, weil er irgendwelche Geheimnisse aufgedeckt hatte? Die Verdächtigen sind Ihnen bekannt, nicht wahr?«

Michaels Blick wurde ausweichend. »Sicher. Das ist ganz offensichtlich. Die Sieben – Ihre mystische Zahl.«

»Was darauf schließen läßt«, fuhr Jacqueline geduldig fort, »daß einer von euch netten, intelligenten jungen Leuten ein widerwärtiges Geheimnis hat. Kaum zu glauben, Michael.«

»Nette, intelligente junge Leute«, wiederholte Michael mit einem Anflug von Sarkasmus. »Madam, Sie verkennen die Realitäten. Wir haben alle unsere schmutzigen, kleinen Geheimnisse.«

Als er von einem zum anderen blickte, keimte plötzlich Verärgerung in ihm auf.

»Denkt ihr, ich mache Witze? In Ordnung, ich werde es euch beweisen. Wieviel Uhr ist es? Wenn wir uns beeilen, erwischen wir ihn vielleicht noch.«

»Wen? Wovon reden Sie?«

Michael hatte sich bereits in Bewegung gesetzt und zog Jean hinter sich her. Sie versuchte sich zu widersetzen, doch er war weitaus stärker als sie. Jacqueline folgte ihnen und verlangte eine Erklärung. Michael schenkte ihr ebenfalls keine Beachtung.

»Taxi!« rief er. »Wenn wir ein Taxi nehmen, treffen wir vermutlich noch rechtzeitig ein.«

Er erwischte eins, indem er einfach davorsprang, und bugsierte die beiden Frauen ins Innere.

»Piazza Colonna«, erklärte er dem Fahrer. *»Subito, pronto,* beeilen Sie sich – ist das klar?«

Das Verkehrsaufkommen war gewaltig, deshalb dauerte die Fahrt länger, als Michael lieb war. Unentwegt stieß er Tiraden gemurmelter Flüche aus und weigerte sich standhaft, irgendwelche Fragen zu beantworten. Als sie die Piazza erreichten, die von der riesigen Siegessäule Mark Aurels flankiert wurde, zwang er sie so gnadenlos zum Aussteigen wie zuvor zum Einsteigen. Jacqueline drückte dem Taxifahrer einige Geldscheine in die Hand, erhielt jedoch keine Gelegenheit, ihr Wechselgeld in Empfang zu nehmen.

Michael schleifte sie zu einer der berühmten Konditoreien auf der

Piazza. Wie nicht anders zu erwarten, war sie von Menschen überfüllt.

»Sie sind noch hier«, bemerkte Michael. »Ich kann sie sehen. Bewegt euch in Richtung Tür, aber geht um Himmels willen nicht nach draußen. Der dritte Tisch von rechts in der Außenreihe.«

Durch den Eingang fiel Jeans Blick auf die vornehme *galleria*, einen beliebten Treffpunkt wohlhabender Touristen. Es handelte sich um eine ausgedehnte, von einer Glaskuppel überspannte Einkaufsarkade, und die Tische des Cafés zogen sich in langen Reihen über die Flaniermeile. Das Café gehörte zu den teureren der Stadt; ein Musikensemble spielte, und die Preise waren – genau wie das Gebäck – gehaltvoll.

»Ich weiß nicht einmal, nach wem ich Ausschau halten soll«, meinte Jean verwirrt. »Was –«

Dann bemerkte sie das Paar, auf das Michael deutete.

Ted saß mit dem Rücken zu ihnen, doch mittlerweile waren Jean ihre Freunde so vertraut, daß sie sie aus jedem Blickwinkel wiedererkannte. Das ihm gegenübersitzende Mädchen blickte in Richtung Tür. Jean konnte ihr Gesicht genau erkennen. Es handelte sich um jemanden, den sie noch nie zuvor gesehen hatte.

Sie war beileibe keine Schönheit. Ihre Gesichtszüge waren viel zu herb und ausgeprägt, als daß man sie hätte attraktiv nennen können. Dennoch war ihr Gesicht beeindruckend, sie war der Typ, nach dem sich die Leute umdrehen. Das Mädchen besaß die dunkle Hautfarbe der Sizilianer, doch ihre hohen Wangenknochen und die lange, leicht gekrümmte Nase waren mit Sicherheit nicht auf italienische Vorfahren zurückzuführen. Ihr schwarzes Haar, das sie aus der hohen Stirn frisiert trug, wurde von einem bunten Schal gebändigt, aber das war auch das einziges Zugeständnis an ihre weibliche Eitelkeit. Sie trug weder Schmuck noch Make-up; das weit ausgeschnittene T-Shirt gab den Blick auf ihren schlanken Hals frei, dessen Sehnen während ihrer aufgebrachten Unterhaltung hervortraten. Sie schien verärgert oder traurig oder beides; ihre dunklen Augen sprühten Blit-

ze, und ihre aufgeworfenen Lippen stießen heftige Beschimpfungen hervor.
»Also ist sie doch noch gekommen«, meinte Jean verblüfft. »Teds Freundin. Warum gehen wir nicht hin und –«
Energisch umklammerte Michaels Hand ihre Schulter. »Nein, du Ignorantin! Das ist nicht Teds Verlobte.«
»Woher willst du das wissen?«
»Er hat uns ihr Foto gezeigt.«
»Ja, aber –«
»Aber du kannst dich nicht daran erinnern. Gesichter sind meine Spezialität«, entgegnete Michael. »Dieses Mädchen ist nicht Teds Verlobte. Mein Gott, wie könnte man ein solches Gesicht vergessen?«
»Sie sieht aus wie ein junger Raubvogel«, meinte Jacqueline leise. »Ein schöner, ungezähmter Falke.«
»Oh, sie ist schön«, erwiderte Michael eher beiläufig. »Und Ted trifft sie hier jeden Tag um die gleiche Uhrzeit. Dieses Café liegt etwas abseits von unserer üblichen Tagesroutine. Ich schätze, daß er es deshalb für sicher gehalten hat. Letzte Woche bin ich zufällig hier vorbeigekommen, und da habe ich die beiden entdeckt.«
»Ein einziges Mal? Woher wußtest du dann, daß sie heute hier sein würden?«
»Sie waren auch gestern und vorgestern hier«, sagte Michael. »Das habe ich überprüft.«
»Warum?«
Das dunkelhäutige Mädchen blickte auf, und Michael zog Jean von der Tür fort. Sie schlug seine Hand weg.
»Hör auf, mich ständig herumzuschubsen. Ich verstehe das alles nicht, Michael. Warum diese Heimlichtuerei?«
»Ich habe nicht damit angefangen«, betonte Michael. »Es war Ted. Wir kennen unsere jeweiligen Freunde. Warum hat er das Mädchen keinem von uns vorgestellt? Warum treffen sie sich hier, in dieser Touristenfalle, wenn sie nichts zu verbergen haben?«

»Aber es ist doch allein Teds Angelegenheit, mit wem er sich trifft«, entfuhr es Jean. »Falls er mit diesem Mädchen etwas angefangen hat und seine Verlobte zu Hause –«
»Schaut sie euch doch an«, unterbrach Jacqueline. »Sieht das etwa nach einer Liebesbeziehung aus?«
Die beiden hatten sich erhoben. Ted stand ihnen immer noch mit dem Rücken zugewandt, doch seine Verärgerung war unverkennbar. Er stand kerzengerade vor ihr, hatte seine schlanke Gestalt in voller Länge vor ihr aufgebaut und seine Hände zu Fäusten geballt. Das Mädchen stand leicht vornübergebeugt und redete ununterbrochen auf ihn ein; es erweckte den Anschein, als spie sie die Worte förmlich aus. Ihre Figur war knabenhaft und die gebräunten, auf dem Tisch aufgestützten Unterarme sehnig und muskulös.
Plötzlich machte sie auf dem Absatz kehrt und marschierte davon.
Eilig kam der Kellner angelaufen, und Ted, der ihr nachstarrte, entspannte. Er drehte sich um. Die drei Verschwörer zogen sich hastig zurück. In aller Heimlichkeit huschten sie, angeführt von Michael, wie Spione ins Freie und blieben erst stehen, als sie sich in eine weniger belebte Seitenstraße in der Nähe der Via del Corso geflüchtet hatten.
»Ich verstehe das immer noch nicht.« Jean sprach als erste.
»Gott, bist du begriffsstutzig«, entrüstete sich Michael.
»Vielleicht ziehen wir voreilige Schlüsse«, wandte Jacqueline ein. »Zumindest bin ich mir ziemlich sicher, daß ich das gleiche denke wie Sie ... Jean, was schätzen Sie, welche Nationalität das Mädchen hatte?«
»Keine Ahnung, das hätte vieles sein können.«
»Stimmt. Ich hatte Sie ja auch lediglich um Ihre Einschätzung gebeten.«
»Nun – Israelin, nehme ich an. Sie hätte auch Italienerin oder Spanierin sein können, aber dafür war ihre Gesichtsform untypisch. Allerdings kenne ich einige Spanier mit solchen Wangenknochen.«

»Die Mauren lebten lange Zeit in Spanien«, sagte Jacqueline. Michael warf ihr einen bedeutungsvollen Blick zu und nickte. »Ja. Ich bin zu dem gleichen Schluß gekommen ... Ihre Gesichtszüge sind typisch für die Bewohner im Nahen Osten, Jean. Sie könnte Israelin sein, ein Sabre – in Israel geboren. Sie könnte aber auch Araberin sein.«

»Wie ... Albert«, sagte Jean mit belegter Stimme.

»Wie Albert. Und bevor du jetzt irgend etwas über Zufälle daherplapperst, darf ich dich daran erinnern, wer mit wem Krieg führt.«

»Ich kann es nicht glauben.«

»Daß das Mädchen Araberin sein soll? Wenn sie Israelin ist, warum bringt Ted sie dann nicht mit und stellt sie uns vor? Wir sind doch kein Haufen naserümpfender alter Damen; niemand würde diesem Mädchen anonyme Drohbriefe schreiben.«

Jean schüttelte weiterhin den Kopf. »Wir sind auf dem Holzweg. In jeder Hinsicht. Ein Mensch kann drei Unfälle in Folge haben; es sind schon aufsehenerregendere Dinge passiert.«

»Davon können wir nicht ausgehen«, erklärte Jacqueline. »Wir dürfen nichts riskieren. Trotzdem gefällt mir diese neue, von Ihnen demonstrierte Entwicklung nicht, Michael. Falls wir in die üblen Machenschaften der Spionage hineingeraten ...«

»Oh, nein.« Jean stöhnte. »Ich kann es einfach nicht glauben.«

»Es eröffnet Perspektiven«, argumentierte Jacqueline. »Und liefert ein mögliches Mordmotiv. Und das ist es doch, was wir in der derzeitigen Situation suchen – Eventualitäten.«

»O Sie suchen also Motive.« Michaels tonlose Stimme verwandelte die Frage in eine Erklärung. »Auf wie viele sind Sie denn bereits gestoßen?«

»Auf mehrere«, erwiderte Jacqueline unbeeindruckt. Als sie Jeans erstaunten Gesichtsausdruck bemerkte, fuhr sie in zynischem Tonfall fort: »Oh, kommen Sie schon, Jean, seien Sie nicht so naiv. Ich habe Ihnen doch gesagt – jeder Mensch verkörpert wenigstens ein Dutzend unterschiedlicher Persönlichkeiten. Was wissen Sie denn tatsächlich über Ihre Freunde? Albert war ein neugieriger Mann. Wenn er über ein Geheimnis gestolpert wäre, das die Sicherheit eines anderen bedroht hätte –«

»Wie beispielsweise?«

»Das ist alles nur Theorie. Aber nehmen wir einmal José. Er liebt seine Arbeit und weiß, daß er sich glücklich schätzen darf, sie zu tun; die Kirche hält andere Faktoren für wichtiger als die Begabung eines Mannes. Wenn Albert ihn nun bei einem kleinen Vergehen erwischt hätte, hätte das die Fortsetzung seiner Tätigkeit gefährdet. Der Orden hätte ihn sicherlich mit Disziplinarmaßnahmen bestraft, und ohne dessen Unterstützung kann er seine Studien nicht weiterführen.«

»Fahren Sie fort«, bemerkte Jean.

»Ann. Mir ist ihr entsetzter Blick aufgefallen, als Albert sie anmachte. Was nach außen hin vielleicht lediglich als anspruchsvolles Wesen erscheint, könnte eine ausgeprägte Neurose sein, und Albert war beileibe nicht der Mann, der indirekte Andeutungen verstand. Wenn er ihr dort unten nachgestellt und sie in übler Form bedrängt hat...«

»Gütiger Himmel«, entfuhr es Michael. »Man sollte Sie einsperren. Was weiter?«

»Dana«, bemerkte Jacqueline unterkühlt. »Ich beziehe mich auf einen Zwischenfall, den außer mir alle vergessen zu haben scheinen – Alberts Vorwurf, daß ihn jemand bestohlen habe. Aufgrund von Alberts Armut habt ihr das alle belächelt; aber das beweist noch lange nicht, daß er nicht vielleicht doch irgend etwas Wertvolles besaß. Beispielsweise ein Familienerbstück. Danas Geldmangel ist chronischer Natur.«

»Nicht chronischer als meiner«, brummte Michael.

»Sie beziehen ein Einkommen, mit dem Sie Ihre Bedürfnisse abdecken können. Ich neige dazu, Ihre Behauptung zu akzeptieren, daß Ihnen Geld unwichtig ist. Natürlich könnte ich mich irren.«

Michael wirkte bestürzt. Leise vor sich hin brummend, schüttelte er den Kopf. Jean schien ebenfalls verblüfft. Unwillkürlich dachte sie an Michaels Gesichtsausdruck an jenem Tag, als er ihr seine sorgfältig überspielte Phobie gestanden hatte. Waren solche Ängste stark genug, um einen an Klaustrophobie leidenden Menschen zu einem Mord zu bewegen? Wenn Albert Michael nun in der abgeschiedenen Kammer gefunden, sich einen schlechten Scherz erlaubt und ihm den Weg versperrt hätte ...

»Nein«, meinte sie mit unterdrückter Stimme. »Es ist schrecklich. Das Ganze ist einfach schrecklich.«

»Sie ist schrecklich«, entgegnete Michael und deutete mit dem Daumen auf Jacqueline. »Was für eine gräßliche Phantasie ... In Ordnung, nachdem ich Ihnen jetzt ein Motiv für Ted geliefert habe, was ist mit Andy?«

»An ihm arbeite ich noch«, sagte Jacqueline. »Und an Ihnen.«

»Das alles sind unhaltbare Spekulationen«, wandte Jean ein. »Nichts davon haben Sie bewiesen.«

»Doch, eine Sache«, erwiderte Jacqueline. »Die Sinnlosigkeit unseres Theoretisierens. Ich wollte Sie und auch mich davon überzeugen, daß man Motive finden kann. Aber wir gehen nach dem falschen Ansatz vor. Alle diese Motive leuchten ein, sind aber nicht haltbar, solange wir keinerlei Beweise haben. Nein. Wir müssen die Sache anders angehen.«

»Rechnen Sie mit mir«, sagte Michael entschlossen.

»Selbstverständlich«, erwiderte Jacqueline. Sie wich Jeans Blick aus, und Jean war klar, was sie dachte. Michaels anrührende Besorgnis um ihre Sicherheit, seine Bloßstellung Teds – nichts davon enthob ihn des Verdachts. Das Gegenteil war eher der Fall. Es handelte sich um Schachzüge, die ein intelligenter Mann vermutlich einkalkulierte, um das Vertrauen seines nächsten Opfers zu gewinnen.

7

Als das Telefon am nächsten Morgen klingelte, nahm Jean ab. Jacqueline schlief noch. Jean konnte sich des Eindrucks nicht erwehren, daß sie die ganze Nacht wach gewesen und nachdenklich murmelnd umhergelaufen war oder sich einfach nur hingesetzt und die Wand angestarrt hatte, während sie eine Zigarette nach der anderen anzündete.
Andy war in der Leitung. Aufgrund seiner Begrüßung entfuhr Jean ein Stöhnen.
»Oh, nein, Andy. Ich hatte das total vergessen. Ich kann nicht. Ich bin nicht in der Stimmung, durch irgendwelche unterirdischen Ruinen zu streifen.«
»Das ist albern. Schau, mein Engel, ich habe diese Verabredung vor einem Monat getroffen. Ohne Beziehungen kommst du da überhaupt nicht rein.«
»Ich glaube nicht, daß ich soviel gutgelaunten Tatendrang am heutigen Morgen ertragen kann«, brummte Jean. »Ich nehme an, du hast deine Ausarbeitung abgeschlossen?«
»Ja. Heute morgen abgegeben. Komm, Schätzchen, ich habe allen Grund zu feiern. Jake kommt doch auch mit, oder?«
»Ich weiß nicht. Sie ist immer noch –«
Jean blickte auf. Mit verschlafenem Gesicht und zerzaustem Haar stand Jacqueline wie angewurzelt im Türrahmen. Aufgrund ihrer heftigen Gestik sagte Jean: »Eine Sekunde, Andy« und bedeckte den Hörer mit ihrer Hand.

»Was will er denn?«
»Wir waren heute in San Sebastiano verabredet, um uns weitere von diesen verfluchten Katakomben anzusehen.«
»Oh.« Jacqueline kniff die Augen zusammen. »Ist das der Ort, von dem einige Wissenschaftler behaupten, daß die Apostel Petrus und Paulus dort begraben liegen?«
»Ja. Woher wissen Sie das?«
»Einmal Bibliothekarin, immer Bibliothekarin. Ich habe es gelesen.« Jacqueline deutete auf das Telefon, aus dem frustrierte Geräusche drangen. »In Ordnung, richten Sie ihm aus, daß wir kommen.«
Nachdem Jean aufgelegt hatte, blickte sie ihre Freundin vorwurfsvoll an. »Was soll das sein, detektivischer Jagdeifer oder schlicht reine Neugier? Eigentlich will ich gar nicht hingehen.«
»Von beidem etwas«, sagte Jacqueline und überhörte ihren Einwurf. »Ich bin eine unverbesserliche Touristin und von dieser Geschichte mit den Heiligen geradezu besessen. Vielleicht ergibt sich irgend etwas ...«
»Sie gehen doch nicht etwa davon aus, daß Sie den Mord an Albert aufklären, indem Sie die Gebeine des heiligen Petrus finden, oder?«
»Da ist etwas«, murmelte Jacqueline. »Irgend etwas ... Ich versuche, darüber nachzudenken.«
»Verstehe.« Ostentativ fächelte sich Jean Luft zu. Der Raum roch immer noch nach abgestandenem Zigarettenrauch; sie hatten sich angewöhnt, nachts alle Fenster verschlossen zu halten. »Ich komme mir vor wie Watson. Erinnern Sie sich noch an Holmes' Angewohnheit, die ganze Nacht wach zu bleiben und seine gräßliche Pfeife zu rauchen?«
»Überlassen Sie mir lieber den Watson, als Holmes scheine ich kaum geeignet. Vielleicht bin ich eher der Miss-Marple-Typ«, erwiderte Jacqueline.
»Mit Ihrer Figur?«
»Meine Figur zeigt ebenso wie mein Verstand Abnutzungser-

scheinungen. Noch ein paar Tage wie diese, und er schmilzt wie Butter in ... Wo treffen wir die anderen?«

»Am Kolosseum. Der Bus zur Via Appia fährt dort ab.«

Sie nahmen ein Taxi, da sich Jacqueline weigerte, in der Altstadt selbst zu fahren. Als sie ihren Bestimmungsort erreicht hatten, beschlich Jean Mitgefühl mit Jacquelines Tochter. Jacqueline hatte fast die ganze Fahrt über gesungen. Ihre Stimme klang angenehm und auch nicht zu laut, und den Taxifahrer schien ihr Gesang auch nicht zu kümmern; wie die meisten seiner Berufskollegen hatte er schon fast alles erlebt. Trotzdem fand Jean das Repertoire ihrer Freundin nervtötend. Es reichte von »Work, for the Night is Coming« über »Smoke Gets in Your Eyes« bis hin zu einem deutschen Schlager, der Jean unbekannt war.

Der Bus war überfüllt; schließlich war seine reguläre Route auch eine beliebte und billige Rundfahrt für die Touristen. Nachdem sie sich durch das Gedränge geschoben hatte, ließ sich Jean auf den nächstbesten freien Sitzplatz sinken. Als sie wieder zu Atem gekommen war und sich das Haar aus der Stirn strich, bemerkte sie zu ihrer Erbauung, daß sich Jacqueline Professor Scoville geangelt hatte. Er saß neben ihr, hatte ihr sein Gesicht zugewandt und lächelte, während sie erzählte. Gelernt ist gelernt, schoß es Jean durch den Kopf. Als das Taxi vorfuhr, hatte sie Dana noch Arm in Arm mit Scoville gesehen. Drei Plätze hinter ihr thronte Dana und kochte vor Wut. In ihrem dünnen ärmellosen Strickpullover, der ihre Sympathie mit einem der Grundprinzipien der Frauenbefreiung hautnah demonstrierte, und einem kurzen Rock, der mehr enthüllte, als er verbarg, befand sie sich im Mittelpunkt einer Vielzahl anerkennender Blicke.

Die anderen hatten sich ringsum verteilt. Michael und Ann saßen nebeneinander; interessiert bemerkte Jean diese ungewöhnliche Verbindung. Die beiden kamen eigentlich recht gut miteinander aus, doch Michaels männliches Imponiergehabe machte Ann verständlicherweise nervös. »Sie benimmt sich wie eine heilige Jungfrau, die von Attila dem Hunnenkönig bedrängt wird«, hatte sich Michael einmal beklagt. Er hatte sich sorgfältig bemüht, ihr

nicht zu nahe zu treten, und jetzt schienen sie sich angeregt zu unterhalten. Ihre Wangen waren leicht gerötet, während sie erzählte.
Andy und José saßen ebenfalls zusammen. Offenbar waren sie angeregt in eines ihrer unvermeidlichen Streitgespräche vertieft. Jean bemerkte, daß José in gespieltem Entsetzen die Augen verdrehte, als Andy lachte und ihm etwas zuflüsterte.
Ted saß direkt hinter ihr.
Als sie sein vertrautes Gesicht mit den dicken Brillengläsern und dem breiten Grinsen wahrnahm, beschlich Jean ein Gefühl der Unwirklichkeit. Michaels Vorstellung war einfach absurd ... Dann entstand vor ihrem geistigen Auge wieder das Bild des Mädchens – der junge Raubvogel, wie Jacqueline sie bezeichnet hatte. Michael hatte recht; wer dieses Gesicht einmal gesehen hatte, konnte es so leicht nicht mehr vergessen.
»He.« Ted stupste sie an. »Woran denkst du? Dein Gesicht ist so ausdruckslos wie das einer Statue.«
»Oh, an nichts Besonderes ...«
»Du machst dir doch nicht etwa Gedanken um deine Ausarbeitung? Vergiß das Ganze einfach eine Zeitlang. Es ist vorbei. Wie auch immer, die Würfel sind gefallen.«
»Das hält mich keineswegs davon ab, besorgt zu sein«, sagte Jean trocken.
»Sollte es aber. Sobald der Abgabetermin verstrichen oder die Entscheidung gefallen ist, ist jede Sorge sinnlos. Auf den Abgabetermin kommt es an ... und auf die Entscheidung – das ist der qualvolle Teil.«
»Jetzt rastest du wohl aus«, sagte Jean und zwang sich zu einem beiläufigen Tonfall. Sie hatte Ted noch nie so erlebt. Sein Gesicht wirkte älter und verhärmter.
»Sind Sie Amerikanerin?« Das neben Jean sitzende Mädchen hatte sie angesprochen, und Jean wandte sich ihr zu. Egal, wie sehr man Rom liebte, die eigene Muttersprache zu hören hatte auch ihre Reize, und das verband. Sie unterhielt sich mit dem Mädchen – einer Studentin von einer der Oststaaten-Universitä-

ten auf einer Sommerexkursion –, bis Ted sie erneut anstupste. Sie mußten aussteigen.

An dieser Haltestelle verließen außer ihnen nur wenige Fahrgäste den Bus. Die meisten Touristen fuhren weiter zu den bekannteren Katakomben oder zu einem entlegeneren Fahrtziel, von wo aus sie in die Stadt zurückwandern und unterwegs »Besichtigungen« vornehmen konnten. Als sich alle neun versammelt hatten, deutete Andy auf ein Bauwerk auf der gegenüberliegenden Straßenseite.

»Da ist sie. Die Basilika von San Sebastiano. Eine der sieben Wallfahrtskirchen«, fügte er mit einem schiefen Seitenblick auf Jacqueline hinzu. »Aber wir sind nicht hier, um die Kirche zu besichtigen, die für euch ignorante Laien ohnehin uninteressant sein dürfte. Wir haben eine Verabredung mit Pater Montini, einem der für die Ausgrabungen verantwortlichen Archäologen.«

»Ich habe die Orientierung verloren«, sagte José, während er sich suchend umschaute. »Ah, nein, ich sehe einen Anhaltspunkt. Das ist die Grabstätte von Cecilia Metella, nicht wahr?«

Er deutete auf ein weiter entfernt am Rande der Straße gelegenes graues Monument.

»Korrekt.« Zustimmend nickte Andy. »Das ist natürlich die Via Appia Antica, die berühmte und vielbesungene alte Prachtstraße. Im klassischen Altertum war sie gesäumt von Grabstätten und Friedhöfen. Mittlerweile sind allerdings fast alle zerstört und geräumt worden. Das ist die Straße, auf der sich der Apostel Petrus während der Christenverfolgung unter Nero davonstahl und wo er auf den Erlöser traf und ihm die berühmte Frage stellte. An dieser Stelle befindet sich heute ein Gotteshaus – die Kirche Quo Vadis, Domine. Doch das beste Relikt dieser Zusammenkunft befindet sich hier in San Sebastiano – die Fußabdrücke Christi, genau auf dem Felsbrocken, auf dem er damals gestanden hat.«

»Oh«, bemerkte Ted naiv. »Die würde ich mir sehr gern anschauen. Können wir in die Kirche gehen?«

»Du weißt sehr wohl«, bemerkte José, »daß niemand glaubt –«

Grinsend blickte Andy auf die Uhr. »Wir haben noch etwas Zeit. Ich schätze, wir können rasch einen Rundgang durch die Basilika machen. Das kann ich nicht auf mir sitzen lassen, daß Moshe irgendwelche Relikte verpaßt.«
»Moshe?« fragte Jacqueline. »Ich weiß, daß ihr alle eine Vorliebe für Spitznamen habt, aber –«
»Gleich in der ersten Woche nach meiner Ankunft in Rom hatte ich eine Augeninfektion«, erklärte Ted in sachlichem Ton.
»Ein blöder Scherz«, murmelte Dana. Sie schmollte immer noch, hatte sich aber wenigstens so weit gefaßt, daß sie wieder an der Unterhaltung teilnahm. Als sie die Straße überquerten, schloß sich Jean dem Mädchen an, und um deren Laune zu heben, fragte sie: »Verflucht, sind die von uns bereits besichtigten Katakomben nicht auch hier irgendwo?«
»Hier befinden sich überall Katakomben«, kam Andy Danas Antwort zuvor. »Heute morgen sehen wir uns weitere an. Vermutlich einige der ersten. In der Frühzeit wurde dieses Gebiet *catacumbas* genannt, und später wurde diese Bezeichnung auf alle unterirdischen Friedhöfe in diesem Gebiet ausgedehnt. Denn nichts anderes sind Katakomben – Begräbnisstätten. Und sie waren auch nicht ausschließlich auf die Christenheit beschränkt. Es gibt heidnische Katakomben und jüdische Katakomben – mindestens vier davon sind bereits lokalisiert worden, und Ted denkt, daß er einer weiteren auf der Spur sein könnte.«
»Stimmt das?« fragte Scoville überaus interessiert und wandte sich Ted zu. »Mit welchen Materialien arbeitest du?«
Ted blickte ihn so hintergründig an, wie es einem pausbäckigen, liebenswerten Jugendlichen nur möglich war, und Dana erwiderte lachend: »Sam, dir sollte doch wirklich klar sein, daß man einem anderen Archäologen eine solche Frage nicht stellt.«
»Von mir hat er nichts zu befürchten«, meinte Scoville grinsend. »Wenn es sich um einen etruskischen Friedhof handelte, nun, dann...«
Als Jean einen Blick über ihre Schulter warf, bemerkte sie den seltsamen Gesichtsausdruck Jacquelines und fragte sich, ob die

Diskussion möglicherweise diese plötzliche Nachdenklichkeit hervorgerufen hatte. Sie erhielt keine Gelegenheit, sie zu fragen. Andy formierte sie zu einer Gruppe und schleuste sie dann ins Innere der Kirche.

Trotzdem hatte Ted seinen Spaß an den Relikten. Die Fußabdrücke, die doppelt so groß waren wie normale Füße, waren eine solch schlechte Fälschung, daß selbst José nicht ernst bleiben konnte. Boshaft schmunzelnd deutete Ted auf einen Pfeil in einem Glasschrein. Er sagte nichts, sondern zog lediglich fragend eine Braue hoch. Niedergeschlagen nickte José.

»Du weißt einfach zuviel über die Legenden der Heiligen«, sagte er. »Ich denke, du hast sie nur gelesen, um mich zu ärgern ... Ja, Sebastian war der heilige Märtyrer, den man mit Pfeilen zu Tode quälte.«

»Schon gut, schon gut, wir haben genug gesehen«, mischte sich Andy ein. »Kommt, wir gehen. Wir sollen unseren Führer nebenan im Museum treffen.«

Pater Montini, der ein grobgewebtes Kapuzengewand trug, das in der Taille von einem Strick zusammengehalten wurde, war ein schlanker Mann von mittlerer Größe mit einem zerfurchten, vierschrötigen Gesicht. Er begrüßte die Mädchen mit einem breiten, wohlwollenden Grinsen, José allerdings mit Zurückhaltung. Vor Scoville verbeugte er sich tief und schüttelte ihm weitaus länger als nötig die Hand. Anscheinend kannte der Pater dessen Reputation.

Zunächst zeigte ihnen Montini ein geschickt konzipiertes Modell, das die derzeitige Basilika im Vergleich zu ihrer Vorgängerin aus dem 4. Jahrhundert sowie dem alten Friedhof zeigte, der beiden Kirchen vorausgegangen war. Andy hatte zuvor erklärt, daß die Basilika nicht immer den Namen des heiligen Sebastian getragen hatte. In den ersten nachchristlichen Jahrhunderten kannte man sie als Kirche der Apostel; und die Ruinen einer frühchristlichen Kultstätte unter den Fundamenten der Kirche bestätigten die Tatsache, daß die beiden berühmten Heiligen irgendeinen Bezug zu diesem Ort hatten.

An diesem Punkt unterbrach Andy den Vortrag, um eine Frage zu stellen. Jean verfolgte sein Italienisch nicht, das er wesentlich fließender sprach als sie. Doch die Wirkung auf Montini war erstaunlich. Er lief dunkelrot an und ereiferte sich schlagartig. Scoville senior verteidigte seinen Sprößling, was eine heftige Auseinandersetzung zur Folge hatte. Verblüfft drehte sich Jean zu José um, der neben ihr stand.

»Weshalb streiten sie sich eigentlich?«

José grinste. »Andy wollte von Montini etwas über das alte Problem hinsichtlich Petrus' Tochter wissen. Die Kirche besteht darauf, daß die Verbindung rein geistiger Natur war, doch Andy beharrt darauf, daß Petronella das leibliche Kind des Apostels gewesen ist.«

Jacqueline gesellte sich gerade noch rechtzeitig zu ihnen, um die Frage und Josés Antwort aufzuschnappen.

»Erwähnt die Bibel denn nicht, daß Petrus eine Frau hatte?«

»Ich glaube schon«, bemerkte José beiläufig. »Aber diese Überlegung ist nicht besonders wichtig.«

Vor sich hin murmelnd, schüttelte Jacqueline den Kopf. Jean verstand einige Wortfetzen; es klang wie »eine weitere heilige Jungfrau«.

Schließlich beruhigten sich die Streithähne, und Montini erklärte: »Und jetzt, *andiamo! Discendiamo nel sotteraneo!*«

Jean blickte zu Michael und begegnete seinem eisigen Starren. Offenbar versuchte er das Pferd zu bezwingen, das ihn abgeworfen hatte. Nachdem sie ihn schon einmal in diesem Zustand erlebt hatte, war sie sich nicht sicher, ob die Aufforderung *»nel sotteraneo«* für ihn wirklich eine gute Idee darstellte.

Eine Viertelstunde später war sie sich ganz sicher, daß es keine gute Idee gewesen war. Sie hatten schon vorher Katakomben besucht, und sie konnte ihnen nicht sonderlich viel abgewinnen; denn wer mit Klaustrophobie zu kämpfen hat, für den gibt es nichts Schlimmeres als die düsteren Gänge der unterirdischen Grabanlagen. Diese hier waren noch entsetzlicher als die von ihr bislang besuchten. Einige der bekannteren und häufiger von Tou-

risten frequentierten Katakomben waren mit Beleuchtungssystemen ausgerüstet. In dieser ging die Gruppe hintereinanderher und orientierte sich lediglich mit Kerzenlicht. Die Gänge waren so niedrig, daß die größeren Männer – Scoville, Andy und José – an manchen Stellen ihre Köpfe einziehen mußten. Die tiefhängende Decke befand sich nur Zentimeter über ihren Köpfen. Und zu beiden Seiten füllten Meter für Meter, Felsblock auf Felsblock, vom Boden bis zur Decke Grabnischen die Wände aus – reihenweise Gruften, die sich in die unendliche Dunkelheit erstreckten.
Jean fragte sich, wie um alles in der Welt Michael das aushalten konnte. War der Hinweis auf seine Klaustrophobie nur ein Scherz gewesen, hatte er sie nur vorgetäuscht, um ein Unwohlsein zu erklären, dem vielleicht eine völlig andere Ursache zugrunde gelegen hatte? schoß es ihr durch den Kopf. Sie konnte sich einfach nicht vorstellen, wie jemand, der San Clemente entsetzlich gefunden hatte, diese Stätte ertrug.
Die Hälfte der Kerzen war aufgrund der Unvorsicht ihrer Träger bereits ausgegangen. Montini, der die kleine Prozession anführte, machte ihnen fröhlich Mut. Es bestünde überhaupt kein Grund zur Beunruhigung, er fände den Weg durch dieses Labyrinth selbst in völliger Dunkelheit.
Jean fand seine Äußerung wenig überzeugend. Es hatten sich schon genug Leute in den Katakomben verirrt; die Gänge verliefen planlos, zweigten ab und kreuzten sich wie zufällig wieder. Es gab keine Hinweisschilder, nur die ständig gleichen, tristen Wände mit ihren übereinander angeordneten Nischen. Einige der Gruften waren geöffnet worden. Die gähnenden schwarzen Öffnungen ließen Raum für vage Vermutungen, was sich dort einmal befunden hatte. Gelegentlich befand sich eine Inschrift oder eine eingeritzte Zeichnung auf den Grabplatten. Montinis Stimme hallte durch den Gang, als er auf einige der Zeichen hinwies – die Taube, den Fisch, den Ölzweig, andere Symbole des Glaubens – und die vereinzelten Inschriften. »Sei guten Mutes – niemand ist unsterblich« zeugte von einer stoischen Gelassenheit,

die Jean eher heidnisch als christlich anmutete. Die geläufigste Inschrift lautete schlicht »in Frieden«.
Zu Zeiten, als die Katakomben noch Bestattungen dienten, hätte die Gruppe eine Begräbnisprozession darstellen können. Der unebene Steinboden zwang zu feierlich langsamem Schreiten; der schemenhafte Lichtschein hüllte ihre Silhouetten in Dunkelheit und erhellte lediglich ihre Gesichter, die angespannt und furchtsam wirkten. Gelegentlich wurde Jeans Nervosität von einer unerklärlichen Faszination überlagert. Sie blieb stehen, um einen Blick in die düsteren Grabnischen zu werfen, und stellte sich deren makabren Inhalt vor.
Sie befand sich am Ende der Reihe, und die anderen neigten dazu, der Gestalt ihres Führers dicht auf den Fersen zu bleiben. Alle schwiegen. Selbst Montini war verstummt. Die Atmosphäre animierte beileibe nicht zu irgendwelchen Ausführungen. Als Jean irgendwann aus ihrer Versunkenheit aufblickte, da sie die winzigen Ausmaße eines überaus kleinen Grabes tief berührt hatten, stellte sie fest, daß sie mutterseelenallein war.
Angestrengt blickte sie in die undurchdringliche Finsternis und versuchte, die Tatsache zu verdrängen. Es war unmöglich. Sie mußten da sein, sie konnten sich doch nicht einfach in Luft aufgelöst haben ... Scheinbar aus weiter Ferne drang das hohle Echo einer Stimme oder Gelächter zu ihr.
Jean setzte zum Laufschritt an und stieß mit ihrer Zehe gegen einen vorstehenden Stein. Die kleine gelbe Kerzenflamme flakkerte heftig. Mit einem Stoßseufzer des Entsetzens legte Jean schützend ihre Hand um die Flamme. Wenn die Kerze erlosch, war sie erledigt. »Das Entsetzen der Finsternis ...« Diese Worte stammten vom heiligen Hieronymus. Er hatte es sicherlich selbst zu spüren bekommen – nicht die normale Finsternis der Nacht, sondern die Finsternis des Todes und der Gruft.
Jean war bewußt, daß es töricht war, sich von ihrem Standort zu entfernen. Sie hatte völlig die Orientierung verloren, und alle paar Meter zweigten die Gänge ab. Früher oder später würde man sie vermissen, und Montini, der vermutlich wußte, wo er mit

ihnen gewesen war und wohin er ging, würde umkehren, um sie zu suchen. Wenn sie blieb, wo sie war, befand sie sich in Sicherheit ...

Schlagartig bekam der Begriff eine neue und schreckliche Bedeutung für sie. Die Sicherheit, daß man sie nicht allein zurücklassen würde, hatte sie gewiß, solange sie nicht in Panik geriet. Doch wenn ihre Theorie stimmte, dann war ihr seit einigen Tagen eine andere Bedrohung auf den Fersen. Diente diese Episode einem vierten und letzten »Unfall«?

Als sie ein Geräusch hörte, schrak sie unwillkürlich zusammen. Das laute, abgehackte Echo klang mehr wie ein Heulen als ein Name, doch sobald sie sich und ihre kostbare Kerze wieder im Griff hatte, erkannte sie, daß es sich um ihren Namen handelte. Das Geräusch raubte ihr auch noch den letzten Funken Verstand. Sie stürmte los – ob nun in die Arme eines Retters oder in die eines schemenhaften Mörders, das war ihr nicht klar – und prallte gegen eine näher kommende Gestalt. Glücklicherweise verlosch ihre Kerze, denn sonst hätte sie das Hemd des Mannes versengt. Aufgrund eines komplizierten Manövers rettete er in letzter Minute seine eigene Lichtquelle und fing sie dann mit seinem freien Arm auf.

»Michael«, flüsterte Jean.

»Leibhaftig. Was ist denn los mit dir? Warum diese Aufregung?«

»Das mußt du gerade fragen.« Jean trat einen Schritt zurück, und er ließ sie augenblicklich los. »Ist alles ... ist alles in Ordnung mit dir?«

»Mit mir? Na klar.« Er grinste. »Ich bin geheilt. Es fängt sogar an, mir hier zu gefallen.«

»Mir nicht.« Da war noch etwas anderes, das ihr nicht gefiel. Der Ausdruck auf Michaels Gesicht und der Glanz seiner Augen im Kerzenlicht. Sie wirkten starr, die Pupillen stark erweitert. Sein schwaches, rätselhaftes Lächeln verlieh ihm makabre Züge.

»Jetzt, nachdem du die Güte besessen hast, mich zu retten, laß uns zu den anderen gehen«, sagte sie.

»Warum? Hier ist es doch anheimelnd und ruhig. Vermutlich

sollte es exakt so sein. Keine besserwisserischen Touristen, die überall herumlungern und so tun, als seien sie erschüttert . . .«
»Michael –«
»Seit meinem vierzehnten Lebensjahr habe ich keine Messe mehr besucht«, fuhr Michael mit verträumter Stimme fort. »Ich war so angewidert, daß ich nicht an einer Kirche vorübergehen konnte, ohne daß mir übel wurde. Und diese ganze Jesus-Bewegung habe ich nie verstanden, ich kann diese Form von Exhibitionismus nicht nachvollziehen. Aber in einer Stätte wie dieser begreift man so langsam, worauf sie hinauswollten. Die tiefere Bedeutung hinter der Symbolik; die Tatsache, daß zwei Gegensätze nicht aufeinanderprallen, sondern sich zu einer Synthese ergänzen. Tod und Wiedergeburt; der Körper, der wieder zu Staub zerfällt, und die Seele, die ihre göttliche Berufung findet.«
»Michael«, wiederholte Jean. Sie mußte gegen den widersinnigen Instinkt ankämpfen, so laut zu brüllen, daß sie ihn aus seiner tiefen Entrücktheit aufrüttelte. »Bitte. Du machst mir angst.«
»Wovor hast du denn Angst? Sie werden uns bald finden. Es sei denn, wir machen uns . . . auf den Rückweg . . .«
Jean wollte nicht schreien. Sicherlich bildete sie sich nur ein, daß Michaels unnachgiebiger Körper Druck auf sie ausübte und sie unweigerlich in einen der dunklen Seitengänge drängte. Trotzdem würde sie schreien.
Sie öffnete den Mund – und Andy schoß aus einem der Seitengänge hervor. Er hielt seine Kerze hoch, und das Licht umgab seine wilde Lockenpracht wie ein Heiligenschein.
»Alles klar, tut mir leid, daß ich euch stören muß«, bemerkte er ungnädig. »Aber Montini ist stinksauer. Er erzählt uns gräßliche Geschichten von Leuten, die sich hier unten verlaufen haben und erst nach Jahren aufgefunden wurden . . . Also, sucht euch besser eine geeignetere Stelle, hmm?«
»Sollte ich jemals einen Ort wie diesen für meine Anmache wählen, dann kannst du mich einer Gehirnwäsche unterziehen«, sagte Michael mit völlig normaler Stimme. »Wir haben lediglich philosophische Betrachtungen ausgetauscht. Geh vor, du Saukerl.«

Die anderen erwarteten sie in einer winzigen, schmucklosen Kapelle. Als sie eintrafen, erging sich Montini in einer aufgebrachten Schimpftirade. Nachdem er sich von seinem Wutanfall erholt hatte und die kleine Prozession weiterging, gelang es Jean, an den anderen vorbei bis zu Jacqueline vorzudringen.
»Entschuldigung«, sagte sie mit angehaltenem Atem. »Ich weiß gar nicht, wie das passieren konnte. Glauben Sie...«
»Ich glaube nicht. Aber ... um Himmels willen, bleiben Sie in meiner Nähe.«
Unmittelbar danach gelangten sie aus dem Gewirr von Gängen in einen offenen, unterirdischen Bereich. Er wurde von einem ausgeklügelten System alter Baumstämme und moderner Holzbalken abgestützt, und Jean erkannte noch vor den Erklärungen ihres Führers, daß sie sich jetzt unter der Kirche befanden. Die Baustrukturen in diesem weitläufigen Bereich vergegenwärtigten zwei unterschiedliche geschichtliche Epochen. Vor ihnen befand sich eine Reihe römischer Mausoleen, gut erhaltene, kleine Ziegelhäuser, deren Spitzdächer den Anschein erweckten, erst innerhalb der letzten zehn Jahre erbaut worden zu sein. Darüber erhoben sich an einer Seite die Mauerreste der christlichen Kultstätte, die zwei oder drei Jahrhunderte später über den Grabreihen errichtet worden war.
Als Montini die Anlage erklärte, hörte Jean nicht mehr zu. Im Grunde genommen war es ihr egal, ob und wo die Apostel Petrus und Paulus bestattet worden waren. Michael hatte ein gutes Argument angebracht, auch wenn Zeit und Ort seiner theologischen Betrachtungen in ihren Augen alles andere als optimal gewählt gewesen waren. Der Körper zerfiel wieder zu Staub; körperliche Relikte waren lediglich wertlose Kinkerlitzchen wie Kiesel oder Muscheln, die Kinder als Urlaubserinnerungen sammelten. Hatte nicht der Apostel Paulus selbst gesagt: »Doch als ich zum Manne wurde, legte ich alles Kindische ab.«?
Dennoch konnte sie die Anziehungskraft verstehen, die diese wertlosen Überreste der Sterblichkeit ausübten. Die unzugänglich von Fleischmassen umhüllte Seele brauchte konkrete Werte,

an die sie sich halten konnte. Als sie sich unter die niedrigen Holzbohlen des über ihr befindlichen Kirchenbodens hockte, überlief Jean bei der Betrachtung der in das Mauerwerk eingeritzten Botschaften ein Schauer des Mitgefühls. All diese Männer und Frauen waren gekommen, um in unmittelbarer Nähe der Gebeine der Apostel zu beten.

»*Paule ed Petre, petite pro Victore*«, las sie laut vor. Jacqueline, die neben ihr hockte, übersetzte.

»Peter und Paul, betet für Victor. Na, was sagen Sie dazu? Mein bißchen Latein habe ich vor zwanzig Jahren gelernt.«

»Sehr gut«, meldete sich Andy hinter ihnen zu Wort. »Wenn man Jeans Akzent außer acht läßt, ist sie eine brauchbare Altlateinerin, aber so, wie sie die Sprache betont, sträuben sich mir sämtliche Nackenhaare.«

»Dann halte ich besser den Mund«, erwiderte Jacqueline und rückte ihre Brille energisch an ihren angestammten Platz. »Ich vergesse ständig, daß die meisten von Ihnen Latein ebenso gut beherrschen wie Englisch.«

»Das ist eine unserer Arbeitssprachen«, pflichtete ihr Andy bei. »In Ordnung, Mädels, reißt euch endlich los. Es wird Zeit für ein paar heidnische Grabstätten.«

Die anderen befanden sich auf der untersten Ebene vor den Mausoleen. An einer Ziegelfassade befand sich noch immer die gut erhaltene Marmorplatte mit dem Namen des Mannes, der in dieser Gruft bestattet worden war. Während sie die anderen vorwärts drängten, versuchte Jacqueline, die Inschrift zu übersetzen. Sie schien sich hervorragend zu amüsieren; ihr Haar hatte sich gelöst, und ihre Brille glitt ständig zu ihrer Nasenspitze.

»Ich bringe nicht einmal das erste Wort zusammen«, beklagte sie sich. »MCL – ist das eine Jahreszahl?«

»*M* für Marcus«, erklärte Andy. »Marcus Clodius Hermes – so hieß der Bursche.«

»Oh. Verstehe. ›Marcus Clodius Hermes, der‹ – ich hab's! ›Der ... Jahre lebte ...‹ Also, da steht eine Zahl. Eine Minute, römische Ziffern muß ich immer an den Fingern abzählen. ›Der 75 Jahre lebte ...‹«

Ihre Stimme erstarb. Lachend drängte Dana sie weiter; doch Andy, der wesentlich aufmerksamer reagierte, griff nach ihrem Arm. »Jake, was ist los?«

Jacqueline drehte sich zu ihm um. Der Anblick ihres Gesichts ließ Jean zusammenzucken. Sie war weiß wie die Wand und hatte hektische rote Flecken auf beiden Wangen. Locken kringelten sich wie Kupferornamente um ihre Ohren. Sie schenkte weder Andy noch den anderen irgendwelche Beachtung, sondern schob sie beiseite wie lästige Fliegen und stürmte los.

Sie packte Jean bei den Schultern und schüttelte sie. Jean war viel zu erstaunt, als daß sie hätte reagieren können. Ihr Kopf schnellte vor und zurück.

»Ihr neunmalklugen Schlaumeier und eure verfluchte Belesenheit«, stieß Jacqueline zwischen zusammengebissenen Zähnen hervor. »Hier. Papier. Stift. Irgendwo habe ich selbst einen ...«

So hektisch, wie ein Hund einem Hasen nachstellt, durchwühlte sie ihre Tasche. »Zum Teufel, da, nehmen Sie meinen Augenbrauenstift.« Sie drückte ihn in Jeans schlaffe Hand. »Schreiben Sie. Schreiben Sie genau das, was Albert geschrieben hat. Los, machen Sie schon.«

Jean verstand immer noch nicht, auf was sie hinauswollte. Aber sie tat, wie ihr geheißen. Und als sie die Striche dunkel und verschmiert zu Papier gebracht hatte, besaßen sie eine erstaunliche Ähnlichkeit mit dem ungleichmäßigen, von Alberts Finger gezeichneten Symbol. Jacqueline schnappte nach dem Blatt und schwenkte es durch die Luft.

»Das habe ich mir gedacht!«, rief sie. »Wie konnten wir nur so dumm sein ... Es handelt sich nicht um die arabische Ziffer – sondern um das römische Symbol für die Zahl Sieben!«

8

Eine nachdenklich gestimmte Jacqueline wurde sanft, aber entschlossen über die Straße zur Bushaltestelle geleitet. Sie führte immer noch gemurmelte Selbstgespräche. Für Pater Montini, den Jeans Abenteuer verärgert hatte, brachte Jacquelines übererregte Reaktion das Faß endgültig zum Überlaufen. Er war froh, die Gruppe verabschieden und zu seiner Pasta zurückkehren zu können.
Die anderen wußten, wovon Jacqueline sprach; allerdings war Dana diejenige, die ihre unterschwelligen Gefühle in Worte kleidete und meinte, daß sie die ganze Aufregung nicht verstehe.
»Was macht das schon für einen Unterschied? Eine Sieben ist eine Sieben, ob sie nun von einer römischen oder einer arabischen Ziffer dargestellt wird.«
Auf dem schattigen Parkplatz gegenüber der Kirche befand sich ein Stand, wo Getränke verkauft wurden, und alle waren froh, nach ihrem Marsch durch die verstaubten Jahrhunderte eine Erfrischung zu sich nehmen zu können. Wie Pfadfinder auf einer Exkursion standen sie im Kreis und tranken mit Strohhalmen Limonade. Gedankenversunken meinte Andy: »Es macht einen Unterschied. Es liefert den Zusammenhang.«
Jacqueline, die mit gespitzten Lippen und schielendem Blick konzentriert an ihrer Cola nuckelte, sah ihn an.
»Sie sind ein kluges Kerlchen, Andy. Jean, warum haben Sie das –«

»Es war dumm von mir«, gestand Jean. »Aber wie Andy bereits erwähnte, denken wir die meiste Zeit in Latein. Jedes zeitgenössische Dokument, mit dem ich mich beschäftige, ist in lateinischer Sprache abgefaßt – Manuskripte, Inschriften, alles. Selbst die Wandmalereien. Ich bin so daran gewöhnt, diese Schrift vor mir zu sehen . . .«

»Ich weiß. Es tut mir leid, daß ich Sie angeschrien habe. War ich sehr grob zu Ihnen?«

»Als Beschimpfung«, meinte Andy nachdenklich, »war es relativ harmlos. Aber es hatte was Vertrautes.«

»Sei still, Junior«, sagte sein Vater freundlich, aber bestimmt. »Habe ich dir nicht beigebracht, daß man gegenüber einer Dame höflich ist?«

»Jacqueline ist keine Dame.« Ted grinste sie an. »Sie ist eine von uns.«

Jean spürte, wie ihr eine Gänsehaut über den Rücken lief. Aufgrund von Teds anerkennendem Grinsen veränderte sich Jacquelines Gesichtsfarbe, und sie wandte sich ab.

Daraufhin trennten sie sich, und die Mehrheit von ihnen kehrte ans Institut zurück. José mußte noch eine Skizze fertigstellen, und Andy gab zu, daß ihn einige Stunden Arbeit auch nicht umbringen würden. Ted äußerte nichts hinsichtlich seiner Pläne. Als der Bus sie neben dem Kolosseum absetzte, zog er sich mit einem fröhlichen Grinsen zurück und trollte sich über die Via dei Fori Imperiali.

Als sich Jean umdrehte und Michaels Blick bemerkte, war ihr schlagartig klar, was er dachte. Ted hatte den kürzesten Weg zur Piazza Colonna eingeschlagen.

Gemeinsam mit den anderen suchte Jean die Bibliothek auf, aber sie war nicht in der Lage, sich zu konzentrieren. Statt dessen saß sie da und kritzelte willkürlich auf einem Blatt Papier herum. Um diese Uhrzeit – den ermüdend heißen Stunden nach der Mittagspause – befanden sich nur wenige Leute im Lesesaal. Die drei Kunststudenten hatten sich in ihre Studios zurückgezogen und

Andy in sein kleines, spartanisch eingerichtetes Büro. Das durch die großen Fenster einfallende Sonnenlicht machte Jean schläfrig. Grübelnd zeichnete sie strenge byzantinische Figuren auf die Seiten ihres Notizbuchs.

Nach der ganzen Aufregung um Jacquelines Enthüllung konnte sie immer noch nicht erkennen, daß sie irgendwelche Fortschritte gemacht hatten. Welchen Unterschied machte es, ob Alberts letzte Botschaft eine römische oder eine arabische Ziffer dargestellt hatte? Andy hatte irgend etwas über den Zusammenhang erwähnt. Jean begriff; genau wie die anderen, die ständig mit der lateinischen Sprache zu tun hatten, war Albert sicherlich eher geneigt gewesen, dieses Zahlensystem anzuwenden, wenn sich die Sache logischerweise auf römische Dinge bezog. Was genaugenommen gar nichts bedeutete. Heilige, Hügel, Kirchen, viele der anderen abwegigen Ideen, die sie in Erwägung gezogen hatten, waren »römischen« Ursprungs. Und keine dieser Ideen hatte sich in irgendeiner Form als vielversprechender Anfang erwiesen, so daß sie immer noch auf der Stelle traten.

Mißfällig seufzend betrachtete Jean ihre Zeichnung. Unbewußt hatte sie ein Mosaik aus einer der Kirchen in Ravenna zu Papier gebracht – eine lange Reihe heiliger Damen, die mit Ausnahme der sie voneinander unterscheidenden Symbole mehr oder weniger identisch aussahen. Die heilige Agnes mit ihrer Lampe, die heilige Katharina mit ihrem Wagenrad, die heilige Barbara mit ihrem dreifenstrigen Turm ...

Konnte ein tieferer Sinn hinter Alberts Phantastereien über seine heiligen Jungfrauen stecken? Die Ikonographie war ein Sachgebiet, das ihr bestens vertraut sein sollte, da die Heiligen und ihre Symbole als beliebte Motive in mittelalterlichen Mosaiken galten. Aber es gab keine sieben heilige Jungfrauen, es gab Tausende dieser unglückseligen Geschöpfe, wie beispielsweise die heilige Ursula von Köln und ihre zahllosen Mitstreiterinnen. Aber angenommen, Albert hatte weder an deutsche noch an armenische oder an französische Heilige gedacht. Die römischen Heiligen und ihre Kirchen – ließ sich damit etwas anfangen?

Eine Fliege schwirrte an ihr vorüber und ließ sich auf dem Blatt nieder. Jean schlug zu und verfehlte; sie hatte ohnehin nicht treffen wollen. Sie fühlte sich schläfrig, und die summende Fliege und das gleißende Sonnenlicht wirkten wie ein Schlafmittel. Heilige Jungfrauen und römische Kirchen. Das gäbe einen guten Titel für ein Buch ab, ein populärwissenschaftliches Werk über die frühchristliche Archäologie.

Mehr fiel ihr dazu auch nicht ein. Jacqueline, die sich in den letzten Tagen recht verschlossen gegeben hatte, hatte diese beiden Faktoren ebenfalls gegeneinander abgewogen, und Jean nahm an, daß auch sie nichts Wesentliches davon hatte ableiten können. Ihre Ausflüge zur Santa Cecilia und zu den anderen weiblichen Heiligen geweihten Gotteshäusern hatten Jacqueline keinen Kommentar entlocken können. In der Tat hatte sich Jean irgendwann gefragt, ob ihr die Besichtigungstouren lediglich als Vorwand für ihre Gespräche mit den verschiedenen Sündern dienten.

Einen tröstlichen Begleiteffekt hatte ihre Entdeckung an jenem Morgen jedenfalls gehabt. Es war unwahrscheinlich, daß Albert seine sieben Bekannten mit römischen Ziffern katalogisiert hatte. Die sieben Sünder ... Sie verfluchte Andy, daß er sich einen so wenig originellen Namen ausgedacht hatte ...

»He«, raunte ihr Andy ins Ohr. »Wenn du schlafen willst, dann kannst du das auch in deinem Bett.«

»Ich habe nicht geschlafen.« Jean rieb sich die Augen. »Zumindest nicht fest ... Hier wird es von Minute zu Minute heißer.«

»In meinem Büro ist es noch drückender. Wie wär's mit einer Runde Schwimmen?«

»Und dafür den ganzen Weg bis nach Ostia? Ich bin einfach zu erledigt.«

»Vermutlich hat Jake nichts dagegen, wenn wir ihren Pool benutzen. Wir würden ihr ja keine Umstände machen. Oh, verflixt«, entfuhr es Andy. »Das hatte ich ganz vergessen. Vielleicht ist dir gar nicht nach Schwimmen zumute.«

»Na klar doch«, sagte Jean beherzter, als ihr eigentlich zumute

war. »Ich denke nicht, daß es Jacqueline etwas ausmachen würde. Komm, wir fragen die anderen.«
Die anderen waren über die Maßen froh, ihre stickigen Studios verlassen zu können. José lehnte als einziger ab; er blickte kaum von seiner Staffelei auf, als er ihnen mitteilte, daß er mit seiner Skizze vermutlich besser vorankäme, sobald sie ihre nutzlosen Kadaver entfernt hätten. In Ordnung, in Ordnung – er würde sie später zum Abendessen treffen, er würde alles tun, was sie von ihm verlangten – später. Aber jetzt sollten sie nur verschwinden ...
Keineswegs beleidigt, traten sie den Rückzug an. Jeder von ihnen hatte dieses Stadium schon selbst einmal durchgemacht.
Der schnellste Weg zu ihrem Ziel führte sie über die Via Aurelia, die Jean bereits von ihrer abendlichen Autofahrt kannte. Es war ein heißer, staubiger Marsch, und als sie schließlich den Hintereingang von Jacquelines Apartmentkomplex erreicht hatten, schwitzten sie aus allen Poren. Jean wohnte bereits seit einer Woche bei Jacqueline und besaß mittlerweile einen eigenen Schlüssel. Ohne darüber nachzudenken, fuhr sie mit den anderen nach oben und ermahnte sie lediglich zur Ruhe. Da Jacqueline davon ausging, den ganzen Nachmittag allein zu sein, hielt sie vielleicht ein Mittagsschläfchen.
Doch als sie aus dem Fahrstuhl traten, erkannte Jean, daß Jacqueline nicht schlief. Und sie war auch nicht allein. Einige gezischte Kommentare und merkwürdige Raufgeräusche aus dem *salone* warnten sie; gefolgt von den anderen, stürmte sie vor. Dann blieb sie mit erstauntem Blick stehen.
Auf dem Sofa, das man von der Empfangshalle aus sehen konnte, bemühte sich Jacqueline nach Kräften, sich von ihrem Besucher loszureißen. Ihr Gesicht war gerötet und ihr Haar zerzaust. Ihr Begleiter kam Jean bekannt vor. Groß, attraktiv, weltgewandt, elegant gekleidet in einen beigefarbenen Anzug mit dunklem Oberhemd ...
»Kommissar«, entfuhr es Jean mit krächzender Stimme.
»Signorina«, erwiderte di Cavallo resigniert. »Und« – seine Stimme wurde schneidend – »Signori, Signorina ... Sind noch weitere

von Ihnen gekommen? Wie ich sehe, Signora Kirby, sind Sie *molto occupato.*«

»Dafür jedenfalls zu beschäftigt«, sagte Jacqueline, und ihr Mund schnappte zu wie eine Falltür. »Ich muß sagen, Kommissar, daß Ihr Benehmen –«

»Genug«, entgegnete di Cavallo und sprang auf. »Wir haben uns nichts mehr zu sagen. Die Sache ist geklärt. *Buona sera, signora. Arrivederla.*«

Zu ihrem Bedauern fand Jean das Ganze erheiternd. *Arrivederla* ist die formelle Version für das italienische »Auf Wiedersehen«, das Amerikaner eher zufällig und fehlerhaft gebrauchen. *Arrivederci* kommt richtigerweise nur bei guten Freunden, Kindern, Hunden und dem lieben Gott zum Einsatz – sofern man jemals die Gelegenheit erhält, »Auf Wiedersehen, allmächtiger Vater« zu sagen. Di Cavallo hatte völlig korrekt die formelle Floskel in Gegenwart einer Dame angewandt, die resolut verdeutlicht hatte, daß sie eine informelle Beziehung ablehnte. Um Jeans Demoralisierung zu vervollständigen, erhaschte sie einen Blick auf einen winzigen, zerzausten pinkfarbenen Kopf, der unter dem Brokatüberwurf des Sofas hervorlugte. Prinz wirkte eingeschüchtert, was man ihm nicht verübeln konnte; schließlich war sein Kampfgeist als Wachhund wenig ausgeprägt.

Di Cavallo bemerkte Jeans Grinsen, und sein anziehendes Gesicht gefror zu einer Maske der Verärgerung. Als er stolz zum Fahrstuhl schritt, wirkte er zwanzig Zentimeter größer als normalerweise. In der Eingangshalle hatte eindeutig eine Zusammenrottung stattgefunden; sobald ihnen dämmerte, was im *salone* vor sich ging, hatten sich die anderen Eindringlinge wohlweislich zurückgezogen, und jetzt verharrten sie unschlüssig in der Nähe der Tür. Schließlich gelang es di Cavallo, sich den Weg zum Aufzug zu bahnen. Als er ihn betrat, stellte er sich mit dem Rücken zu ihnen, bis sich die Türen geschlossen hatten.

Aufgrund von Jeans Blick verzog Andy sein Gesicht zu einem schadenfrohen Grinsen. Sie zuckte die Schultern und betrat dann zielstrebig den *salone.*

Jacqueline, die ihr zerzaustes Haar glättete, bemerkte unterkühlt: »Tun Sie sich keinen Zwang an. Treten Sie ruhig alle ein.«
»Es tut mir leid«, setzte Jean an.
»Sie hätten wirklich das Recht, uns allen den Marsch zu blasen«, fügte Andy hinzu. »Wir hatten keinen Grund, hier hereinzuplatzen.«
»Mein lieber Junge, entschuldigen Sie sich nicht. Wer weiß«, sagte Jacqueline verträumt, »wovor Sie mich bewahrt haben? Vor einem Schicksal –«
»Das ich dem Tod allemal vorziehen würde«, bemerkte Ann. »Weshalb war er hier, Jake?«
»He, Baby«, sagte Andy und warf seiner Schwester einen erstaunten Blick zu. »Paß auf, was du sagst.«
»Ist schon in Ordnung«, erwiderte Jacqueline. »Er kam vorbei, um mir den letzten Stand der Ermittlungen mitzuteilen. Die Polizei scheint davon auszugehen, daß ich die für diesen Haufen von Schwachköpfen verantwortliche Erwachsene bin. Tut mir leid, wenn ich das sagen muß.«
»Uns tut es leid, daß man Sie da hineingezogen hat«, sagte Andy, der weiterhin seine Schwester fixierte. »Sie waren wirklich verflucht nett, und wir scheinen uns lediglich dahin gehend erkenntlich zu zeigen, daß wir uns in Ihre Privatangelegenheiten einmischen. Ist meine Vermutung richtig, daß der Kommissar das nur als Vorwand benutzt hat, um ... äh ... Ihnen näherzukommen?«
»Ich beziehe mich auf mein Recht der Aussageverweigerung. Wie auch immer, die Selbstmordtheorie hat sich bestätigt. Ich kann mir vorstellen, daß das irgendwie erleichternd ist.«
Fragend blickte sie einen nach dem anderen an. Andy antwortete ihr schließlich.
»Eigentlich nicht. Ich weiß nicht, wie der Rest von euch dazu steht, aber ich habe mir nicht allzuviel Gedanken gemacht. Das klingt vermutlich hart, aber ... nun, es bestand ja auch kaum Zweifel, oder?«
»Jetzt ist es jedenfalls vergangen und vergessen«, sagte Jacqueline.

»Und«, fügte sie in beiläufigem Tonfall hinzu, »mein Rombesuch neigt sich ebenfalls seinem Ende zu. Lise kehrt am Sonntag zurück, und meine Arbeit hier ist beendet. Deshalb werde ich abreisen.«
»O nein«, warf Andy ein. »Das können Sie uns nicht antun. Was sollen wir denn ohne Ihr Mutterimage tun? Und ohne Ihren Swimmingpool?«
»Ihr werdet euer erbärmliches, von Entbehrungen geprägtes Leben wiederaufnehmen müssen«, erwiderte Jacqueline gehässig. »Das hat man davon, wenn man euch langhaarigen Ignoranten einige Annehmlichkeiten verschafft. Ihr seid so dreist, daß ihr sie schließlich als selbstverständlich hinnehmt. Wenn ihr in meinem Alter seid, werdet ihr die Mühen harter Arbeit und gewisse moralische Werte zu schätzen wissen. Ich weiß nicht, was mit dieser Generation los ist. Unmoralische, demotivierte Haschischraucher ... Ann, Schätzchen, schauen Sie mich nicht so an. Ich mache doch nur Spaß.«
Anns betrübtes Gesicht hellte sich auf. Zaghaft blickte sie von einem grinsenden Gesicht zum anderen. Und Andy meinte fröhlich: »Jake verfällt wieder in ihre alte Routine. So geht sie während der Dienstzeit auch mit ihren Studenten um.«
Obgleich Jean das Gefühl hatte, daß ihr jemand einen Tritt in die Magengegend versetzt hatte, zwang sie sich zu einem Lächeln. So sehr sie Jacqueline auch mochte, war es nicht der Verlust des Mutterimages – wie Andy es bezeichnete –, der sie berührte; es war Jacquelines verändertes Verhalten. Niemand, der auch nur einen Funken Mitgefühl oder Verantwortungsbewußtsein besaß, konnte über einen ungeklärten Mord und eine überaus verletzliche Augenzeugin einfach hinweggehen; und Jacqueline mangelte es beileibe nicht an Charakterstärke. Was hatte di Cavallo ihr erzählt, bevor seine männlichen Hormone die Oberhand gewannen? Jean versuchte, rational zu bleiben. Falls sich Jacqueline davon hatte überzeugen lassen, daß ihre Mordtheorie jeglicher Grundlage entbehrte – und keine andere Überlegung hätte ihre Bereitschaft zur Aufgabe erklären können –, dann bestand für

Jean kein Grund zur Besorgnis. Rein verstandesmäßig war sie bereit, das zu glauben, dennoch sträubte sich jede Faser ihres Körpers dagegen.
»Ich ziehe heute aus«, erklärte sie. »Ich hatte nie beabsichtigt, so lange hierzubleiben.«
»Jean«, sagte Ann zögernd. »Du hast einen schlimmen Schock erlitten. Wenn dir das Alleinsein immer noch Probleme bereitet, nehmen Andy und ich dich gern bei uns auf.«
»Besonders Andy«, bemerkte besagter Gentleman mit einem anzüglichen Grinsen. »Nein, im Ernst, mein Schatz – Ann hat recht. Du bist dir gar nicht im klaren darüber, wie lange die Auswirkungen eines Schocks anhalten können. Ich weiß es. Ann hat es schon einmal durchgemacht. Selbstmord – ein Freund von uns. Monatelang ist sie kühl und gelassen darüber hinweggegangen, und dann – bumm – hat es sie eiskalt erwischt. Eine ganze Weile war sie wie weggetreten.«
Jean wagte nicht, Ann anzusehen. Das Mädchen hatte nie von diesem Vorfall gesprochen, und Jean nahm Andy dessen plötzliche Erwähnung übel, auch wenn er es vielleicht nett gemeint hatte. Ann hatte sich rasch wieder gefaßt. Nach einem harschen, unbeherrschten Einwurf des Protests sagte sie schließlich mit ruhiger Stimme: »Er hat recht, Jean. Auch wenn dir die Vorstellung vielleicht nicht behagt, mit einer ... einer Verrückten zusammenzuziehen.«
»Bausch die Sache nicht so auf«, entgegnete Michael, noch bevor Andy protestierten konnte. »Du bist nicht die einzige.«
»Die den Selbstmord eines Freundes miterlebt hat?«
»Ach das. Schau, Schätzchen, in meinem Genre fallen sie wie die Fliegen von den Wänden. Künstler mit mangelndem Selbstbewußtsein, weißt du. Nein, ich wollte damit zum Ausdruck bringen, daß du nicht die einzige bist, die eine Zeitlang die Couch irgendeines verfluchten Seelenklempners frequentiert hat. Das ist heute an der Tagesordnung. In gewisser Weise haben wir alle einen kleinen Dachschaden. Ist dir das noch nicht aufgefallen?«
»Es besteht absolut keine Veranlassung, daß sich Jean jetzt gleich

entscheidet«, bemerkte Jacqueline. »Sie können ebensogut bis Sonntag bleiben, Jean, und mit mir zusammen ausziehen. Vor morgen können Sie ohnehin nicht weg. Ich veranstalte eine Party. Meine Abschiedsparty.«

»Großartig«, meinte Andy begeistert. »Wann, morgen abend? Und wir sind alle eingeladen?«

»Selbstverständlich. Sagen Sie es bitte auch den anderen, ja?«

»Kann ich meinen Daddy mitbringen?« fragte Andy in süffisantem Tonfall.

»Das hoffe ich sogar. Es wird eine Kostümparty. Würde das Dr. Scoville etwas ausmachen?«

»Er ist der größte Schmierenkomödiant von ganz Europa. Was meinen Sie, woher ich das weiß? Vermutlich wird er als Pharao auftauchen wollen; das ist seine Lieblingsverkleidung. Gibt ihm die Gelegenheit, seine Muskeln spielen zu lassen.«

»Aber ich glaube, wir haben keine –«, fing Ann an.

»Ich werde mir etwas ausdenken«, räumte ihr Bruder ihre Einwände aus. »Es soll eine Überraschung werden.«

»Eine Überraschung«, wiederholte Jacqueline. Sie beugte sich vor und fing an, in ihrer Tasche herumzuwühlen, die unübersehbar auf dem Boden zu ihren Füßen stand. Jean hatte ihr Gesicht jedoch schon wahrgenommen, bevor sie es zu verbergen versuchte, und ihre plötzliche Blässe erklärte der jungen Frau sämtliche Zusammenhänge. Das Gespräch, die Party, di Cavallos Besuch – das alles war Teil eines umfassenderen Plans. Und die Durchführung bereitete der Frau, die diesen Plan noch dazu selbst ausgearbeitet hatte, Kopfzerbrechen.

Jacqueline begleitete sie nicht zum Pool, sondern setzte sich auf den Balkon, um jede ihrer Bewegungen zu beobachten. Jean war sich der Überwindung nicht bewußt gewesen; doch als sie schließlich das kühle Naß aufsuchen wollte, kostete es sie unglaubliche Willenskraft, ihren Körper zu bezwingen. Langsam am Beckenrand schwimmend, ließ sie die Balkonbrüstung keine Sekunde lang aus den Augen, und die anderen unterließen taktvoll jedwede Äußerung über ihre Vorsicht.

Als sie sich von Jacqueline verabschiedeten, machte diese sich gerade ausgehfertig. Jean überlegte, mit wem sie wohl zu Abend aß, fragte aber selbstverständlich nicht danach. Es war ohnehin egoistisch von ihnen gewesen, davon auszugehen, daß sie keine weiteren Freunde in Rom besaß.
Ihr eigenes Abendessen verlief ruhig. Alle wirkten bedrückt, und als José zu ihnen stieß und von Jacquelines Plänen erfuhr, reagierte er lediglich mit einem Schulterzucken auf diese Nachricht. Zu Jeans Erstaunen schien ihm die Vorstellung von einer Kostümparty irgendwie zu gefallen.
»Ich denke«, sagte er, während er seine Fingerspitzen an seine Schläfen preßte, »daß ich mir etwas einfallen lassen werde.«
»Warum gehst du nicht als Torquemada?« fragte Andy. »Das wäre doch passend.«
Während der sich daran anschließenden Auseinandersetzung drehte sich Jean zu Michael um. Er beschäftigte sich wieder mit einer seiner Skizzen. Sie versuchte, einen Blick auf seine Zeichnung zu erhaschen, woraufhin er kopfschüttelnd seinen Block umdrehte.
»Warte, bis sie fertig ist.«
»Welches Kostüm wirst du tragen?« wollte Jean wissen.
»Keine Ahnung.«
»Rasier dich einfach morgen nicht«, schlug Andy vor. »Dann kannst du als Clochard auftauchen. Mit deinen üblichen Klamotten, ganz klar.«
»Heute abend bist du noch gemeiner als sonst«, stellte Jean mit Bewunderung fest.
»Mikes elegante Garderobe hat mich schon immer genervt«, lautete die Antwort.
Michael sah von seinem Skizzenblock auf, um seinen Freund mißfällig zu mustern. »Niemand, der ein Hemd mit pinkfarbenem Blumendruck und dazu cinc Kette aus blauen Liebesperlen trägt, besitzt das Recht, meine Kleidung zu kritisieren.«
»Was ist mit mir?« fragte Jean, um einer weiteren Auseinandersetzung vorzugreifen. »Hast du für mich auch einen gelungenen Vorschlag?«

Während er sie betrachtete, entspannten Andys Gesichtszüge. »Komm als Heilige«, sagte er. »Fast jede Heilige würde passen.« Michael entfuhr ein seltsam gepreßter Laut.

Einvernehmlich brachen sie an diesem Abend früh auf. José hatte irgendeine komplizierte Vorstellung von einem Kostüm, die umgehend in die Tat umgesetzt werden mußte, und die anderen beabsichtigten, Ted und Dana zu überraschen, um ihnen von der Party zu berichten. Jean hatte gehofft, daß sie sich in alle Himmelsrichtungen zerstreuten, bevor sie aktiv wurde. Doch sie hingen an ihr wie die Kletten, so daß sie sich schließlich zu einer Reaktion gezwungen sah. Sie hielt ein Taxi an.

Andy kommentierte diese Geste mit unflätigen Kommentaren über die Reichen. Jeans Retourkutsche war fadenscheinig, doch dieses eine, Jacqueline gegebene Versprechen wollte sie unbedingt einhalten.

Michael öffnete die Taxitür für sie. Als er zurücktrat, spürte Jean, wie etwas in ihren Schoß flatterte. Das Blatt Papier war mehrfach gefaltet, doch ihr war klar, daß es sich um eine von Michaels Zeichnungen handeln mußte. Da das Taxi nur schwach beleuchtet war, versuchte sie erst gar nicht, einen Blick darauf zu werfen.

Es war noch früh; von einer offiziellen Einladung zum Abendessen würde Jacqueline sicherlich nicht so bald zurückkehren. Doch als sich Jean überwand, den dunklen Flur zu betreten, bemerkte sie, daß das Apartment nicht verlassen war. In der Eingangshalle brannte Licht, und aus der Küche drangen Geräusche. Zögernd hielt sie weiterhin die Aufzugtür geöffnet. Dann schlurften Schritte durch den Flur. Jacquelines Erscheinungsbild paßte zu ihrem mutlos schlurfenden Gang. Sie trug einen zerschlissenen Baumwollmorgenmantel, und ihr Gesicht war von Anspannung gezeichnet.

Jean trat aus dem Aufzug, und die Tür schloß sich hinter ihr.

»Wieso sind Sie so früh zurückgekommen?«

»Es handelte sich um ein Geschäftsessen«, bemerkte Jacqueline mit einem seltsamen Zucken in den Mundwinkeln. »Haben Sie ein Taxi genommen?«

»Ja. Werden Sie mir verraten, was hier vor sich geht?«
Jacqueline ließ sich in einen Sessel fallen. »Ich denke, das habe ich bereits getan«, erwiderte sie.
Jean setzte sich, und der Pudel hopste durch das Zimmer und legte sich ihr zu Füßen. Die Schiebetüren zum Balkon standen offen; ein leichter Windhauch drang ins Innere und trug den Duft der Pinien und das leise Rauschen der Zweige in den Raum. Die Geräusche und Gerüche und Empfindungen vermischten sich zu einem Gesamteindruck, der diese italienischen Nächte unvergessen machte. Genau wie gleißendes Sonnenlicht auf von alten Häusern gesäumten, stickigen Straßen immer die Nostalgie Roms an einem Sommertag heraufbeschwören würde. Das alles möchte ich in schöner Erinnerung behalten, dachte Jean. Aber das wird mir nicht gelingen. Alles wird von Alpträumen überschattet werden, solange nicht...
»Dann haben Sie Ihre Meinung also nicht geändert«, sagte sie. »Hinsichtlich Alberts Tod.«
»Nein. Dachten Sie, ich ließe Sie im Stich? Ich fühle mich getroffen.«
»Davon ging ich eigentlich nicht aus. Grundsätzlich habe ich mich gefragt, ob der Besuch des Kommissars nicht doch mehr als rein zufälliger Natur war.«
»Schauen Sie«, meinte Jacqueline ausweichend. »Ich gebe mich nicht geheimnisvoll, weil es mir Spaß macht. Ich habe meine Gründe dafür. Machen Sie sich einfach keine Sorgen. Ihnen passiert nichts ... Was ist das denn?«
»Eine von Michaels Zeichnungen, glaube ich. Er hat sie mir heute abend geschenkt.«
Als Jacqueline fragend eine Braue hochzog, nickte Jean. Jacqueline breitete das Blatt Papier auf dem Couchtisch aus. Die plötzliche Anspannung ihrer Schultern weckte Jeans Neugier. Sie beugte sich vor, um sich die Zeichnung anzusehen.
Sie war hervorragend, eines der besten Werke, die Michael jemals zustande gebracht hatte – und eines der erschütterndsten. Sie unterschied sich erheblich von seiner normalerweise schnellen

Skizzentechnik; die Figuren waren klein, die Details präzise dargestellt. Und Jean hielt für Sekundenbruchteile den Atem an, denn das Motiv war ähnlich dem, das sie an jenem Tag zu Papier gebracht hatte.

Genau wie ihre Zeichnung stellte Michaels Skizze eine gleichförmige Reihe byzantinischer Heiliger dar. Oder ... Sünder? Es waren sieben. Bei den Gesichtern handelte es sich um hervorragend gelungene Miniaturporträts, doch es waren die Einzelheiten der Kleidung und der Symbolik, die Jean nachdenklich stimmten.

Wie alle Menschen studierte sie zunächst ihre eigene Darstellung. Ihre erste Reaktion war positiv. Michael hatte ihr geschmeichelt, es war ein hübsches kleines Gesicht, herzförmig, mit ihrem verschmitzten Lächeln. Er hatte sie als heilige Agnes dargestellt, mit einem Lamm zu ihren Füßen ... Mit einem belustigten und gleichzeitig verärgerten Schnauben richtete Jean sich auf. Das Lamm trug ebenfalls ihre Gesichtszüge. Selbst als sie es näher betrachtete, begriff sie nicht, wie Michael das gelungen war; der Kopf war der eines jungen Schafes mit Maul, Ohren und allem, was dazugehört, und doch erinnerte er gleichzeitig an ihr Gesicht.

Dana war Maria Magdalena. Das Motiv fand sich häufiger in der Kunst der Renaissance mit ihrer Vorliebe für den nackten Körper, doch Michael war eine herrliche Karikatur des steifen byzantinischen Stils gelungen, mit einer langen, wallenden Haarpracht, die mehr zeigte, als sie verhüllte, und der falschen Sittsamkeit der kleinen, weichen Hände.

Ann war eine weitere heilige Jungfrau. Michael hatte es gut mit ihr gemeint – das dachte Jean zumindest so lange, bis sie das Gesicht genauer betrachtet hatte. Das Gesicht hätte zu einer Heiligen gepaßt, die den Märtyrertod erlitt; hinter der scheinbaren Gelassenheit verbargen sich qualvolle Züge. Jean mußte erst nach dem Symbol Ausschau halten, ehe sie die Dame zuordnen konnte. Es handelte sich um die heilige Barbara, die den dreifenstrigen Turm trug, in den sie ihr hinterhältiger Vater eingesperrt hatte, bevor er sie den Folterknechten als widerspenstige Christin auslieferte.

Die Rüstung und die Lanze mit ihrem blutigen Drachenkopf identifizierten Andy eindeutig als den mutigen Heiligen namens Georg. Sah Michael in ihm tatsächlich einen Drachentöter? Ted gab einen glaubwürdigen heiligen Stephan ab; er hatte den ersten Stein bereits in der erhobenen Hand, und sein hochmütig erhabener Blick hätte jede Menschenmenge dazu provoziert, ihn zu steinigen.

Bei José war die Zuordnung schon schwieriger. Er trug Bischofsgewand und -stab, doch die höhere Geistlichkeit hat eine ganze Reihe von Heiligen hervorgebracht. Allerdings gaben sein konzentrierter Gesichtsausdruck und das von ihm getragene Buch Jean unschwer zu erkennen, daß es sich um den heiligen Augustin handelte, der einmal bemerkt hatte: »Gott, verleihe mir Keuschheit – aber noch nicht.« Das war wirklich gemein von Michael gewesen. Die Augen unter Josés nachdenklich zusammengezogenen Brauen spiegelten einen Glanz, der Augustins vorausgegangenen Lebenswandel dokumentierte.

Ans Ende der Prozession hatte Michael sein Selbstbildnis gesetzt, und nach einem ersten Kichern zogen sich Jeans Mundwinkel nach unten, und sie verzieh ihm seinen beißenden Zynismus gegenüber den anderen. Ausgezehrt, häßlich, mit wildem Blick, handelte es sich um die abscheulichste Darstellung von Johannes dem Täufer, die Jean jemals gesehen hatte. Aus seinem ausgemergelten Körper traten die Rippen hervor, und das struppige Haar umrahmte ein Gesicht, das dem Wahnsinn nahe war.

Die Prozession bestand aus den sieben Sündern, doch zwei weitere Gestalten verharrten im Hintergrund. Jean blickte zu Jacqueline. Bislang hatte ihre Gastgeberin keine nennenswerte Äußerung hinsichtlich ihrer Religionsauffassung gemacht, doch das Bildnis, das Jacquelines Gesichtszüge trug, hätte man für leicht blasphemisch halten können. Das wallende Haar umrahmte ein Gesicht, das weder jungfräulich noch mütterlich war – zumindest nicht im Sinne der mütterlichen Idealvorstellung, die diese Figur vermutlich verkörpern sollte. Jean hatte diesen Gesichtsausdruck schon auf dem Gesicht ihrer eigenen Mutter wahrgenommen, allerdings in Situationen, an die sie sich nur ungern erinnerte. Die Gestalt trug eine Krone, die schief auf einem Ohr hing, und ihr Heiligenschein hatte Risse.

Mit gemischten Gefühlen blickte Jean zu der Darstellung, die Michael Scoville zugedacht hatte. Irgendein Anflug von Anstand hatte ihn davon abgehalten, diesen Herrn in eine der vorgegebenen Rollen zu drängen – oder er sah in Scoville kein zu veranschaulichendes, heiliges Wesen. Zunächst konnte sich Jean keinen Reim darauf machen, was der Professor anderes darstellen sollte als einen römischen Gentleman mit kunstfertig drapierter Toga. Dann fiel ihr Blick auf das, was unter dem Saum der Toga hervorlugte, und als sie die Locken auf der Stirn der Gestalt genauer betrachtete, hielt sie erneut den Atem an. Das ging wirklich zu weit. Scoville war vielleicht – genau wie alle anderen – ein Sünder, aber ihn zum König der Sünder abzustempeln, war eine Dreistigkeit.

»Der Junge ist phantastisch«, murmelte Jacqueline. »Ich habe bislang noch keine seiner ernsten Arbeiten gesehen, aber allein schon damit könnte er eine Menge Preise gewinnen.«

»Es ist grausam«, meinte Jean.

»Das war Hogarth auch. Und Daumier.«

»Sie meinen, daß er so gut ist?«

»Gütiger Himmel, ja. Dazu gehört mehr als technisches Können. Die berühmten Karikaturisten haben ein Gespür für außersinnliche Wahrnehmungen. Sie sehen durch die Menschen hindurch.«

»Das tut er. Obwohl ich einige dieser Darstellungen nicht verstehe. Ihre … verzeihen Sie …«

»Sie treibt mich zur Verzweiflung«, gestand Jacqueline. »Ich wußte nicht, daß ich so leicht zu durchschauen bin. Wie steht es mit Ihrer?«

»Irgendwie finde ich sie lustig«, gab Jean zu. »Aber ich verstehe sie nicht, oder ich bin eine Verrückte – wenn ich sie richtig interpretiere.«

»Es gibt Schlimmeres, als mit einem wolligen Lamm verglichen zu werden. Heben Sie die Zeichnung gut auf, Jean. Oder ... soll ich sie für Sie aufheben? Darf ich?«

»Sie können Sie behalten«, sagte Jean. »Als Souvenir.«

Jacqueline zuckte zusammen. »Ich denke, ich ziehe einen auffälligen kupfernen Briefbeschwerer in Gestalt des heiligen Petrus vor. Oder ein rotes Seidenkissen mit den eingestickten Buchstaben ›*Arrivederci Roma*‹. Irgend etwas Hübsches und Bedeutungsloses.«

»Ich weiß«, meinte Jean betrübt. »Er ist nicht eben schmeichelhaft mit Ihnen –« Sie brach ab und blickte die Zeichnung mit neu erwachtem Interesse an. »Soll das heißen, daß diese Skizze irgendeine Bedeutung –«

»Ich sage nichts mehr. Ich bin einfach zu geschafft.« Jacqueline erhob sich. Jean fiel auf, daß sie die Zeichnung mit spitzen Fingern festhielt, so als würde sie sich ansonsten daran verbrennen. »Gehen wir schlafen. Glauben Sie mir, wir haben es dringend nötig.«

9

Der Tag der Party schien strahlend hell und heiß zu werden. Die stickige Luft weckte Jean bereits bei Sonnenaufgang. Sie strampelte die Bettdecke weg, die sie einhüllte, und wälzte ihren schwitzenden Körper an eine kühlere Stelle. Dabei störte sie Nefertiti, deren anschmiegsame Lage unter ihren Knien nicht unbedingt zu einer Verringerung der Temperatur beigetragen hatte. Die Katze streckte sich fauchend und trollte sich. Jean blickte zu dem anderen Bett. Die Bettdecke war zurückgeworfen, und Jacqueline war verschwunden.

Erschöpft schlief sie nach kurzem Nachdenken erneut ein. Als sie schließlich erwachte, stand die Sonne hoch am Himmel, und im Raum war es noch heißer geworden. Die Fensterläden waren geschlossen; breite Lichtstreifen durchtrennten die Dunkelheit.

Jean schlenderte in den *salone,* der heller und kühler war. Dort fand sie Jacqueline bereits fertig angekleidet beim Kaffee vor. Die »tüchtige Bibliothekarin« hatte erneut die Oberhand gewonnen; Jacquelines Augen lagen tief in ihren Höhlen, als hätte sie nicht gut geschlafen, doch ihr Mund war energisch zusammengekniffen, und die Brille thronte fest auf ihrer Nasenwurzel.

»Sie wirken irgendwie mitgenommen«, bemerkte Jacqueline kritisch. »Haben Sie schlecht geschlafen?«

»Ich hatte einen schlimmen Traum«, erwiderte Jean. Sie erschauerte. »Wirklich schlimm. Ich bin immer noch völlig geschafft.«

»Hier, nehmen Sie einen Kaffee. Wovon handelte er denn?«

»Ich habe geträumt, ich wäre der heiligen Agnes begegnet«, sagte Jean und griff nach der angebotenen Tasse, »die über die Via Nomentana schlenderte.«

»Die Via –«

»Nomentana. Das ist die Straße, auf der sich ihre Kirche befindet, die außerhalb der Stadtmauern. Mir war klar, daß es sich um die Nomentana handeln mußte, obwohl sie vollkommen anders aussah als heute. Sie wirkte eher wie eine Landstraße und war mit diesen riesigen dunklen Steinquadern bedeckt, wie man sie auch heute noch teilweise auf der Via Appica Antica findet. Bäume säumten die Straße – dunkle, schattige Zypressen und Pinien und Mimosen. Bäume und Grabstätten. Bei manchen handelte es sich um Mausoleen aus Ziegelmauerwerk und bei anderen um große, prachtvolle Bauwerke aus weißem Marmor. Und dann trat sie ... sie trat aus einem Eingang, der in die Erde führte. Wie die Eingänge zu den Katakomben.« Jean nippte an ihrem Kaffee und fuhr mit tonloser Stimme fort: »Sie trug ihren Kopf unter ihrem Arm.«

»Sie haben eine lebhafte Vorstellungskraft«, bemerkte Jacqueline. »Man hatte ihr doch den Kopf abgeschlagen, nicht wahr? Und Sie wissen, woher Sie den Impuls für diese –«

»Natürlich weiß ich das. Zum Teufel mit Michael und seinen Zeichnungen ... Aber selbst wenn Sie schon einmal von Alpträumen heimgesucht worden sind, dieser hier war noch viel schlimmer als in meiner Beschreibung. Während meines Traums war ich wie gelähmt vor Entsetzen. Ich meine, sie sah nicht gräßlich aus, und da war auch kein Blut. Aber selbst das wäre vermutlich noch erträglich gewesen. Er – der Kopf – grinste mich an. Und zwinkerte mit einem Auge.«

»Das reicht«, beeilte sich Jacqueline zu sagen.

»Ich weiß, es klingt nicht –«

»Es klingt grauenvoll. Denken Sie nicht mehr daran. Wir haben noch eine Menge zu tun. Einkaufen, Kochen, Saubermachen – und außerdem müssen wir uns noch zwei Kostüme einfallen lassen.«

Von da an blieb Jean keine Zeit mehr zum Grübeln – und zum Fragenstellen. Das gesamte Apartment mußte gesäubert werden, und das bedeutete Böden schrubben, polieren und so weiter. Jacqueline gab freimütig zu, daß sie nur sporadisch saubergemacht hatte, und da das Hausfaktotum ihrer Freundin ebenfalls Urlaub machte, befand sich das Apartment in einem Zustand, über den eine überkritische schweizerische Dame mit Recht verstimmt gewesen wäre. Vor Lises Rückkehr mußte das Apartment blitzsauber sein, und auch wenn ein Teil der Arbeit nach der Party erneut anfiel, ließ sich die schlimmste Plackerei doch genausogut im Vorfeld erledigen.

Gegen Nachmittag hatten sie einen Großteil der Arbeit bewältigt, einschließlich der Vorbereitungen für das Büfett. Jean hatte das Gefühl, Tausende dieser winzigen Kanapees fertiggestellt zu haben. Sie wollte gerade kapitulieren, als Jacqueline sie daran erinnerte, daß sie noch nichts hinsichtlich ihrer Kostümierung unternommen hatten.

Jeans Reaktion war niederschmetternd.

»Ich komme nicht umhin, ein Kostüm zu tragen«, wandte Jacqueline ein. »Schließlich stammte die Idee von mir.«

»Ich kann mir nicht erklären, wie Sie auf diese Idee verfallen konnten«, stöhnte Jean. »Können wir denn nichts mit einem Bettuch arrangieren? Eine hübsche Toga beispielsweise.«

»Nein, mit Lises Bettlaken ist das ausgeschlossen. Haben Sie schon jemals versucht, ein Bettlaken in etwas zu verwandeln, was auch nur annähernd einem menschlichen Bekleidungsstück einer bestimmten Epoche ähnelt? Ich habe mir schon Halloween-Kostüme ausgedacht, da lebten Sie noch gar nicht, und glauben Sie mir, das einfachste ist immer noch, ins nächste Kaufhaus zu gehen und ein Kostüm zu kaufen. Kommen Sie, wir machen uns auf den Weg.«

Unter heftigem Protest wurde Jean mitgeschleift. In einem römischen Kaufhaus fanden sie sich in der Abteilung für Kunsthandwerk und Souvenirs wieder. Mißmutig blickte Jean auf eine Reihe Kissen mit dem Aufdruck *»Arrivederci Roma«*.

»Was schwebt Ihnen vor?« fragte sie.
»Sie könnten sich als Gondoliere verkleiden«, sagte Jacqueline, während sie einen Strohhut mit einem langen roten Band begutachtete. »Sie besitzen eine blaue Hose; alles, was Ihnen noch fehlt, ist dieser Hut und eins von diesen rotweiß geringelten Hemden.«
»In Ordnung; ich nehm' das. Wie steht's mit Ihnen? Sie könnten die Heilige Jungfrau darstellen.« Jean deutete auf einen Tresen, wo Stoffe verkauft wurden. »Vier Meter von dem blauen ...«
»Das war ich bereits. Als vierte Besetzung in der Weihnachtsgeschichte. Ich befürchte, der Part paßt nicht mehr zu mir.«
»Wie wär's mit Lady Godiva? Es wäre schade, wenn Ihr schönes Haar nicht zur Geltung käme. Oder Rapunzel.«
»Es ist eine Schande«, erwiderte Jacqueline mit Bedauern, »daß ausschließlich Heilige, Märchengestalten und die Darsteller in *Hair* ihre Mähnen lang und offen tragen. Ach, zum Teufel damit. Wir kaufen ein paar Meter Leinenstoff, und ich werde mir eine Toga – beziehungsweise das weibliche Gegenstück – umdrapieren. Lise besitzt mit Sicherheit Bücher, in denen das gezeigt wird.«
Es gab Bücher, aber sie zeigten lediglich das fertige Produkt, und als die beiden schließlich Jacquelines *palla* – das weibliche Äquivalent – zu ihrer Zufriedenheit arrangiert hatten, konnten sie sich vor Lachen nicht mehr halten. Dennoch war die Wirkung optimal, und Jacquelines rotgoldener Kopfputz ließ sie recht königlich erscheinen. Als sie noch überlegten, welche Herrscherin sie darstellen könnte, klingelte es. Die ersten Gäste trafen ein.
Es waren drei. Die Scovilles waren *en famille* gekommen. Professor Scoville, der einen Regenmantel und einen einfältigen Gesichtsausdruck zur Schau trug, fragte nach einem Zimmer, in dem er sich umziehen konnte. Als er zurückkehrte, trafen sich Andys und Jeans Blicke, und er zwinkerte ihr unverhohlen zu. Wie vorausgesagt, war Scoville als ägyptischer Pharao aufgekreuzt. Der breite, mit Straßsteinen besetzte Kragen betonte seine muskulöse Brust und seine Schulterpartie, und die kurze

Tunika gab den Blick auf Beine frei, die zwar ziemlich behaart, aber keineswegs dürr oder untrainiert waren.
Ann und Andy hatten die Kostümierung ihrer Namensvettern gewählt, der berühmten Raggedy-Zwillinge. Jean konnte sich lebhaft vorstellen, daß sie auf der Strecke zu Jacqueline selbst in Rom, dessen Bewohner phantasievolle Aufmachungen gewohnt waren, für beträchtliche Aufmerksamkeit gesorgt hatten. Das hätte Andy mit Sicherheit nichts ausgemacht, aber Jean fragte sich, wie er seine Schwester überredet hatte, sich in der Öffentlichkeit mit Raggedy-Anns bunt bemaltem Gesicht zu zeigen.
»Bei unserem Haar war das unvermeidlich«, erklärte Andy, während er den leuchtenden Schopf seiner Schwester zerzauste. »Wir brauchten nicht einmal Perücken.«
Die anderen trafen kurz darauf ein, und es war belustigend, sich die von ihnen gewählten Kostüme anzusehen. Michael hatte Andys scherzhaften Affront wörtlich genommen; er hatte ohnehin einen starken Bartwuchs, und unrasiert wirkte er noch ungepflegter. Er trug eine halbvolle Flasche Wein bei sich und schien davon auszugehen, daß das für eine gelungene Verkleidung völlig ausreichte.
José war Montezuma, originalgetreu mit einem Umhang aus (imitierten) Federn. Er weigerte sich, eine Erklärung dafür zu liefern, wo er das Kostüm aufgetrieben hatte, trotzdem war es großartig. Ted, der sich ein Wams und Gamaschen aus dem Laienspielfundus eines Freundes ausgeliehen hatte, reagierte umgehend und behauptete, Cortes zu verkörpern. Mit einem geborgten Augenbrauenstift malte er sich einen schwarzen spanischen Schnauzbart an und schlenderte Arm in Arm mit dem Aztekenfürst davon.
Jean ging davon aus, daß Dana als letzte eintraf und daß ihr Kostüm knapp und sexy sein würde. Womit sie nicht gerechnet hatte, war, daß Dana einen Verehrer anschleppte.
»Ich wußte, es würde Ihnen nichts ausmachen«, flötete sie und warf Jacqueline einen siegessicheren Blick zu. »Ihr erinnert euch doch alle an Giovanni, nicht wahr?«

Sie war natürlich Kleopatra. Und ihr Marcus Antonius war niemand anderer als Kommissar di Cavallo.
Sein Auftauchen ließ die Gruppe für Sekundenbruchteile erstarren. Schließlich packte Jacqueline die Gelegenheit beim Schopf und begrüßte ihren Gast mit unterkühltem Charme. Innerhalb kürzester Zeit entwickelte sich der Kommissar zu dem, was gemeinhin als Stimmungskanone einer Party bezeichnet wird. Er sang, begleitete sich auf Andys Gitarre, scherzte mit José und diskutierte mit Scoville über den illegalen Antiquitätenhandel. Gegen Mitternacht war die Party in vollem Gange, und alle schienen sich hervorragend zu amüsieren.
Außer Jean. Von Anfang an hatte sie der Party mißtrauisch gegenübergestanden, und di Cavallos Auftauchen bestätigte ihren Verdacht. Er sah großartig aus in seiner blütenweißen Toga, doch Jean war klar, daß er eine absolute Fehlbesetzung darstellte. Marcus Antonius, der starke, tapfere Feldherr, dessen Leidenschaft für eine Frau seinen beruflichen Ehrgeiz außer Kraft gesetzt hatte, war nicht die richtige Rolle für diesen Mann. Jean fiel sogleich das kalte, anziehende Gesicht ein, daß so viele Statuen Roms ziert: Augustus, der enigmatischste aller julianischen Herrscher, der Mann, der zeit seines Lebens mit Intelligenz und Kalkül regiert hatte.
Exakt um Mitternacht klopfte di Cavallo auf den Tisch und sprach sich für einen Toast aus. Die Stimmung war auf dem Höhepunkt, und deshalb dauerte es mehrere Minuten, bis sich alle mit ihren Weingläsern zu ihm gesellt hatten. Josés Kopfschmuck war auf seinen Hinterkopf gerutscht und Teds Schnurrbart übel verschmiert. Scoville war eingeschnappt; er hatte den ganzen Abend erfolglos versucht, Jacqueline auf den Balkon zu entführen. Jetzt versammelten sich alle um den großen Tisch im Eßbereich des *salone*, und di Cavallo entkorkte eine neue Flasche.
»Ein Toast auf eine entzückende und charmante Dame«, sagte er mit erhobenem Glas. »Unsere Gastgeberin.«
Sie tranken. Di Cavallo schenkte nach.

»Wir danken ihr«, bemerkte er mit getragener Stimme, »für einen unvergeßlichen Abend. Für diese Kostümparty. Und nun, meine Freunde, ist die Maskerade fast vorbei.«
Der veränderte Klang seiner Stimme ließ sie hellhörig werden, selbst Scoville, der dem Wein mehr zugesprochen hatte als alle anderen. Einer nach dem anderen strafften sie ihre entspannte Haltung, bis sie schließlich erstarrt dasaßen und den Mann fixierten, der am Kopf des Tisches stand.
»Die Maskerade ist vorbei«, wiederholte di Cavallo. Die von Jean bemerkte Ähnlichkeit war unzweifelhaft vorhanden; sein Gesicht wirkte kalt und attraktiv und ziemlich skrupellos. »Einige von Ihnen haben sich vielleicht vom Anlaß dieser Abendveranstaltung täuschen lassen. Dennoch denke ich, daß Sie alle im Grunde Ihres Herzens nie wirklich irrezuführen waren. Sie kannten die Wahrheit und haben aus einer Reihe unterschiedlicher Gründe versucht, sie sogar vor sich selbst zu verbergen. Aber die Wahrheit bleibt nie verborgen. Jetzt wird es Zeit, daß sie ans Licht kommt. Höchste Zeit.«
Di Cavallo genoß die Situation. Sein Gesichtsausdruck hatte nichts von seiner unterkühlten Ruhe verloren, doch Jean spürte auch einen Anflug von Sadismus dahinter. Er erhob die Stimme.
»Unter Vortäuschung falscher Tatsachen hier aufzutauchen war sicherlich nicht die Glanzleistung eines Ehrenmannes. Aber ich empfinde keine Reue. Denn mit meinen einfachen Mitteln diene ich der Gerechtigkeit, und der Gerechtigkeit, meine Freunde, fällt das Ehrgefühl gelegentlich zum Opfer. Trotzdem kann ich die Enthüllung der Wahrheit nicht für mich beanspruchen. Diese Ausführungen liegen in anderer Hand, und es ist an ihr, sie Ihnen jetzt darzulegen.«
Seine ausgestreckte Hand deutete auf Jacqueline. Mit einer königlichen Geste raffte er die Falten seines Gewandes und setzte sich.
Jacqueline hatte ihre Hände locker um den Stiel ihres Weinglases gelegt, und ihre Augen fixierten die dunkelrote Flüssigkeit. Ihr

Gesicht war so weiß wie das Gewand, doch ihre Stimme war vollkommen fest, als sie mit ihren Ausführungen begann.
»Der Kommissar traut mir einfach zuviel zu – wenn ich das einmal so nennen darf. Aber ich habe nicht vor, über Verantwortung oder Fehler, Ehrgefühl oder Gerechtigkeit zu sprechen. Das hier mußte einfach geschehen. Ob es mir gefällt oder nicht, spielt keine Rolle. In jeder menschlichen Zivilisation, in jeder uns bekannten Kultur gibt es ein Vergehen, das als Kapitalverbrechen angesehen und von daher mit der Höchststrafe geahndet wird. In dieser Hinsicht handelt die menschliche Ethik einmütig. Mord lautet dieses schändliche Vergehen.«
Sie blickte auf. Sie war immer noch sehr blaß, doch ihr Gesicht war von der gleichen Härte gezeichnet, die Jean auch bei di Cavallo bemerkt hatte. Unruhe machte sich unter den schweigend am Tisch Versammelten breit, eine Veränderung ihrer Körperhaltung; es fiel jedoch kein Laut.
»Bei Alberts Tod handelte es sich um Mord«, fuhr Jacqueline fort. »Ich frage mich, wer von Ihnen sich wirklich der Illusion hingegeben hat zu glauben, daß es sich um etwas anderes handelte. Die Polizei jedenfalls nicht. Das Szenario war geschickt konzipiert, und zunächst schien die Sachlage eindeutig. Kommissar di Cavallo ist allerdings ein viel zu kompetenter Polizeibeamter, als daß er sich irreführen ließe. Seine Intuition verriet ihm die Wahrheit, doch diese schien weder beweisbar, noch ließ sich ein Mörder überführen. Es hätte jeder aus einer bestimmten Gruppe von Leuten gewesen sein können. Dennoch war der Kommissar überzeugt, daß es einer aus der hier versammelten Gruppe war. Er unterstützte die Selbstmordtheorie lediglich, weil er es für vorteilhaft hielt, den Mörder in Sicherheit zu wiegen, daß er diesen Aspekt seines Verbrechens erfolgreich umgesetzt hatte.«
Sie blickte zu Jean, und in ihrer Stimme schwang ein leicht entschuldigender Unterton mit.
»Sobald ich feststellen mußte, daß Sie sich in Gefahr befanden, ging ich zur Polizei, Jean. Es wäre unentschuldbar gewesen, wenn ich das nicht getan hätte. Ich rechnete damit, belächelt zu wer-

den, doch das kümmerte mich nicht. Die Lächerlichkeit ist als Waffe nur wirksam gegenüber der Jugend. Um so mehr war ich erstaunt, als der Kommissar bereit war, mir Glauben zu schenken. Seitdem arbeiten wir zusammen. Es war eine gelungene Kooperation; ohne die Fakten, die ich ihm liefern konnte, hätte er keine Fortschritte gemacht, und ohne ihn wären mir die Hände gebunden gewesen.«

Ihr Blick schweifte zum Ende des Tisches, und ihre Stimme klang erneut unpersönlich.

»Wir spekulierten über das Motiv. Die Polizei war in der Lage, den Hintergrund der Verdächtigen weitaus wirkungsvoller zu durchleuchten als ich, und sie stießen auf einige erstaunliche Fakten.« Ein unbehagliches Raunen wurde am Tisch hörbar, doch Jacqueline schenkte dem keine Beachtung und fuhr fort: »Obwohl einiges aus Ihrer Vergangenheit mögliche Motive lieferte, ergab sich kein eindeutiger Verdacht. Da wurde uns klar, daß die Frage nach dem Motiv zu nichts führte. Wir mußten das Problem unter anderen Gesichtspunkten betrachten.

Schauen wir uns also die schlichten physikalischen Fakten an. Der Mord an Albert war sorgfältig geplant. Nichts widersprach der Selbstmordtheorie. Selbst wenn man einen Mordfall in Erwägung zog, deutete kein einziger Hinweis auf einen bestimmten Verdächtigen. Man könnte jetzt anführen, daß eine Frau ein solches Verbrechen nicht hätte begehen können. Allein aufgrund seines Charakters hätte es Körperkraft und ein gewisses Maß an Skrupellosigkeit erfordert. Allerdings handelt es sich bei den Frauen von heute nicht um die zerbrechlichen Geschöpfe, wie sie unsere Vorfahren verkörperten. Und trotz seiner Leibesfülle war Albert nicht besonders muskulös. Und es war auch keineswegs schwierig, sich eine Situation auszumalen, in der es einer Frau wesentlich einfacher als jedem Mann gelungen wäre, Albert in eine verwundbare Position zu bringen. Vielleicht kniete er, während sie, über ihn gebeugt, ihre Hand in sein Haar krallte ... Keine angenehme Vorstellung, das gebe ich zu. Aber dieser Fall war ohnehin alles andere als angenehm.

Die Frage nach den Alibis ist ohne Beweiskraft. Mindestens drei von Ihnen befanden sich auf der untersten Ebene, nicht weit vom Schauplatz des Verbrechens entfernt. Jean rechne ich selbstverständlich dazu. Für die Polizei war sie eine ebenso mutmaßliche Tatverdächtige wie alle anderen. Und sie erwähnte, daß sie, kurz bevor sie Albert fand, mit Michael und Dana gesprochen habe. Mit Ausnahme von Ted und Ann hat keiner der anderen ein stichhaltiges Alibi. Nach Aussage des diensthabenden Priesters unterhielten sie sich zum Zeitpunkt der Mordaufdeckung mit ihm. Die einzige Schwachstelle in diesem Alibi besteht darin, daß wir nicht mit Bestimmtheit sagen können, wie lange Albert vor seinem Auffinden dort bereits gelegen hatte. Ich persönlich bin davon ausgegangen, daß er unmöglich noch lange gelebt haben kann, wurde jedoch von dem Gerichtsmediziner dahin gehend aufgeklärt, daß es erstaunliche Beispiele für den Überlebenskampf gibt. Obwohl ich also geneigt war, Ted und Ann außen vor zu lassen, war mir das nicht ganz möglich.«

Bislang war das alles nichts Neues für Jean; es erfüllte sie lediglich mit Galgenhumor, daß Jacqueline von ihrer taktvoll gewählten unpersönlichen Anredeform eindeutig auf die erste Person Singular umgeschwenkt war.

»Dank Ihrer Umtriebigkeit«, fuhr Jacqueline fort, »konnte ich niemandem ein Alibi für die anderen mysteriösen Vorfälle geben. Jean hatte zwei sogenannte ›Unfälle‹ vor dem Zwischenfall im Pool, bei dem sie beinahe ertrunken wäre. Alle drei Anschläge waren sorgfältig geplant; und jeder wäre einwandfrei als Unfall durchgegangen. Bei dem ersten, bei dem ein vergessenes Spielzeug auf der unbeleuchteten Treppe ihres Apartmenthauses eine Rolle spielte, handelte es sich um die gängigste Form des Anschlags; es gab absolut keine Möglichkeit, Rückschlüsse auf den Verursacher zu ziehen. Darüber hinaus war er zugegebenermaßen erfolglos. Ich betrachte ihn als unüberlegten Zug; etwas, das funktionieren kann oder auch nicht, was aber den Versuch wert war, da es für den Mörder kaum Risiken barg.

Der zweite Anschlag war gezielter – Jean wurde vor ein Auto

gestoßen. Hier, so sollte man annehmen, ging der Mörder ein weitaus größeres Risiko ein. Und erneut war es unmöglich, stichhaltige Alibis von Ihnen zu bekommen. Die Tageszeit war optimal gewählt; es handelte sich um die Mittagszeit, in der die Straßen überfüllt sind. Es liegt klar auf der Hand, daß Sie alle ziemlich unterschiedlich aussehen. Aber Perücken sind hier preiswert zu haben; veränderte Garderobe – oder schlicht und einfach eine Verkleidung – hätte jeden von Ihnen vor den zufälligen Blicken des anderen geschützt. Und dieser Zwischenfall besaß dazu noch eine Sicherheitsreserve. Wenn Jean einen ihrer Freunde bemerkt hätte, wäre sie auf ihn zugegangen, und dann hätte der Anschlag nicht stattgefunden. Nachdem sie auf die Straße gestürzt war, standen ihre Chancen, jemanden wiederzuerkennen – gelinde gesagt –, gleich Null.

Der dritte Vorfall ereignete sich hier, im Schwimmbecken. Und das kann ich mir selbst nur schwer verzeihen, weil ich damit gerechnet hatte. Damit gerechnet – und dennoch gehofft, daß es nicht passierte. Aber es passierte direkt vor meinen Augen, und ich kann von Glück sagen, daß sie noch rechtzeitig gerettet wurde. Und erneut erschien es mir unmöglich, einen Verdächtigen konkret zu benennen. Doch der Vorfall bestätigte eindeutig, was bis dahin nur eine gräßliche Vermutung gewesen war.

Der Anschlag im Pool demonstrierte auch, daß der Mörder langsam nervös wurde. Je mehr sich Jeans ›Unfälle‹ häuften, um so weniger glaubwürdig wurden sie. Und im dritten Fall mußte der Mörder das ungewöhnlich hohe Risiko eingehen aufzufallen. Daraus mußte ich einfach schließen, daß er Jean mit allen Mitteln beseitigen wollte. Sie muß eine so überaus gefährliche Bedrohung darstellen, daß er es riskierte, die allgemeine Aufmerksamkeit auf diesen kleinen Kreis zu lenken – die sieben Sünder, wie Andy sie bezeichnet.«

»Einen Augenblick«, meldete sich Scoville zu Wort. »Darf ich Sie auf eine Schwachstelle in Ihrer meisterhaften Darlegung hinweisen? Sie behaupten, daß der Mörder Jean aufgrund ihres Wissens zum Schweigen bringen mußte. Was wäre, wenn er zu diesen merkwürdigen, aber nicht ungewöhnlichen Typen gehörte, die Spaß am Töten empfinden? Könnten diese Verbrechen nicht auch von einem Außenseiter verübt worden sein, der beispielsweise Studenten oder Fremde haßt?«

Jacqueline nickte. Jean stellte fest, daß sie Scovilles Blick auswich.

»Selbstverständlich habe ich diese Möglichkeit in Erwägung gezogen. Allerdings schloß die Polizei die Touristen aus, die sich zum Zeitpunkt von Alberts Tod in der Kirche aufhielten. Sowohl in dieser Situation als auch während des dritten Anschlags auf Jeans Leben waren lediglich die Studenten in der Nähe. Unter Berücksichtigung der Tatsache, daß Jean diejenige war, die Albert fand und der er sich noch mitzuteilen versuchte, gehe ich davon aus, daß Sie zugegebenermaßen die gleichen Schlüsse ziehen müssen.«

Sie legte eine höfliche Gesprächspause ein, in der sich Scoville schulterzuckend auf seinem Stuhl zurücklehnte.

»Deshalb«, nahm Jacqueline den Faden wieder auf, »konzentrierte ich mich auf die eine Tatsache, die Jean von den anderen unterschied. Albert gelang es nicht mehr, mit ihr zu sprechen, weshalb er zu einer anderen Kommunikationsform griff. Bevor er starb, malte er ein Symbol in den Staub. Niemand außer ihr hat es gesehen. Vielleicht wurde es absichtlich verwischt. Wahrscheinlicher ist, daß es während Alberts Todeskampf zerstört wurde. Und Jean war die einzige, die es gesehen hatte.«

»Das sagt sie«, unterbrach Dana. Ihre Stimme klang unverhohlen feindselig.

»Das sagt sie«, wiederholte Jacqueline. »Natürlich muß man die Möglichkeit in Betracht ziehen, daß Jean gelogen hat. Aber warum sollte sie? Es hat schon Mörder gegeben, die sich in die Öffentlichkeit stürzten, sei es aus purer Arroganz oder aus dem übersteigerten Wunsch heraus, im Mittelpunkt des Geschehens zu stehen und zu wissen, was Sache ist. Das ist absolut töricht; der umsichtige Mörder sorgt dafür, daß ein anderer die Leiche findet, und hält sich selbst bedeckt. Aber einmal angenommen, Jean ist dieser psychisch gestörte Typus. Trotzdem wäre es sicherlich

dumm von ihr, auf Fakten zu bestehen, die weitere Verdachtsmomente erzeugen und genau den Eindruck in Frage stellen, den sie hervorzurufen versuchte. Denn der Mörder versuchte ganz offensichtlich, einen Fall von Selbstmord vorzutäuschen. Wäre Jean die Mörderin und hätte das Bedürfnis, eine letzte Botschaft ihres Opfers zu erfinden, würde sie dann nicht auf eine zurückgreifen, die die Selbstmordtheorie untermauerte?
Schließlich kam ich gezwungenermaßen zu dem Schluß, daß Jeans Geschichte der Wahrheit entsprach. Aber was war das nur für eine verworrene Geschichte! Alberts Botschaft ergab nicht nur keinen Sinn, Jean hatte sie auch ihren sämtlichen Freunden sowie der Polizei geschildert. Standhaft wie ein Fels in der Brandung weigerte ich mich, daraus Konsequenzen zu ziehen. Es ergab einfach keinen Sinn, sie zum Schweigen zu bringen, nachdem sie bereits geredet hatte.
Aber handelte es sich bei diesem einen Symbol um Alberts gesamte Botschaft? Vielleicht hatte Jean nicht alles erzählt, was sie wußte.«
»Habe ich wohl«, unterbrach Jean ihren Redefluß. »Ich habe Ihnen doch immer wieder erklärt –«
»Das haben Sie. Und ich glaubte Ihnen. Nehmen wir jedoch einmal an, daß er noch etwas anderes niederschrieb als das uns von Ihnen Geschilderte. Der einzig mögliche Grund, weshalb Sie ein Interesse an der Verschleierung der Wahrheit haben könnten, bestünde darin, daß Albert etwas geschrieben hatte, das die Person des Mörders offenbarte. Sie könnten lügen, weil er Sie beschuldigte – oder weil Sie einen Menschen decken wollen, der Ihnen nahesteht.
Das war denkbar – bevor ich der Sache auf den Grund ging. Schließlich mußten Sie lediglich Ruhe bewahren. Als ich eintraf, war Albert bereits tot. Ihnen wäre genug Zeit geblieben, sein Symbol zu beseitigen und zu behaupten, Sie hätten ihn tot aufgefunden. Niemand hätte eine solche Feststellung angezweifelt. Der Gerichtsmediziner war ohnehin verwundert, daß er noch so lange gelebt hat. Jede Hypothese brachte mich zur gleichen

Schlußfolgerung: daß Sie eindeutig die Wahrheit gesagt hatten. Aber gerade die Absurdität Ihrer Feststellung machte sie noch glaubwürdiger. Denn warum sollten Sie eine Botschaft erfinden, die keinen Sinn ergab?

Ich dachte«, bemerkte Jacqueline sarkastisch, »daß ich über diese verrückte Sieben noch Gehirnblutungen erlitt. Ich bin jede noch so abwegige Theorie durchgegangen, die man sich nur denken kann. Ich war auf der Jagd nach Heiligen, weil mich Alberts fixe Idee faszinierte. Er war wie besessen von seinen Heiligen, und ich schließlich auch. Aber das führte zu nichts, zumindest nicht in der Form, wie ich es mir erhoffte.

Die Aufklärung ergab sich schließlich an jenem Tag in den Katakomben. Als ich die über einem Grab befindliche Zahlenreihe studierte, war ich wie vom Donner gerührt. Jean hatte die Zahl nie niedergeschrieben, sondern sie nur erwähnt. Ich habe sie zu Tode erschreckt und allen anderen den Eindruck vermittelt, ich hätte den Verstand verloren, als ich sie aufforderte, die Ziffer zu Papier zu bringen. Und wie ich es letztlich erwartet hatte, handelte es sich um die römische Zahl und nicht um die uns geläufige arabische Sieben.

Bis zu diesem Augenblick hatte ich meine Verwirrung unverhohlen zum Ausdruck gebracht. Danach ...« Jacquelines Stimmlage veränderte sich, und Jean spürte ihre innere Anspannung. Das war es. Sie kamen der Sache näher.

»Handelte ich«, gestand Jacqueline. Sie war noch blasser geworden. »Ich hatte immer noch keinen Beweis, und ich hatte Angst vor dem, was der Mörder als nächstes tun könnte. Meine Besorgnis galt nicht mehr Jean, denn ich war mir sicher, daß sie das Wissen preisgegeben hatte, was der Mörder mit allen Mitteln zu verhindern versucht hatte. Es muß ein entsetzlicher Schock für ihn gewesen sein, als er erfuhr, daß Albert noch so lange gelebt hatte, um eine zwar unleserliche, aber immerhin verräterische Botschaft zu hinterlassen. Er erkannte die Bedeutung sofort; aber er war so gerissen, davon auszugehen, daß die Bedeutung immer ein Rätsel bleiben würde, sofern er Jean davon abhalten konnte, ihren Schnitzer geradezurükken.«

Jacqueline nippte an ihrem Wein und setzte das Glas ab. Der Wein oder ihr körpereigenes Adrenalin ließen ihre Zurückhaltung schwinden. Auf ihren Wangen zeichneten sich hektische rote Flecken ab, und ihre Augen funkelten zornig.

»Sieben«, sagte sie. »Sieben, überall auf der Bildfläche verstreut – eine Ironie des Schicksals, um das Szenario zu verwirren. Erinnern Sie sich, daß ich einmal sagte, Sie seien alle viel zu gebildet? Ist denn keiner von Ihnen auf die Wahrheit gestoßen, nicht einmal, nachdem Sie die Grabinschrift gelesen hatten? War es einfach zu offensichtlich für das Gehirn eines Intellektuellen, oder hat der Mörder die Sache zu erfolgreich verschleiert? Nun, er war nicht der einzige. Wir alle waren daran beteiligt. Sogar ich. Und die ganze Zeit über sah uns diese schlichte und unwiderlegbare Tatsache ins Gesicht.«

Als ihr Blick über den Kreis der Anwesenden schweifte, sahen sie die anderen sprachlos, beinahe mit angehaltenem Atem an. Jacqueline schlug mit der Hand auf den Tisch, und alle schraken auf. Das Weinglas schwankte, und einige Spritzer von der roten Flüssigkeit tropften auf die glatte Mahagonioberfläche.

»Was würde ein Sterbender als letzte Botschaft kommunizieren wollen?« bohrte Jacqueline. »Vergessen Sie alles Hintergründige und die genialen Theorien. Auch ich habe die klassischen Kriminalromane gelesen und kenne sämtliche Variationen. Ich habe die Genialität des Autors bewundert und gleichzeitig seine Basisprämisse angezweifelt. Da ein Sterbender niemals zu intellektuellen Höchstleistungen fähig ist, frage ich mich, ob er das qualvolle Verhaltensmuster auf sich nehmen könnte, das ihm Kriminalschriftsteller attestieren, um eine wirklich verwirrende Botschaft zu übermitteln. Und kommen Sie mir nicht mit der brillanten, aber gleichermaßen wenig überzeugenden Variante, daß ein Sterbender absichtlich eine verschlüsselte Nachricht hinterlassen könnte, weil sein Mörder noch in der Nähe ist. Mit Sicherheit hätte der Mörder alles unkenntlich gemacht, was er schrieb. Was möchte ein Sterbender der Welt noch sagen?«

Erneut wanderte ihr Blick über den am Tisch versammelten Kreis. Di Cavallo, der vermutlich die Antwort kannte, schwieg. Seine Mundwinkel formten sich zu einem angedeuteten Lächeln, doch selbst das ließ seinen Gesichtsausdruck nicht sympathischer wirken. Völlig unerwartet antwortete Michael schließlich.

»Den Namen der Person, die ihn getötet hat«, sagte er.

»Ja«, erwiderte Jacqueline. »Und das war es auch, was Albert niederzuschreiben versuchte.«

»Sieben?« fragte Ted. »Ich kann immer noch nicht –«

»Sie lassen sich nach wie vor von der Ziffer verwirren. Sind ebenso begriffsstutzig wie wir alle. Vergessen Sie die Zahl. Sie hat nichts damit zu tun. Albert schrieb keine Ziffer. Sehen Sie«, Jacquelines Stimme klang so, als sei sie der Sache entsetzlich überdrüssig, »das hat er geschrieben.«

Sie benutzte den Weinfleck als Tinte und schmierte die Striche mit ihrer roten Fingerspitze so undeutlich hin wie vermutlich auch der Sterbende.

VII.

Jemand hatte begriffen und schnappte so heftig nach Luft, daß es in seiner Kehle schmerzen mußte. Jean blickte nicht auf, um zu sehen, wer reagiert hatte. Sie starrte auf die roten Lettern.

»Und das«, sagte Jacqueline, »versuchte er zu schreiben.«

Erneut tauchte sie ihren Finger in die blutrote Pfütze.

VIRGINIA.

Scoville schob seinen Stuhl zurück. Mit einem jaulenden Geräusch schlitterte er über den Marmorboden.

»Beweisen Sie es«, sagte er. »Schließlich gibt es viele mögliche Buchstabenkombinationen –«

»So viele nun auch wieder nicht«, bemerkte Jacqueline. »Der dritte, von Albert nicht mehr fertiggestellte Buchstabe könnte einer von vielen sein – E, L, P, B ... Doch unter dieser Voraussetzung läßt und ließ sich der Rest des Falles klären. Das Motiv ergab nur Sinn, nachdem wir den Namen des Mörders kannten. Und es gibt nur eine Person in dieser Gruppe, deren Namen mit diesen drei – oder zweieinhalb – Buchstaben beginnt.«

Jetzt war Jean alles klar. Dennoch konnte sie es nicht glauben.

»Sie alle sind es gewohnt, einander mit Spitznamen anzureden«, sagte Jacqueline. »Albert allerdings nicht. Als ich ihm das erste Mal begegnete, bestand er darauf, meinen vollständigen Namen und meinen Titel zu erfahren. Er besaß keinerlei Sinn für Humor; die hinter einigen Ihrer Kommentare versteckte Ironie muß ihm völlig entgangen sein. Natürlich ist das alles irrelevant. Was zählt, ist die Tatsache, daß mir schon vor der Durchsicht der offiziellen Protokolle klar war, wer von Ihnen einen Vornamen hatte, auf den Alberts Gekritzel gepaßt hätte.«

Zum ersten Mal seit Beginn ihrer Ausführungen blickte sie die beiden ihr gegenüber am Tisch sitzenden jungen Leute direkt an. Sie sahen sich immer recht ähnlich; allerdings war die Ähnlichkeit ihrer Gesichtszüge in ihrem derzeitigen, gleichermaßen unverhohlenen Entsetzen frappierend.

»Raggedy Ann und Andy«, sagte sie. »Wissen Sie, ich bin eine altmodische Bibliothekarin. Sobald ich das Haar sah und die Namen hörte, fielen mir die Geschichten wieder ein. Es waren reizende Geschöpfe, diese beiden Stoffpuppen. Dennoch fragte ich mich, ob Eltern ihre Kinder tatsächlich auf diese Namen taufen würden – zumal die Geburt des Sohnes und der Tochter ein Jahr auseinanderlag. Mir fiel auf, daß einer von Ihnen gelegentlich Ginger gerufen wird. Das ist ein logischer Spitzname für einen Rothaarigen; er erscheint noch logischer, wenn die betreffende Person eigentlich Virginia – Ginnie – heißt, verstehen Sie? Ich bemerkte ebenfalls, daß der andere manchmal als Junior bezeichnet wurde. Das kann Zuneigung ausdrücken, häufig aber auch eine bestimmte Zuordnung. Es handelt sich um Ihre richtigen Namen, nicht wahr? Samuel Junior und Virginia. Albert kannte Sie beide von Kindheit an. Er würde immer die Namen präsent haben, die ihm von früher her geläufig waren – und nicht Ihre Spitznamen, die auch keiner Ihrer Lehrer verwendet hätte.«

»Nein«, wandte Andy plötzlich ein. »Das lasse ich nicht auf uns sitzen. Natürlich haben Sie hinsichtlich der Namen recht. Haben wir denn jemals ein Geheimnis daraus gemacht? Sie stehen auf sämtlichen Ausarbeitungen, unseren Pässen ... Wir benutzen unsere Spitznamen schon seit Jahren. Alles, was Sie tun, ist, eine verrückte Theorie auf der Basis fadenscheiniger Zufälle zusammenzustricken. Versuchen Sie das doch einmal vor Gericht! Versuchen Sie es! Annies Alibi ist stichhaltiger, als Sie denken.«

»Ich stimme Ihnen zu«, sagte Jacqueline.

Scoville richtete sich kerzengerade auf seinem Stuhl auf. Andy, der sich mitten in seiner Argumentation unterbrochen fühlte, glotzte dümmlich vor sich hin.

»Gewiß ist das alles vor Gericht wertlos. Das Motiv allerdings nicht«, fuhr Jacqueline verärgert fort.

»Welches Motiv? Welche Gründe könnte jemand haben –«

»Wir beziehen uns erneut«, rekapitulierte Jacqueline, »auf die Heiligen. Sie tauchten immer wieder auf, nicht wahr? Gleich zu Beginn zeigte sich eine Tatsache, die mich selbst dann an der Selbstmordtheorie hätte zweifeln lassen, wenn Jean nicht ständig irgendwelche Unfälle zugestoßen wären. Als die Polizei Alberts Zimmer durchsuchte, fand sie lediglich ein erbärmliches Skript, das vermutlich Alberts gesamte Recherche über den Zeitraum eines Jahres oder vielleicht sogar noch länger dokumentierte. Es war lückenhaft und unzusammenhängend – die Arbeit eines Geistesgestörten.

Wir sind uns alle einig, daß Albert ein merkwürdiger Zeitgenosse war. Aber geistige Umnachtung ist keine spezifische Krankheit mit eindeutigen Symptomen wie beispielsweise bei den Masern. Ich fragte mich – genauso wie Jean –, ob Alberts Exzentrik zu einem Mann gepaßt hätte, der zum Selbstmord neigte. Nicht ein einziges Mal äußerte er irgendwelche Zweifel am substantiellen Wert seiner Arbeit. Fanatiker wie er bringen sich nicht selbst um. Man kann sie nicht von der Irrelevanz ihres Lebenswerks überzeugen, denn ihre Einschätzung basiert nicht auf rationalen Überlegungen. Bis zu seinem Tod war

Albert enthusiastisch, sich seiner Sache vollkommen sicher und taub gegenüber jeder Kritik.
Diese Eigenschaften charakterisieren die Außenseiter, die als verrückte Ausgeburten der Wissenschaft bezeichnet werden. Aber sie sind genauso charakteristisch für Wissenschaftler, die von ihren Zeitgenossen als Fanatiker angesehen werden. Die empirische Wissenschaft belächelte Schliemann und seinen Traum von Troja. Galileo und Semmelweis kämpften zeit ihres Lebens um Akzeptanz. Überflüssig, das zu vertiefen; es gäbe viele solcher Beispiele.
Die Tatsache, daß Albert von einer fixen Idee besessen war, beweist nicht, daß seine Vorstellung falsch war. Wenn er nicht verrückt war, wenn er nicht Selbstmord beging – was ist dann mit seinem Verhalten am Abend der Party? War es möglich, daß seine vehementen Anschuldigungen nicht etwa Verfolgungswahn, sondern eine Tatsache dokumentierten? War das Ganze, kurz gesagt, ein Raubmord?
Wir theoretisierten über ein Familienerbstück, irgendwelche Werte, die ein Mann besessen haben konnte, der nach außen hin bettelarm wirkte. Und die ganze Zeit lag die Antwort klar auf der Hand. Albert besaß eine Sache, die für ihn von unschätzbarem Wert war – seinen sorgsam gehüteten Schatz. Mit anderen Worten: seine Arbeit.
Zu meinem Erstaunen stellte ich fest, daß diese eine Hypothese meine sämtlichen Fragen beantwortete. Sie erklärte Alberts Beschuldigungen und den Widerspruch zwischen dem in seinem Zimmer gefundenen dürftigen Skript und der voluminösen Aktentasche, die er immer bei sich trug – und die so schwer war, daß er in gebeugter Haltung ging. Des weiteren lieferte sie ein Mordmotiv. Wenn Albert auf etwas Bedeutendes gestoßen wäre, eine Entdeckung, die sich zu stehlen lohnte, hätte sich diese nicht ungestraft entwenden lassen. Albert war nicht dumm; wenn ein anderer Wissenschaftler seine Enthüllungen publiziert hätte, wäre ihm das aufgefallen. Selbst wenn er nicht hätte beweisen können, daß die Arbeit ursprünglich von ihm stammte, hätte er

immerhin für die entsprechende Aufregung sorgen können, die den Dieb empfindlich getroffen hätte. Die wissenschaftliche Reputation steht auf tönernen Füßen.«

»Aber«, wandte Jean ein, »Sie sagten doch, es handelte sich um Raubmord. Bedeutet das nicht –«

»Mord, um etwas in seinen Besitz zu bringen, was einem rechtmäßig nicht zusteht. Unser Problem ist, daß wir in materiellen Kategorien denken. Aber, gütiger Himmel, gerade Sie – die Wissenschaftler und Künstler – sollten doch erkennen, daß es einen Drang gibt, der wesentlich zwanghafter ist als der schnöde Wunsch nach Geld. Jemand brauchte eine Idee, den Impuls aus der Arbeit eines anderen. Du meine Güte, ein Mann kann Geld verdienen, oder er kann es heutzutage relativ leicht stehlen. Insofern erscheint ein Mord zwecks finanzieller Bereicherung wesentlich unlogischer als wegen eines immateriellen Gutes, das man sich so einfach nicht aneignen kann. Wer hat, der hat, lautet ein Sprichwort. Das eine, was ein Mensch nicht auf Kommando abrufen kann, ist eine wirklich schöpferische Idee. Falls er diese aber dringend benötigt...«

»Jetzt sprechen Sie in Rätseln«, wandte José ein. »Ihrer Argumentation stimme ich zu. Sie haben recht, den Drang nach wissenschaftlichem Ruhm können wir sicherlich alle nachvollziehen. Aber was hat das mit Ann zu tun? Sie ist Bildhauerin. Alberts Arbeit wäre für sie vollkommen nutzlos.«

»Das ist richtig. Dennoch glaubte Albert, daß ihn Ann angegriffen habe.«

»Eine Verkleidung«, warf Andy mit schneidender Stimme ein. »Das hatten Sie doch zuvor erwähnt – wie einfach es wäre –«

Jacqueline fiel ihm ins Wort. »Ja, eine Verkleidung. Aber wer? Sollte sich meine Theorie hinsichtlich des Motivs als richtig erweisen, scheiden die meisten von Ihnen automatisch aus. Michael ist genau wie Ann bildender Künstler, er könnte mit Alberts Entdeckung nichts anfangen. José ebenfalls nicht. Jean? Erneut Fehlanzeige. Als Bibliothekarin weiß ich, wie eng Ihre Wissenschaftsgebiete abgesteckt sind. Jean beschäftigt sich mit

mittelalterlicher Kunstgeschichte. Sie würde auf Unverständnis stoßen, wenn sie plötzlich ein Buch über frühchristliche Heilige publizierte. Bleiben nur noch drei weitere Möglichkeiten. Die drei Personen, die sich in der einen oder anderen Form mit römischer Archäologie und Geschichte auseinandersetzen. Letztlich können wir zum jetzigen Zeitpunkt immer noch nicht eindeutig sagen, welchen Schwerpunkt Alberts Arbeit exakt abdeckte.«
Langsam und unverhohlen konzentrierten sich sämtliche Blicke auf eine einzige Person.
»Nein!« entfuhr es Dana. Ungelenk erhob sie sich. Die Ausstrahlung einer Kleopatra war dahin; zurück blieb nur ein blasses, ziemlich unscheinbares Mädchen in einem albernen Kostüm, das sich am Tisch festhielt, um nicht zu stürzen. »Nein, ich war's nicht! Das könnte ich nie tun! Ich –«
»Fangt sie auf«, bemerkte Jacqueline. »Sie bricht auf der Stelle zusammen. Sie war es nicht.«
»Sie ist ein Mädchen«, wandte Andy ein. »Die einzige, die sich als Ann verkleidet haben könnte. Eine Perücke –«
»Sehen Sie denn nicht ein«, unterbrach ihn Jacqueline, »daß es sinnlos ist, Andy? Sie können Alberts Materialien jetzt nicht mehr verwenden. Nach allem, was passiert ist, wäre es verlorene Liebesmüh. Sie haben versagt; es war alles vergebens. Wollen Sie nicht reden und der Sache ein Ende bereiten? Es ist einfach zu qualvoll für ... für alle.«
Andy schüttelte den Kopf. »Sie sind verrückt«, sagte er leise. »Eine verrückte alte –«
Jacqueline blickte zu Scoville. Sie sprach schnell, als wolle sie die Sache so rasch wie möglich hinter sich bringen.
»Die Lichtverhältnisse am Tatort waren schlecht, aber es war nicht völlig dunkel. Unter gar keinen Umständen wäre es Dana gelungen, Albert vorzugaukeln, sie sei Ann. Ihre Statur beispielsweise ... Und die Kleidung. Dem Mörder blieb weder die Zeit für eine durchdachte Verkleidung, noch hätte er die Kirche mit einem Koffer betreten können. Selbst eine Perücke hätte in irgendeiner Schachtel transportiert werden müssen. Ted ist der

einzige, der ebenfalls ein Motiv hätte haben können, dennoch muß ich sicherlich nicht darauf hinweisen, wie absurd sein Versuch einer Verkleidung gewesen wäre. Allerdings ist die Ähnlichkeit zwischen Ann und ihrem Bruder frappierend. Für ein Mädchen ist Ann außergewöhnlich groß, und Albert war klein; ihm wäre ein Größenunterschied nicht aufgefallen, solange Bruder und Schwester nicht zusammen auftraten. Frisur, Kleidung – beide trugen an jenem Tag eine dunkle Hose und ein dunkles Hemd –, alles, was Andy brauchte, waren angemalte Lippen, ein Tuch auf dem Kopf und eine Sonnenbrille. Das reichte völlig, um die Tat auszuführen.

Sobald mir die Wahrheit klar war, deutete alles auf Andy. Er erfüllt beide Kriterien – Motiv und Skrupellosigkeit –, und er ist der einzige, der sie auslebt. Es war selbstverständlich, daß Albert mit Andy über seine Arbeit sprach. Albert hielt ihn für einen Kindheitsfreund und für einen engagierten Kollegen. Alberts Englisch war schlecht, und es war schwierig, seinen Ausführungen zu folgen. Aber Andy spricht Französisch und vermutlich besser Arabisch, als er zugibt. Er ist ein Sprachgenie. Er ist derjenige von Ihnen, der Alberts Arbeit am ehesten verstand und in ihr eine bedeutende Enthüllung erkannte. Er ist auch derjenige, der den größten Nutzen aus Alberts Arbeit ziehen könnte. Schließlich handelt es sich im wesentlichen um sein eigenes Gebiet. Und er braucht eine Idee. In Kürze werden die Treuhänder über eine Neuvergabe der Stipendien entscheiden. Andy muß Berücksichtigung finden. Alle rechnen damit, daß er sein Stipendium bekommt. Und er ist ... Sam, es tut mir wirklich leid. Ich mache Sie nicht dafür verantwortlich, das würde niemand wagen; aber er ist wie besessen von der Angst zu versagen – vor sich selbst und auch vor Ihnen. Ein anders veranlagtes Kind hätte vielleicht völlig konträr auf Ihr Image reagiert. Andy verspürte jedoch immer den Drang, es Ihnen gleichzutun, Sie sogar zu übertreffen.«

»Meine Doktorarbeit«, äußerte sich Andy mit seltsam hoher Stimme. »Ich habe es nicht nötig, die Ideen anderer zu stehlen. Er ist brillant, unser Andy. Er ist ein klügerer Kopf als jeder andere auf der ganzen –«

»O Gott«, murmelte Dana.

»Ihre Doktorarbeit«, sagte Jacqueline. »Und der Junge, der Freund, der Selbstmord beging. Wer hatte denn den Nervenzusammenbruch, Andy? Wie oft hat Ann schon gelogen, um Sie zu decken? Wußte sie es in diesem anderen Fall, oder hat sie es nur vermutet?«

Andy hatte sichtlich Probleme mit seiner Selbstbeherrschung. Der wilde Glanz in seinen Augen erstarb, und seine unkontrollierten Gesichtszüge wurden starr.

»Hören Sie auf damit.« Seine Stimme klang so ruhig und vernünftig, daß die anderen unwillkürlich zusammenzuckten. »Ich werde dieser Geschichte umgehend ein Ende setzen. Sie sagen, daß der Mörder derjenige ist, der Alberts Ausarbeitungen gestohlen hat, richtig? Albert behauptete, daß sein wertvolles Was-auch-immer am Tag der Party entwendet wurde – als er zum Essen ausgegangen war. So weit, so gut. An besagtem Nachmittag befand ich mich, verflucht noch mal, die ganze Zeit in der Bibliothek. Einer von euch muß mich doch dort gesehen haben.«

»Er hat recht«, meinte Ted. »Ich war am Nachmittag dort und bemerkte ihn in seinem Büro. Danach saß ich noch mehrere Stunden im Lesesaal. Mir wäre aufgefallen, wenn er fortgegangen wäre.«

»Auch ich habe ihn gesehen«, sagte Jean.

»In Ordnung«, murmelte Jacqueline. »Die Schmerzgrenze ist erreicht, nicht wahr? Ann.«

Die Hände vor ihr grotesk geschminktes Gesicht geschlagen, hatte Ann dagesessen. Sie blickte auf. Tränen hatten ihr Make-up verschmiert, doch ihr Gesichtsausdruck wirkte keineswegs komisch.

»Einer von Ihnen beiden wird des Mordes angeklagt«, sagte Jacqueline. »Die Logik ist unverrückbar. Das Motiv findet auf jeden von Ihnen Anwendung. Ihre Zuneigung zu Ihrem Bruder ist allen bekannt, Sie würden sogar für ihn stehlen. Wahrscheinlich würden Sie lieber selbst leiden, als ihn leiden sehen zu müssen. Das haben Sie Ihr ganzes Leben lang nicht anders gehandhabt. Aber können Sie es vor Ihrem Gewissen verantworten, daß er in Freiheit ist, nach allem, was er getan hat? Er ist krank; aber vielleicht ist er nicht unheilbar. Ob das zutrifft oder nicht, ob Sie nun bereit sind, sich für ihn zu opfern oder nicht, Sie haben vom moralischen Standpunkt her nicht das Recht, Verrat an seinen potentiellen Opfern zu betreiben. Das hier wird wieder passieren.«

Einen langen Augenblick warteten alle im Raum mit angehaltenem Atem. Schließlich ließ Ann den Kopf sinken.

»Ich war dort«, murmelte sie so leise, daß die anderen Mühe hatten, sie zu verstehen. »Ich war an jenem Tag in der Bibliothek. Sie sagten einmal ... wie einfach es doch für uns beide sei, völlig identisch auszusehen ... Er sagte, das sei Teil eines praktikablen Scherzes. Dann, nachdem Albert tot war ... Niemand hat je danach gefragt! Und ich wollte einfach nicht glauben ...«

Di Cavallo hatte sich konzentriert auf sein Eingreifen vorbereitet, doch Andys abrupte Reaktion traf ihn überraschend. Es war Michael, der Anns Hals aus dem Würgegriff befreite, und sie mußten Andy mit vereinten Kräften festhalten, bis er schließlich wie ein schluchzendes Häufchen Elend zusammenbrach. Doch trotz der überaus gräßlichen Situation wußte Jean ganz genau, daß es nicht dieser Anblick war, der sie verfolgen würde. Es war Scovilles Gesichtsausdruck, der seine Tochter wegen ihres Verrats an seinem Sohn innerlich verfluchte.

10

In der Nacht wütete ein Unwetter über Rom – ein spektakuläres Schauspiel von Jupiters Naturgewalten. Am darauffolgenden Tag war die Luft in der Stadt rein und klar. Der mächtige Dom des Michelangelo erhob sich aus einem Meer grüner Zweige. Die Häuser in den Straßen der Altstadt erweckten den Eindruck, als seien sie frisch gestrichen in den warmen Erdfarben, die Jean bei dem Gedanken an Rom nie vergessen würde – amber und orange, goldgelb und ziegelrot. Der Himmel hatte das strahlende Blau, das Fra Angelico für die Umhänge seiner Madonnen verwendet hatte, und wilder Mohn funkelte wie Rubin in einem verwilderten Garten neben dem Café.

Jean war der einzige Gast in Gino's Café. Noch bevor Jacqueline aufwachte, hatte sie das Apartment am frühen Morgen verlassen, und sie rechnete auch nicht damit, daß einer der anderen sich an ihrem alten Treffpunkt einfinden würde. Die sieben Sünder würden sich nie wieder treffen; und das kleine, anheimelnde Café barg Erinnerungen, die ihr noch eine ganze Zeitlang Probleme bereiten würden.

Dennoch war sie wenig überrascht, als sie die beiden Gestalten erkannte, die den Hügel hinaufschlenderten. Ihr Anblick riß sie aus ihrem Grübeln, und ihr wurde einiges klar. Die Vergangenheit war nicht zu leugnen; man mußte mit ihr leben. Aber es gab auch schöne Erinnerungen, die keinesfalls in Vergessenheit geraten durften.

José trug wieder seine schlichte schwarze Kutte, doch die Aura Montezumas spiegelte sich immer noch in seinen strengen Gesichtszügen. Ted wirkte ebenso nachdenklich, aber sein Gesichtsausdruck barg auch etwas anderes, und er ging mit neuem Schwung. Die beiden begrüßten sie eher zurückhaltend.

»Wir hatten gehofft, daß du kommen würdest«, meinte Ted, »denn wir haben uns –«

»Über vieles Gedanken gemacht«, unterbrach ihn José. »Gestern abend konnten wir es kaum erwarten, unsere Fragen loszuwerden.«

»Von mir dürft ihr keine Antworten erwarten«, erwiderte Jean. »Ich bin genauso verblüfft wie ihr. Die ganze Sache –« Ihr versagte die Stimme.

»War unerträglich«, bemerkte José mit ruhiger Stimme. »Deshalb müssen wir neugierige Fragen stellen und freimütig darüber diskutieren. Das ist die einzige Möglichkeit, um Gefühl und Verstand vor einem Chaos zu bewahren. Es hätte schlimmer kommen können.« Als er Jeans Blick bemerkte, fügte er hinzu: »Beispielsweise, wenn du in ihn verliebt gewesen wärst. Dann hätte es dich noch schlimmer getroffen.«

»Ich liebte ihn. Wie ich euch alle liebe.«

Ted nickte. »Unsere gegenseitige Zuneigung ist tiefer, als ich dachte. Trotzdem mußt du zugeben, daß sich diese Empfindung von dem unterscheidet, was José angesprochen hat.«

»Ja. Eine Zeitlang dachte ich ... He, seht mal! Ist das nicht Jacqueline?«

»Jacqueline und Michael«, bekräftigte José.

Michael wirkte an diesem Morgen beinahe gepflegt. Er hatte sich nicht nur rasiert, sondern sogar sein Haar gekämmt, und er trug sein »bestes« Hemd – das ohne Löcher. In ihrem blauen Hosenanzug aus Leinen war Jacqueline tadellos gekleidet. Ihre Tasche und ihre Handschuhe waren passend zu ihren elfenbeinfarbenen Schuhen gewählt; ihr Haar hatte sie am Hinterkopf zu einem Knoten frisiert.

Höflich erhoben sich die beiden Männer vor dieser eleganten Erscheinung, und José rückte ihr einen Stuhl zurecht.
»Ich hatte damit gerechnet, daß Sie kommen würden«, sagte er.
»Ich mußte kommen.« Jacqueline zog ihre Handschuhe aus und blickte einen nach dem anderen an. »Ich werde Rom heute verlassen und euch vielleicht nie wiedersehen. Aber mir war klar, daß ihr vor Neugier platzt. Und ich bin es euch schuldig, daß ihr die Wahrheit erfahrt, bevor sie in den Zeitungen abgedruckt steht.«
Jetzt, wo sie sie zum Fragen animiert hatte, fiel keinem von ihnen etwas Plausibles ein. Einen Augenblick später meinte Jacqueline mit einem schwachen Lächeln: »Ich war mir gar nicht sicher, ob ihr je wieder mit mir reden würdet.«
»Warum denn nicht?« fragte Ted erstaunt. »Oh! Oh, ich verstehe. Sie denken vermutlich an das Lockvogel-Syndrom. Wir sind doch keine Straßenbande, die die Loyalität zu ihrer Clique über alles andere stellt.«
»Sie haben es selbst gesagt«, fügte José hinzu. »In allen Kulturen existiert das Kapitalverbrechen.«
»Ganz zu schweigen von der Petitesse, daß Jean vor dem Äußersten bewahrt wurde«, meldete sich Michael zu Wort. »Schließlich mögen wir sie so, wie sie ist.«
»Verzeihung«, meinte Jacqueline zerknirscht. »Ich schätze, ich habe mich zu lange mit dem weniger intellektuellen Segment eurer Altersgruppe beschäftigt.«
»Bevor wir Fragen stellen«, bemerkte Ted, »sollten wir vielleicht abwarten, ob Dana noch kommt.«
»Sie kommt.« Ein angedeutetes Lächeln umspielte Jacquelines Mundwinkel. »Aber wir brauchen nicht zu warten ... Ah, da ist sie schon.«
Ein Wagen bog in die Straße ein. Doch erst als er auf den Seitenstreifen zusteuerte und in offensichtlicher Mißachtung des Verkehrsschilds im Halteverbot parkte, erkannten sie die Insassen. Bei dem Fahrzeug handelte es sich um ein silbergraues Kabrio-

lett, und di Cavallo saß am Steuer. Neben ihm saß Dana mit dem herablassenden Gesichtsausdruck einer Perserkatze.

Die beiden stiegen aus dem Wagen und gesellten sich zu den anderen. Nachdem sie sich begrüßt hatten, sagte di Cavallo schroff: »Na, haben Sie Ihren Vortrag beendet?«

»Ich habe noch gar nicht angefangen. Also wirklich, ich denke, wir haben das meiste schon gestern abend abgeklärt, oder etwa nicht?«

»Eine Sache ist mir unverständlich geblieben«, sagte José. »Die Erwähnung dieses früheren Selbstmordes – von Andys Freund. Habe ich das überhaupt richtig mitbekommen?«

»Dieser Fakt ergab sich aus den polizeilichen Ermittlungen hinsichtlich eurer Vorgeschichte«, erwiderte Jacqueline, nachdem sie einen Augenblick gewartet hatte, um zu sehen, ob di Cavallo antworten würde. »Allerdings fand die Sache schon früher mehrmals Erwähnung. Heute läßt sich das nicht mehr beweisen; und dafür besteht auch kein Grund, denn das würde den Eltern des Jungen nur unnötige Qualen bereiten. Aber ich denke – ich bin mir fast sicher –, daß es sich dabei um Andys ersten, skrupellosen Mord handelte. Seine vielbewunderte Doktorarbeit verfaßte er nach dem Tod des Freundes.«

»Ich verstehe nicht, wie Andy ungeschoren davonkommen konnte«, sagte Jean. »Was ist mit dem Tutor des Jungen oder dessen anderen Freunden? Hat denn niemand Verdacht geschöpft?«

»Wieviel wissen Sie im einzelnen von der Arbeit eines anderen? Es ist verwunderlich, wie selten Menschen einander wirklich zuhören. Der Tutor des Jungen? Nun, ob Sie es glauben oder nicht, auch ich habe in meiner Frühsteinzeit einmal eine wissenschaftliche Arbeit verfaßt. Einmal im Monat traf ich mich mit meinem Tutor, und dann erzählte er mir die neuesten Geschichten von seinem Hund. Vielleicht übertreibe ich jetzt, aber der Anteil wirklich konstruktiver Kommunikation war eher marginal in unseren Gesprächen. Wenigstens erklärte er sich bereit, sich mit mir zusammenzusetzen. Das tun noch lange nicht alle Tutoren.«

»Magister- oder Doktorarbeit?« wollte José wissen.
»Wie lautet Ihr Fachgebiet?« fragte Ted.
»Das tut nichts zur Sache«, meinte Jacqueline ausweichend. »Ich wollte damit lediglich zum Ausdruck bringen, daß sich Andy in ziemlicher Sicherheit wog, als er die Ideen eines anderen zu Papier brachte. Einmal angenommen, das Unwahrscheinliche wäre eingetreten, und jemand hätte die Überschneidungen seiner Ausarbeitung mit den Theorien eines anderen Studenten bemerkt. Die Schlußfolgerung wäre doch die gewesen, daß der andere Student Andy kopiert hatte. Nein, für Andy bestand kaum ein Risiko. Hätte er in seiner panischen Angst nicht Jean angegriffen, wäre er hinsichtlich seines Mordes an Albert vielleicht ungeschoren davongekommen.«
»Wäre da nicht der detektivische Spürsinn einer gewissen Mrs. Kirby gewesen«, bemerkte Ted. »Worauf führen Sie Ihren Erfolg zurück?«
»Auf eine einzigartige Konstellation von Umständen, die sich möglicherweise nie wieder ergeben werden«, erwiderte Jacqueline etwas zu heftig. »Eine Bibliothekarin ist ein Rad im Getriebe des Universitätsbetriebes. Ich wußte genug über die Welt der Wissenschaft, um das Motiv zu verstehen, aber wiederum nicht so viel, daß ich mich von den irrelevanten Einzelheiten ins Bockshorn jagen ließ, die euch alle verwirrten. Und wenn es eine Sache gibt, die wir Bibliothekare wirklich lernen müssen, dann ist das die Recherche. Wir tummeln uns auf vielen Fachgebieten. Wir verfügen zwar nicht über das entsprechende Wissen, aber wir wissen, woher wir die Fakten beziehen können. Mir ist bewußt, daß es Bibliothekare gibt, die Bücher als Kleinode ansehen, die sortiert, klassifiziert und von Zeit zu Zeit neu gebunden werden müssen. Dennoch wären Sie überrascht, wie viele von uns diese verflixten Schwarten tatsächlich lesen! Ich fing in einer kleinen Stadtbibliothek an, die – angefangen von Kinderbüchern über die Archäologie bis hin zu Kriminalromanen – von allem etwas anbot. Ich habe Hunderte von Krimis gelesen und stand den komplizierten Todesbotschaften immer skeptisch gegenüber.«

»Ich auch«, sagte Michael. Er zeichnete wieder und blickte nicht einmal von seinem Skizzenblock auf.
Jacqueline starrte ihn an. »Wollen Sie damit sagen –«
»Aber natürlich, dieser Aspekt leuchtete mir sofort ein.« Michael betrachtete sie mit einem engelhaften Lächeln. »Auch ich denke nicht in römischen Zahlenfolgen.«
»Und das nach all meinen wichtigtuerischen Bemerkungen ... Warum haben Sie nichts gesagt?«
»Was denn zum Beispiel? Mich hält man ohnehin für verrückt, insbesondere die verflu ... – äh – Polizei. Ich hatte keine Ahnung von Alberts Ausarbeitung und diesem ganzen Blödsinn, das wissen Sie genau. Ich dachte lediglich, daß er Annie nachgestellt haben könnte und daß sie ausgerastet ist. Ich mochte Annie immer sehr gern.«
Alle schwiegen verblüfft. Dann ereiferte sich di Cavallo lautstark: »Junger Mann. Verstehe ich Sie richtig –«
»Allerdings gelang es mir nicht, Jeans Unfälle in irgendeinen Zusammenhang zu bringen«, fuhr Michael mit ruhiger Stimme fort. »Ich glaubte nicht, daß Annie Jean etwas antun würde, aber ... eigentlich wußte ich gar nicht, was ich glauben sollte.«
»Dann dachten Sie an Andy«, bemerkte Jacqueline.
»Ja, sicher. Nachdem ihn Albert beschuldigt hatte, seinen wertvollsten Besitz gestohlen zu haben. Eine Anlehnung an Tolkien ... Albert verkörperte mit Sicherheit den Typus des Gollum, wißt ihr.« Nach einer Weile fiel ihm auf, daß alle schwiegen. Er blickte auf, bemerkte die faszinierten, auf ihn gerichteten Blicke und errötete leicht. »Also, warum wäre Albert ansonsten unvermittelt in der Wohnung der Scovilles aufgetaucht, nachdem er den Verlust seines Schatzes festgestellt hatte? Niemand hatte ihm von der Party erzählt; wir wollten nicht, daß er dazustieß. Ann oder Andy – einen der beiden suchte er. Mein Französisch ist nicht sonderlich gut, aber er verwendete ein maskulines Substantiv –«
»*Voleur!*« entfuhr es Jean. »Wie konnten wir nur so blöd sein?«
»Und«, fuhr Michael fort, »die Art und Weise, wie Andy auf ihn

losging, um ihm das Wort abzuschneiden, noch bevor er zuviel sagen konnte, war überaus kaltblütig. Andy kann – konnte – einem ein Ohr abquatschen. Ich nehme an, daß er Albert irgendeine Geschichte aufgetischt hat, ihm bei der Suche nach dem Dieb seine Hilfe zusicherte oder einfach behauptete, er habe sich das Material nur ausgeliehen oder so ... Dann verduftete Andy, und kurze Zeit später brach Albert zusammen. Es ging einfach zu schnell und zu glatt für einen Zufall. Ann erwähnte einmal, daß sie Schlaftabletten im Haus hätten. Trotzdem war ich mir hinsichtlich Andy nicht sicher. Ich hielt Alberts Schatz für irgendeinen Familienschmuck und konnte mir nicht vorstellen, warum Andy etwas Derartiges in seinen Besitz bringen sollte.«

Jacqueline öffnete ihre Handtasche und zog ein Blatt Papier daraus hervor.

»Michael sagt, daß ich das behalten darf, Jean. Sind Sie einverstanden?«

»Natürlich«, erwiderte Jean, als sie die Gestalten der Heiligen wiedererkannte. Die Darstellung von Andy als charmanter heiliger Georg verursachte ihr leichte Übelkeit.

»Das hier« sagte Jacqueline, während sie die Zeichnung ausbreitete, »war eine graphische Darstellung der Wahrheit. Als ich sie sah, traf mich beinahe der Schlag.«

In einhelligem Schweigen betrachteten sie das Blatt Papier. Die meisten von ihnen hatten die Zeichnung noch nicht gesehen.

»Wer zum Teufel ... oh«, entfuhr es Dana. »Maria Magdalena. Michael, ich glaube nicht, daß mir dieser Anblick gefällt ...«

»Mir auch nicht«, bekräftigte José. »Eines schönen Tages, Michael, wird dir jemand eine Briefbombe schicken.«

»Die könnte dann von mir stammen«, sagte Ted. »Der heilige Stephan, in der Tat. Ich gestehe, eine gewisse Ähnlichkeit ist vorhanden – vielleicht mehr, als dir bewußt ist.«

»Oh, ich weiß«, entgegnete Michael. »Ich kenne deine neue Freundin. Komm du mir noch einmal mit Märtyrerkomplexen ... Wenn dich dein Alter Herr nicht umbringt, wird sie es tun.«

»Also wissen es alle«, bemerkte Ted resigniert. »Außer meinem

Vater ... und der wird es bald erfahren. Ich habe ihm heute morgen geschrieben.«

»Ich weiß von nichts«, meinte Dana. »Hast du deiner Verlobten den Laufpaß gegeben? Alle Männer sind Kotzbrocken.«

»Das andere war eine Familienangelegenheit«, verteidigte sich Ted. »Es wird ihr nichts ausmachen. Ihr war das Ganze ohnehin egal.«

»Jaja«, murmelte Michael, »aber eine Beziehung zu einer Araberin ...«

»Sie ist nicht nur Araberin«, bemerkte Ted, »sondern auch Mitglied einer palästinensischen Untergrundorganisation.«

Kurzes, andächtiges Schweigen trat ein. Als Jean erneut an das anziehende herbe Gesicht des Mädchens in jenem Café dachte, konnte sie ihn verstehen. Offenbar hatte Michael einige seiner studentischen Kontakte genutzt, um die Identität des Mädchens in Erfahrung zu bringen.

»Aber mit Sicherheit«, sagte di Cavallo, ebenso verblüfft wie die anderen, »ist das doch etwas ...?«

»Nicht nur etwas. Mein Vater wird mich enterben.« Teds Stimme klang resigniert, doch der Glanz in seinen Augen verlieh ihm noch mehr Ähnlichkeit mit Michaels Zeichnung. »Aber Gefühle lassen sich nun einmal nicht steuern, oder? Und nicht jeder in meiner Generation fühlt sich so frei von Schuld wie unsere Väter in ihrer Verranntheit. Um Erez Israel (Anm. d. Ü.: das Gelobte Land) in Besitz zu nehmen, enteigneten wir eine halbe Million Menschen. Rechtfertigt das jahrtausendealte Leid von Millionen von Juden neues Leid an anderen? Nachdem ich als Soldat den Krieg miterlebt hatte, änderte sich meine Einstellung. Ich habe mit meinem Vater diskutiert; jetzt argumentiere ich mit Salwa, weil ich nicht glaube, daß ihre Form der Gewaltausübung dieses neue Unrecht eher rechtfertigt als unsere früheren Grausamkeiten gegenüber ihrem Volk. Ich hoffe, daß ich sie überzeugen kann – nicht von einer Änderung ihrer Prinzipien, sondern ihrer Methoden. Eines Tages muß es doch einen Weg aus diesem Irrsinn und hin zu einer friedlichen Koexistenz geben.«

»Ismail und Isaak waren beide Söhne Abrahams«, murmelte Jacqueline. »Ich bewundere Ihre Prinzipien, Ted, und hoffe, Sie haben Erfolg. Aber die Gemäßigten werden normalerweise von beiden Seiten gesteinigt.«

»Was Salwa anbelangt, so verfüge ich über wirkungsvolle Überzeugungsmethoden«, erklärte Ted voller Bescheidenheit. »Wenn ich gesteinigt werde, dann sterbe ich im Kampf. Aber«, fügte er mit einem unvermittelten Grinsen hinzu, »vorher habe ich noch eine verdammt gute Zeit gehabt.«

»Und wir hielten dich für einen Spion«, sagte Jean. Teds Gesichtsausdruck brachte sie zum Lachen. »Du würdest ohnehin nicht glauben, an was wir so alles gedacht haben. Beispielsweise habe ich Andy nicht mehr verdächtigt als jeden anderen aus unserer Gruppe.«

»Michael allerdings schon.« Jacqueline deutete auf die Zeichnung. »Seine Darstellungen waren – verzeihen Sie mir, Dana – erschütternd genau. Seine sämtlichen Heiligen waren bis auf eine Ausnahme Pazifisten. Der heilige Georg war der heldenhafte Mörder, der einzige aus der Truppe, der Gewalt anwendete. Und er war der Schutzpatron der Kreuzfahrer. Die den Arabern sehr zusetzten, sofern Sie sich erinnern.«

»Daran hatte ich nicht gedacht«, brummte Michael.

»Das ist es ja, was Sie so furchterregend macht«, meinte Jacqueline sachlich. »Sie denken nicht, sondern greifen zu Papier und Stift und bringen die Seelen der Menschen ans Licht. Warum haben Sie Ann als heilige Barbara skizziert?«

»Ich brauchte irgendeine heilige Jungfrau.«

»Trotzdem ist die Legende überaus passend. Es war ihr Vater, der sie in den Turm einsperrte und später Verrat an ihr übte.«

»Was nicht von der Hand zu weisen ist.« Michaels Stimme klang zornig. »Zur Hölle mit diesem Bastard Scoville. Er ist für das Ganze verantwortlich.«

»Hängen Sie nicht alles an meiner Generation auf«, wies ihn Jacqueline zurecht. »Wir sind das Produkt unserer Gene und unserer Umwelt und unserer Eltern, genau wie Sie.«

»Jede Schuldzuweisung ist sinnlos«, ereiferte sich José. »Wir sind alle Opfer ... Und ich ganz besonders. Mir stünde der Belzebub besser zu Gesicht als der heilige Augustin, wie du ihn dargestellt hast.«
»Ich begreife das alles nicht«, meinte Dana, die ausdruckslos auf die Zeichnung starrte.»Keine der Karikaturen ergibt einen Sinn, außer vielleicht die von Jean als Lämmchen ... Und die von Jake ist schlichtweg blasphemisch.«
»Nicht blasphemisch, sondern einfach nur beleidigend«, erklärte Jacqueline. »Ich bin vielleicht keine besonders gute Mutter, Michael, aber mein Heiligenschein ist nicht die Spur angekratzt. Er erstrahlt hell und rund, und ich habe ihn mir in mehr als einundzwanzig harten Arbeitsjahren sauer verdient.«
Michael grinste. »Sprechen Sie ruhig über Ihre Probleme«, meinte er. »Sie wollten nichts mit uns zu tun haben, nicht wahr? Es handelte sich um den Triumph des Instinkts über die Vernunft.«
»Nicht Instinkt – Gewohnheit. Sowohl beruflich als auch privat habe ich zwanzig Jahre lang jungen Menschen den Weg geebnet.« Jacqueline griff nach ihrer Tasche und erhob sich. »Und jetzt meine ich, daß ich mir ein freies Wochenende verdient habe. Sollte ich euch nicht wiedersehen, werde ich eure unterschiedlichen Karrieren mit großem Interesse verfolgen. Auf irgendeine Art und Weise mag ich euch alle sehr gern.«
Di Cavallo war aufgesprungen; die anderen folgten seinem Beispiel, sogar die Mädchen. Obwohl die Situation förmlich nach passenden Worten verlangte, wußte niemand so richtig, was er sagen sollte. Schließlich sprach José.
»Seien Sie guten Mutes«, sagte er, während seine dunklen Augen Jacquelines Gesicht fixierten. »Niemand ist unsterblich.«
Den alten heidnischen Spruch aus dem Munde des hoch aufgerichteten, schlanken, mit der dunklen Kutte des militanten Ordens bekleideten Priesters zu hören hätte eigentlich merkwürdig sein müssen, doch er schien den richtigen Nerv getroffen zu haben. Jacquelines ernste Gesichtszüge entspannten zu einem Lächeln.

»Auf Wiedersehen«, sagte sie.
Als sie zielstrebig auf den Wagen zusteuerte, folgte ihr di Cavallo. Er öffnete die Autotür für sie und schloß sie hinter ihr; dann sprang er mit einem Schwung seiner langen Beine auf den Fahrersitz und ließ den Motor an. Erst als sich der Wagen mit einem triumphierenden Röhren in Bewegung setzte, begriffen die zurückgelassenen Zuschauer das volle Ausmaß des Geschehens. Jean blickte von einem fassungslosen Gesicht zum anderen. Danas Gesichtsausdruck setzte der Situation die Krone auf. Jean konnte sich vor Lachen nicht mehr halten.
»Ausgetrickst und abserviert.« Jean rang nach Luft. »Tut mir leid, Dana. Ich kann nicht anders.«
»Ich frage mich, was sie vorhaben«, meinte Ted.
»Das geht uns nichts an. Ist dir eigentlich klar, wie wenig wir über diese Dame wissen? Hat sie jemals einen Ehemann erwähnt?«
»Selbst wenn, wäre dies nicht der richtige Zeitpunkt, ihn ins Feld zu führen«, bemerkte José.
Danas Gesicht war immer noch sehenswert. Schließlich verzog sich ihr Mund zu einem angewiderten Grinsen.
»Dieser Halunke«, sagte sie, wobei sie einen noch extremeren Kraftausdruck wählte. »In den letzten Tagen hat er mir wie ein Verrückter nachgestellt. Und dabei war alles nur ein Vorwand, um im jeweils richtigen Moment auf der Bildfläche erscheinen zu können.«
»Vielleicht wollte er dich beschützen«, bemerkte Michael nüchtern. »Ist dir nie der Gedanke gekommen, daß du in Gefahr sein könntest?«
Dana wurde blaß.
»Du versuchst, mir Angst einzujagen.«
»Ich habe viel nachgedacht«, erwiderte Michael ernst. »Alle, Andy eingeschlossen, dachten, daß Jean die große Gefahr für ihn darstellte. Ich bin mir da nicht so sicher. Die Bullen sind keine Latinisten, sie sind ebenso einfache Gemüter, wie Jake das von sich behauptet. Vermutlich wären sie der Sache auf die Schliche gekommen, wenn sie die Ziffer jemals ausgeschrieben gesehen

hätten. Di Cavallo muß die offiziellen Vornamen gewußt haben, da er unsere Personalien und dergleichen über die Botschaft in Erfahrung gebracht hat. Aber ich sehe nicht, wie er irgend etwas hätte beweisen können. Aus diesem Grund mußten sie gestern abend dieses widerliche kleine Drama über die Bühne bringen. Ohne ein Geständnis –«

»Schon gut, schon gut«, entfuhr es Dana ungeduldig. »Was ist mit mir?«

»Die Zahl Sieben war als Hinweis ohne das Motiv völlig nutzlos«, fuhr Michael entsetzlich langatmig fort. »Solange man Albert für einen Irren hielt, bestand keine Möglichkeit, Andy den Mord anzuhängen. Was mich auf eine Sache bringt – da ist noch eine Frage, die sich bislang keiner vor Augen geführt hat. Irgendwann beschrieb Andy den katastrophalen Zustand von Alberts Originalaufzeichnungen. Aber die Gretchenfrage lautet nach wie vor: Wie konnte er das Material entwenden und riskieren, daß Albert weiterhin frei herumlief? Er mußte doch damit rechnen, daß der Bursche das nicht auf sich beruhen ließ.«

Dana, die immer noch mit der widerwärtigen Möglichkeit haderte, die Michael ihr geschildert hatte, schwieg. Schließlich war es Ted, der kleinlaut fragte: »In Ordnung, Holmes. Wie?«

»Ich kann nicht einmal Watson das Wasser reichen«, entgegnete Michael. »Aber Jake und ich haben auf unserem Weg hierher darüber diskutiert. Wir werden es nie mit absoluter Sicherheit wissen, es sei denn, Andy ... Aber Jake denkt, daß Andy Albert schon zu einem früheren Zeitpunkt aus dem Weg zu schaffen versuchte – ihm ein vergiftetes Getränk anbot oder dergleichen. Offenbar hat es nicht funktioniert. Aber die Vorgehensweise ist symptomatisch für Andy. Auch bei Jean versuchte er es zunächst mit der indirekten Methode, ehe er hartnäckiger wurde.«

Dana rang nach Luft. »Was ist mit mir?« kreischte sie. »Du hast gesagt –«

»Ich komme schon noch darauf zurück. Also, wie ich bereits erwähnte, war es unwahrscheinlich, daß di Cavallo jemals das Motiv eruieren würde. Er ist kein Wissenschaftler, und er akzeptierte unsere Einschätzung von Albert. Aber es gab zwei Leute, die genug über Alberts Fachgebiet wußten, um den Wert seiner Arbeit zu erkennen – du, Dana, und Ted. Ted ist Israeli und ein Mann – beide Aspekte machten ihn nicht unbedingt zu dem Zuhörer, dem sich Albert anvertraut hätte. Du andererseits ...«

Danas Gesicht hatte eine grünliche Farbe angenommen. »Aber sicher, ich wußte davon. Ich meine ... wußtet ihr es denn nicht ...«

»Nein, wie denn«, murmelte José. Heftig schlug er sich mit der flachen Hand vor die Stirn. »Ich kann es einfach nicht glauben. Du hast es gewußt?«

»Nun ja, ich meine –«

»Du hast gewußt«, brüllte José, »daß dieser arme Irre kein Verrückter war, daß diese erbärmlichen Notizen gar nicht von ihm stammten, sondern er auf eine wertvolle und bedeutende Sache gestoßen war – und du hast der Polizei nicht widersprochen, als sie den Selbstmord ins Gespräch brachte?«

»Ja ... nein!« Dana war den Tränen nahe. »Unter diesem Gesichtspunkt habe ich das Ganze nie betrachtet ... Ich meine, Menschen bringen sich aus den sonderbarsten Gründen gegenseitig um! Wie sollte ich wissen, daß die Notizen nicht von ihm stammten? Und diese verrückte Idee von ihm – sie war einfach nur verrückt, mehr weiß ich nicht! Ständig verfolgte er mich – ihr wißt doch, wie er war – und redete ununterbrochen, und ich schenkte dem Ganzen nie viel Beachtung ...«

»Na, na«, meinte Ted beruhigend. »Wir haben schon verstanden. Keine Phantasie«, erklärte er den anderen betrübt. »Dazu ein maßlos übersteigertes Ego ... Was erwartet ihr? Wie Jacqueline bereits erwähnte, niemand kann mehr richtig zuhören.«

»Er hätte mich umbringen können«, schluchzte Dana.

»Ich bezweifle, daß du in Gefahr warst.« José schaute leicht betreten drein. »Dana, tut mir leid, daß ich dich angebrüllt habe. Das resultierte aus der frustrierenden Neugier, verstehst du. Tagelang haben wir über Alberts Arbeit, seine großartige Entdeckung –

seinen Schatz gesprochen. Trotzdem weiß keiner von uns, worum es sich eigentlich handelt! Befriedige unsere Neugier, schließlich bist du die einzige, die das kann.«
»Nun, ich habe nie genau zugehört«, wandte Dana erneut ein. Sie putzte sich die Nase an einem Taschentuch, das ihr José hinhielt; Gino's Café leistete sich nicht den Luxus von Servietten. »Er sagte irgendwas von einer Heiligengruft, die sich unter einer der Kirchen befinden sollte.«
Die anderen warfen sich vielsagende Blicke zu. Vorsichtig meinte Ted: »Erinnerst du dich zufällig, um welche Kirche es sich handelte?«
»Nein. Oh – die der heiligen Petra oder so ähnlich.«
»Könnte es sich auch um Santa Petronella gehandelt haben?« fragte José.
»Ja, richtig, die war es. Er hatte alte Manuskripte gelesen. Wißt ihr, die *Notitia ecclesiarum* und alte Aufzeichnungen von Pilgern – solchen Kram.«
»Ja, diesen Kram kenne ich«, bemerkte José mit merkwürdig klingender Stimme. »Schon vor dem 4. Jahrhundert kamen Pilger nach Rom. Sie verfaßten Reisebeschreibungen ... eine unsägliche Angewohnheit ... Willst du damit sagen, daß Albert auf einen Hinweis stieß, der zuvor noch niemandem aufgefallen war?«
»Nicht nur einen – es sah so aus, als hätte er viele Hinweise aus unterschiedlichen Quellen zusammengetragen. Wie bei St. Peter. Schrieb nicht im 3. Jahrhundert jemand, daß er die Grabstätte von Petrus im Vatikan gesehen hätte? Niemand schenkte dem Beachtung, bis man schließlich bei Grabungsarbeiten auf die Gruft stieß.
So ähnlich verhielt es sich auch bei Alberts Materialien. Jemand hatte das Grab in der Frühzeit gesehen und behauptet, daß sich eine umfassende Inschrift darauf befände. Die irgend etwas mit der Tochter von Petrus zu tun hatte. Daran erinnere ich mich noch, weil ich das für unmöglich hielt. Ich wußte nicht einmal, daß er verheiratet war.«

»Verheiratet«, wiederholte José mechanisch. »Inschrift ... Aber nein. Selbst wenn etwas Derartiges existiert hätte, wäre es längst zerstört. Albert war ein hirnverbrannter Fanatiker.«
»Andy allerdings nicht«, erinnerte ihn Jean. »Er schätzte Alberts Arbeit immerhin so hoch ein, daß er sie stahl. Ihr wißt – es ist nicht unmöglich. Ich wette, Albert wußte mehr über heilige Jungfrauen als jeder andere. Seine Verranntheit bot ihm einen Vorteil: Er nahm Fakten für bare Münze, die andere Studenten vermutlich für Legenden hielten.«
»Wie Schliemann und die *Ilias*«, bekräftigte José.
»Er verglich sich auch ständig mit Schliemann«, sagte Dana. »Er hatte alles ausgearbeitet. Er war sogar in der Krypta der Kirche und fand dort das Fragment einer Steinplatte, auf die irgendeine Beschreibung aus dem Jahre 1143 zutraf – oh, ich weiß nicht, wie er das gemacht hat, aber er war überzeugt, daß sich die Gruft noch dort befindet.«
José schüttelte unablässig den Kopf.
»Es ist ohne weiteres möglich«, sagte Ted mit leuchtenden Augen, weil ihn diese Idee faszinierte. »Es hat schon andere Fälle gegeben. Mehrere Katakomben sind im Mittelalter vollkommen in Vergessenheit geraten und wurden erst in der Neuzeit plötzlich wiederentdeckt. Was für eine faszinierende Geschichte!«
Geräuschvoll schluchzte Dana in Josés Taschentuch.
»Jetzt hört endlich davon auf, und zwar alle«, meldete sich Jean zu Wort. Sie beugte sich über den Tisch und tätschelte Danas Hand. »Mach dir nichts draus, Dana. Michael hat sich einen Scherz mit dir erlaubt. Wo ist dieser verfluchte Gino? Wir alle können einen Kaffee vertragen.«
Gino stand im Eingang und wischte seine Hände an seiner Schürze ab. Sein Blick wanderte über die Gruppe, und dann sprach er sie zum ersten Mal wie alte Bekannte an.
»Wo sind die anderen geblieben? Der junge Mann und das Mädchen mit den roten Haaren? Ihr seid heute nur fünf und nicht sieben.«

»Sie werden nicht mehr kommen«, drang Michaels Stimme durch die quälende Stille. »Aber wir werden hiersein, Gino. Wir fünf bleiben dir erhalten. Und das noch für eine ganze Weile.«